계절은 짧고   기억은 영영

계절은 짧고 기억은 영영

이주혜

장편소설

창비

차례

1부

봄은 봄을 만나서

학살자가 죽은 날, 그의 죽은 몸이 운반된 병원에 갔다. 그의 끝을 보려고 일부러 찾아간 것은 아니었다. 나는 텔레비전 화면에 간혹 비치는 그의 산 얼굴조차 보고 싶지 않아 채널을 돌려버리는 사람이었다. 대학병원 정신건강의학과에 진료가 예약되어 있었다. 아침 뉴스에서 그의 사망소식을 전하는 기자들의 다급한 목소리를 들으며 유당이 제거된 우유에 천천히 그래놀라를 말아 먹었다. 세수와 양치를 하고 외출복을 입었다. 마지막으로 텔레비전을 끄면서 한 문장을 떠올렸다. 모든 죽음은 느닷없다. 죽음의 평등함을 말하는 문장이라고 생각했는데, 학살자는 조소하듯이 죽음조차 불평등함을 알리고 가버렸다.

택시 안에서 바라본 병원 후문은 온갖 언론사의 중계차들로 혼잡했다. 붉은색 표지판이 위압적인 응급실 입구에 묵직한 카메라를 어깨에 인 사람들이 뛰어다녔다. 누가 새로 도착할 때마다 카메라와 마이크를 든 사람들이 우르르 한곳으로 몰렸고, 그 바람에 바로 옆의 '코로나19 선별진료소' 안내판이 상대적으로 초라해 보였다. 씨발새끼가 사과도 않고 죽어버렸어. 내 말에 택시 운전사가 움찔 놀라더니 백미러를 흘끔거렸다.

좀 어떠셨습니까?
의사는 과거형으로 질문했다. 이주일 동안 복용한 항우울제와 항불안제가 잘 맞았느냐는 물음이었다. 처음 처방받은 약은 끝없는 졸음을 유발해 문제였다. 한낮에 숟가락을 입에 문 채 깜박 잠든 적도 있었다. 입안에 든 음식물이 천근만근 무거웠다. 처음 약을 처방하면서 의사는 낮에도 졸리면 부작용이니 곧바로 내원해 약을 바꾸라고 했다. 하지만 나는 일주일 치 약을 다 먹고 예약일에 병원을 찾아갔다. 그 이야기를 들은 의사가 키보드를 두드리며 뭔가를 메모했는데, 나는 속으로 '쓸데없이 고지식한 게 문제임'이라고 쓰지 않았을까 상상했다. 약을 바꾼 후 낮에 졸린 증상은 사라졌지만 대신 밤잠이 허술해졌다. 의사는 원하는 취침시간 한시간 전에 약을 먹으면 된다고 했는데, 한시간은커녕 두세시간이 지나도 잠이 쉽게 들지 않았고 겨우 잠들었다고 생각했을 때도 몸의 스위치만 꺼지고 의식은 반 이상 깬 채 밤을 통과했다. 이 역시 부작용일까 싶었지만, 그때도 일주일 치 약을 다 먹고 병원에 갔다. 의사는 정신과 약이란 게 원래 처음 몇주는 개인별로 적절한 종류와 용량을 찾아 미세한 조정이 필요한 법이니 참을성을 가지고 기다려보자고 했다. 약 몇번 먹고 드라마틱한 효과를 기대하는 게 오히려 위험한 생각이라고 했다. 참을성은 내가 가장 자신 있는 덕목이었으므로 조바심을 내는 쪽은 내가 아니라 의사일 터였다. 세번째 처방에 의사가 약 하나의 복용량을 조금 늘렸는데 그후로 낮에 졸리지도 않고 미약한 가위눌림 상태로 밤을 통과하는 일도 점차 줄었다. 약이 듣는 모양이었다. 일주일에 한번씩 방문했던 것을 이주일에 한번으로 바꾸고 정신과를 찾은 지 두달이 다 되었을 때 학살자가 죽어버렸다.

지금 감정 상태는 어떤가요?

약효에 관한 질문에 이어 의사가 현재형으로 감정을 물었다.

분노요.

나는 기다렸다는 듯 대답했다. 의사가 모니터 너머로 내 얼굴을 살폈다. 마스크를 쓴 상대의 감정을 어떻게 알 수 있을까 싶었지만, 의사는 내 눈을 똑바로 바라보며 물었다.

어떤 일에 대한 분노일까요?

역시 망설이지 않고 대답했다.

학살자가 죽었어요. 잘 먹고 잘살다가 죽어버렸어요.

의사의 눈이 조금 커졌다. 부연 설명이 필요한 듯한 표정이었다.

사과 한마디 없이 덜컥 죽어버렸다고요.

의사가 살짝 고개를 끄덕였다. 긍정이나 인정의 표현은 아니었다. 오래전 누군가에게 들은 말이 떠올랐다. 선생님은 그런 일로 잠 못 이루는 사람이군요. 수년 전 독재자의 딸이 가뿐히 대통령에 당선되었을 때 늦은 밤 인터넷 카페 게시판에 울분의 글을 올렸다가 그 댓글을 보았다. 조롱이나 비난의 기미는 없었다. 그냥 좀 신기하고 낯설다는 말이었다. 앞에 앉은 의사의 표정도 비슷했다. 개인적인 고통을 호소하며 정신과를 찾아와 두달째 약을 먹고 있는 당신이 개인적인 감정을 묻는 말에 꽤 정치적인 이유를 들다니 신기하군요, 정도랄까. 물론 순전히 내 추측이고, 나는 항우울제와 항불안제를 먹지 않으면 제대로 된 사고는커녕 생활조차 불가능한 상태였으므로 그 추측은 틀렸을 가능성이 컸다. 의사가 물었다.

그 사람이 사과 없이 죽었다는 사실이 환자분의 개인적인 감정을 건드리는 이유가 뭘까요?

예전이었다면 단호하게 대답했을 것이다. 개인적인 것이 곧 정치적인 것이니까요. 그러나 내 입에서 나온 말은 다분히 수세적이었다.

잘못했다고 한마디 하는 게 뭐 그렇게 어렵나요? 입도 있는 새끼가!

의사는 웃지도 얼굴을 찌푸리지도 않았다. 다만 빠르게 키보드를 두드렸다. 나는 야심 차게 준비한 농담에 실패한 사람처럼 주눅 들었다.

환자분은 사과가 중요한 사람이군요.

의사의 말이 허를 찔렀다. 석구와 해준이 떠올랐다. 석구는 끝내 내게 사과하지 않았다. 나는 해준이 바라는 사과를 할 수 없었다. 의사는 석구와 해준에 관한 이야기가 듣고 싶었을 것이다. 그 순간에도 전국의 텔레비전 화면을 가득 채운 학살자의 죽음이 아니라. 나는 버티듯 석구와 해준의 이야기는 한마디도 하지 않고 다시 이주일 치약을 처방받아 병원을 떠났다. 병원을 떠나는 길은 평소보다 혼잡했다. 병원 직원들이 여기저기 서서 끊임없이 뒤엉키며 밀려드는 차량을 통제했다. 약국에서 약을 받아 가방에 넣고 버스를 탈까 하다가 정류장을 그대로 지나쳐 연희동 방향으로 걸었다. 다음 행선지는 걸어서 30분이면 닿을 거리에 있었다.

처음 과호흡이 찾아왔을 때 인터넷을 뒤져 알아낸 임시방편이 걷기였다. *공황장애약을 3년 먹고 많이 좋아졌다고 생각했는데 엄마를 떠나보낸 대학병원 앞을 지나가다가 갑자기 숨이 쉬어지지 않았어요. 무작정 빨리 걸었죠. 한시간 가까이 앞만 보고 걸었는데 호흡이 편안해졌다 싶었을 때 낯선 거리에 와 있더라고요. 불안장애를 진단받은 후로 눈이 오나 비가 오나 하루도 거르지 않고 동네 뒷산을 오릅니다. 아직 약을 끊지는 못했지만 걷는 동안에는 적어도 발작이 오지 않으리란 확신이 들어요.* 정신질환 환우 커뮤니티에서 흔히 볼 수 있는 경험담이었다. 대학병원 호흡기내과와 정신건강의학과에 진료를 예약하고 기다리는 동안 우선 걷기를 시작했다. 자리에 앉으면 아득히 땅속으로 꺼지는 느낌이 들어 무작정 밖으로 나갔다. 동네를 몇바퀴 돌았지만 건널목을 만나면 자꾸 걸음이 중단되어 집에서 조금 떨어진 큰 공원으로 갔다. 오피스텔 건물에서 난지천공원 입구까지 가서, 거기서 다시 하늘공원 입구까지 오르막길을 천천히 올라 왼편 구름다리를 건너 평화의공원에 들어가면 한시간이 걸렸다. 인공연못 앞 벤치에 앉아 10분 정도 호흡을 가다듬으며 물끄러미 수면을 바라보다 왔던 길로 돌아가면 두시간 넘게 걸을 수 있었다. 매일 그 길을 걸었다. 산책이라기보다는 도피에 가까운 행위였다. 숨이 안 쉬어지고 땅이 꺼질 것 같아 자꾸 눈을 질끈 감게 하는 불안과 공포로부터 달아나는 길이었다. 어느새 불안과 공포는 감정을 가리키는 단어가 아니었다. 몸으로 생생하게 느끼는 증상이었다. 걷는 동안 주변 풍경이 눈에 들어오지 않았으므로 증상이 시작되기 전 즐겼던 산책과 같지 않았다. 난지천공원과 하늘공원, 평화의공원 나무들은 가을 채비에 분주했다. 매일 주변의 나뭇잎 색깔이 달라졌다. 걷다가 걸음을 멈추고 사진을 찍는 사람이 많았다. 하지만 나는 색색의 단풍을 보고도 감탄하지 않았다. 불과 1년 전만 해도 자꾸만 내 발걸음을 붙들었던 예쁨이 전혀 예뻐 보이지 않아서, 내가 단단히 고장났구나 생각했다. 무지개처럼 다채로워야 할 감정이 불안과 공포에 짓눌려 가라앉았다. 벤치에 서로 어깨를 기대고 앉은 사람들을 보면 내가 혼자라는 사실이 떠올라 심장이 쿵 내려앉았다. 신나게 뛰노는 아이들을 보면 뭔가가 내게서 저 보드랍고 따뜻한 것을 앗아갔다는 생각이 들어 목덜미가 서늘해졌다. 나란히 손을 잡고 걸어가는 노부부의 뒷모습을 보면 무덤 속으로 걸어 들어가는 잿빛 뼈가 연상되었다. 어떤 것도 보지 않으려고 고개를 숙이고 걸었다. 모든 것이 자극이었다. 머리를 감으려고 고개를 숙이면 수전에 얽힌 샤워기 호스가 올가미로 보였다. 눈을 감으면 어둠이고 어둠은 곧 죽음이었다. 눈을 감을 수가 없어서 잠도 잘 수 없었다. 입을 벌릴 수도 없었다. 음식물은 질식을 떠올리게 했다. 불안이 몸 안의 모든 통로를 안에서부터 단단히 걸어 잠갔다.

약물치료는 급한 불을 꺼주겠지만, 약이 환자분의 불안과 공포를 깨끗이 몰아내지는 않아요. 첫 진료일에 의사가 말했다. 상담치료나 행동치료를 병행하는 것도 고려해볼 수 있고, 지금처럼 걷기나 운동에 몰두하는 것도 좋아요. 또 일기를 쓰는 방법도 있습니다. 일기라니. 나는 그날 처음으로 고개를 들고 의사의 얼굴을 빤히 쳐다보았다. 일기라면 사십대에 들어서면서 쓰기를 그만뒀다. 이십대부터 삼십대에 걸쳐 쓴 수십권의 일기를 마흔살이 된 걸 기념하듯이 사무용 세단기로 죄다 갈아버렸다. 사흘이 걸렸다. 일기를 쓴다는 것은 약간의 거리를 두고 자신의 삶을 바라보는 행위입니다. 객관화된 시선으로 자신을 바라보는 방법이랄까요. 자신과의 거리가 0일 때 우리는 그것을 문제적이라고 합니다. 의사의 말을 빌리자면 나는 자신과의 거리가 0을 지나 음수에 수렴하는 중이었다. 불안과 공포에 사로잡혀서 외부의 모든 자극을 차단하고 내면의 동굴로 걸어 들어간 패배자였다. 실제로 약물치료를 시작하기 직전 나는 밤마다 이불 속에서 태아 자세로 웅크린 채 무서워, 무서워 죽겠어, 중얼거리며 덜덜 떨었다. 겁쟁이가 되어 동굴에 숨어드는 것과 일기 쓰기가 대체 무슨 상관이란 말인가. 의사의 말을 의심하면서 인터넷에서 '일기 쓰기'를 검색하다가 '연희방글스튜디오'를 발견했다.

연희방글스튜디오는 연희동 2층 양옥을 개조해 1층은 카페와 글쓰기 교습소로, 2층은 운영 사무실과 강사들의 작업실로 쓰는 공간이었다. 정원은 그대로 살려서 철마다 동백, 목련, 능소화, 배롱나무, 모과나무, 감나무가 차례로 꽃을 피우고 열매를 맺었다. 스튜디오 홈페이지 메인 화면이 통유리창 너머로 보이는 정원의 동백나무였다. 스튜디오는 오전 10시부터 오후 6시까지 카페로 운영하고(이 시간대에는 출입구에 '방글'이라는 팻말이 달렸다) 저녁 7시부터 9시까지는 글쓰기 교습소가 되었다(이때 출입구의 '방글' 팻말이 뒤집혀 '글방'이 되었다). 요일마다 소설창작교실, 시창작교실, 비평쓰기교실, 에세이쓰기교실 등이 열렸는데 그중 놀랍게도 일기쓰기교실이 있었다. 누가 일기 쓰는 방법을 돈을 내면서까지 배울까, 생각하며 일기쓰기교실 배너를 클릭했다. '당신의 삶을 써보세요. 쓰면 만나고 만나면 비로소 헤어질 수 있습니다.' 두 문장이 한 구절씩 차례차례 화면에 떴다. '쓰면 만나고'가 '비로소 헤어질 수 있습니다'로 이어질 때 까닭 없이 아득해졌다. 나는 자세한 안내글을 읽어보지도 않고 일기쓰기교실에 등록했다.

학살자가 죽었는데 연희방글스튜디오는 평소보다 조용했다. 전직 대통령과 같은 동네에 산다고 자랑해왔던 마웨는 말없이 앉아 프린트해 온 과제물을 읽고 있었고 고슴과 도치도 평소처럼 바짝 붙어 앉아 있었지만 소란스럽지 않았다. 강사 림자는 아직 2층 작업실에서 내려오지 않은 모양이었다. 화요일 일기쓰기교실의 수강생은 단 네 명이었다. 인기가 없을 줄은 알았지만 소설창작교실이나 에세이쓰기교실 수강생의 절반도 안 되었다. 림자는 5년 전 신춘문예로 '등단'한 소설가였는데 아직 자기 이름으로 낸 책이 없어서 홈페이지에 소개된 프로필이 다른 강사들에 비해 짧았다. 첫날 림자는 일기를 쓰는 일에 어떤 가르침이나 배움이 가능한지 의문이 든다는 다소 맥 빠지는 소리로 강의를 시작했다. 그리고 자신은 마라톤의 페이스메이커 같은 역할을 할 뿐이니 선생님이나 작가님 같은 호칭은 성립하지 않는다며 여기서 통하는 자신의 별명 '그림자'를 줄여 '림자님' 혹은 '림자씨'로 불러달라고 했다. 또 수강생들도 자신을 가장 잘 표현할 수 있는 별명을 지어 서로 불러주자고 제안했다. 이는 일기라는 장르의

특성을 고려해 개인정보를 보호하고 익명성을 원칙으로 하려는 스튜디오의 방침이라고도 했다. 이어서 수강생들이 자기소개를 시작했다. 칠십대 노인이 자신은 늙은이라 요즘 맞춤법도 모르고 평생 처자식 먹여 살리느라 바빠서 어려운 말도 배우지 못했으니 선생님의 아니, 림자님의 많은 지도편달을 부탁드린다고 말했다. 또 별명은, 에, 에, 한참 뜸을 들이더니, 프랭크 시나트라의 「My Way」라는 노래를 가장 좋아하니 마이웨이로 불러주면 안 되겠냐고 물었다. 젊은 수강생이 그럼 두 글자로 줄여서 간지 나게 '마웨'가 어떻겠냐고 제안해서 노인의 별명은 마웨가 되었다. 노인은 어쩐지 중국의 부호 같은 느낌이 든다며 흡족해했다. 앳된 얼굴의 여자애와 남자애는 커플인지 시종일관 딱 들러붙어 있었는데, 네가 먼저 해, 아니, 네가 먼저 하라고, 한참을 옆구리를 찔러가며 키득거리더니 여자애가 먼저 말했다. 자신들은 커플이니만큼 커플 냄새가 물씬 풍기는 별명을 짓고 싶어서 남자친구가 '바퀴'와 '벌레'를 제안했고 자신은 바퀴벌레라면 끔찍하게 싫어해서 '잉꼬1'과 '잉꼬2'를 제안했는데, 가만히 생각해보니 그것도 너무 올드하고 구려서 한참 고민하다가 둘이 함께 키우는 고슴도치를 떠올리고 '고슴'과 '도치'로 정했다고, 다소 장황하게 늘어놓았다. 여자애가 고슴, 남자애가 도치라고 했다. 마지막으로 모두 내 쪽을 돌아보아서 드디어 내 차례가 되었음을 알았다. 나는 중년이 되어 한번쯤 삶을 반추해보고 싶었다는 다소 상투적인 말로 수강 동기를 적당히 둘러대고 별명은 딱히 생각나는 게 없으니 다음 시간까지 지어 오겠다고 덧붙였다. 다들 시시하다는 듯 고개를 돌렸다.

림자가 큰 모니터에 프레젠테이션 슬라이드를 띄웠다.

성찰하지 않는 삶은 살 가치가 없다──소크라테스

림자가 얼굴에 비해 다소 큰 안경을 살짝 추어올리며 잠시 통유리창 너머 정원을 보았다. 내 시선도 림자를 따라 정원을 향했다. 정원은 이미 어두웠고 바닥의 조명이 마른 나뭇가지를 주황빛으로 비추고 있었다. 검은 유리에 반사된 림자의 옆얼굴이 피로해 보였다. 림자는 다시 수강생 쪽을 보며 차분한 목소리로 말하기 시작했다.

소크라테스는 성찰하지 않는 삶은 살 가치가 없다고 했어요. 여기서 성찰한다는 건 무슨 뜻일까요?

되돌아보는 것?

마웨가 대답했다.

예, 되돌아보는 것, 돌이켜보는 것이죠. 그런데 왜 되돌아봐야 할까요?

평가하려고요.

도치가 말했다. 림자가 고개를 살짝 끄덕였다.

예, 평가도 하죠. 그런데 자기 삶을 평가한다는 게 무슨 뜻일까요? 백점, 오십점, 빵점, 이렇게 점수를 매기는 걸까요?

반성하기?

나도 모르게 불쑥 말했다.

반성도 좋은 말이네요. 반성은 흔히 잘못을 돌이켜보는 행위라고 생각하지만, 거울에 비춰본다는 뜻도 있으니까요. 여러분의 말을 종합해보면 성찰이란 자신의 삶을 돌이켜보고 평가하고 반성하는 일이네요. 일단 보는 행위가 먼저겠고요. 보고 이리저리 생각해보는 것이죠. 보고 생각해보고 그걸 글로 쓰면 바로 일기입니다. 그 일기를 전부 모으면 뭐가 될까요?

자서전, 하고 마웨가 말했다.

예, 그렇습니다. 사실 일기와 자서전은 크게 다르지 않아요. 일기의 총체 혹은 확장이 자서전이죠.

림자의 설명에 마웨가 한번 해볼 만하다는 표정으로 고개를 크게 끄덕였다. 림자가 리모컨을 누르자 슬라이드가 바뀌었다.

자서전은 뒤늦게 쓴 일기의 총합이다

나는 펜을 꺼내 수첩에 그 문장을 옮겨 적었다. 자서전은 뒤늦게 쓴 일기의 총합이다.

우리는 왜 굳이 자신의 경험을 기록하려 할까요?

림자의 질문에 고슴이 말했다.

선생님이 시켜서요.

도치와 마웨가 하하 웃었다.

고슴님은 선생님이 시켜서 말고 자발적으로 일기를 쓴 적이 있나요?

림자가 물었다.

설마요.

고슴의 즉각적인 대답에 도치와 마웨가 또 하하 웃었다. 림자가 안경을 고쳐 쓰고 고슴을 바라보며 말했다.

저는 사춘기 때부터 지금껏 일기를 써오고 있어요. 물론 매일 쓰는 건 아니고 일주일에 한번, 한달에 한번 쓸 때도 있지요.

그럼 일기가 아니라 주기나 월기가 아니오?

마웨가 말하고 자기 혼자 껄껄 웃었다.

예, 일기를 쓸 때도 있고 주기나 월기를 쓸 때도 있죠.

그런데 언제부턴가 매년 막바지에 한해를 정리하면서 그동안 쓴 일기를 다시 읽어보는 의식이 생겼어요. 그러다 놀라운 사실을 발견했죠.

림자가 잠깐 말을 멈추고 수강생들을 훑어보았다. 다소 무심해 보이는 첫인상과 달리 림자는 뜻밖에 뛰어난 연사일지도 모른다는 생각이 들었다.

1년 동안 쓴 일기에 등장하는 나는 내가 아니더라고요.

림자가 대단한 비밀을 누설하는 사람처럼 속삭였다.

분명 사실만을 기록했고 그 순간의 감정에 충실하게 썼지만 1년 후 그 기록을 읽는 나와 그 기록 속을 살아가는 나는 전혀 다른 사람이었어요.

왜 그럴까요?

내가 어벙한 말투로 물었다. 림자가 내게 속삭였다.

저도 그게 궁금해서 이 강좌를 맡기로 했습니다.

림자가 다시 리모컨을 눌러 슬라이드를 바꾸었다.

당신의 삶을 써보세요. 쓰면 만나고 만나면 비로소 헤어질 수 있습니다.

홈페이지에서 본 강의 소개 문구였다.

무엇과 헤어질 수 있다는 말인가요?

도치가 물었다.

내가 기록한 나와. 내가 기록 속에 가두어놓은 나와. 여전히 과거의 기억 속에서 헤매는 나와.

림자는 신들린 듯 대답을 쏟아내고 잠시 입을 다물었다. 왠지 양팔에 소름이 돋았다.

헤어지고 싶은 기억이 있다면 기록하세요. 어떤 수치심도 글로 옮기면 견딜 만해집니다.

림자가 재차 슬라이드를 바꾸자 림자의 이메일 주소가 떴다.

몇주는 제가 길잡이로 키워드를 드릴 거예요. 그 키워드를 주제어 삼아 자유롭게 일기를 써 오면 됩니다. 다시 말씀드리지만, 분량도 문체도 자유입니다. 과거도 현재도 미래도 상관없어요. 부담 갖지 말고 맘 편히 써서 주말까지 제 이메일 주소로 보내주세요. 다음 시간부터는 각자 써 온 일기를 함께 읽고 이야기를 나눠보아요.

주제어가 뭐라고요?

마웨가 받아쓸 준비를 하고 물었다. 림자는 주제어를 즉흥으로 떠올리려는지 다시 통유리창 너머 검은 정원을 돌아보았다. 바깥은 쓸쓸하고 쌀쌀해 보였다.

우산.

림자가 작게 읊조렸다.

우산으로 하죠. 우산을 생각하면 떠오르는 자신의 이야기를 자유롭게 써보세요.

*

시옷에게도 자신만의 우산이 있었다. 일곱살이었나, 여덟살이었나. 아빠가 시옷의 손을 잡고 백화점에 가 직접 골라준 우산이었다. 레몬색 천 위로 흰 장미가 가득 인쇄된 비닐을 덧씌운 이중우산이었다. 우산을 처음 펼쳤을 때 시옷의 귀를 가볍게 때렸던 팡 하는 소리, 그리고 거의 동시에 코를 쏘았던 새것 특유의 인공적인 냄새가 지금도 선명하게 떠오른다. 시옷이 기억하는 시옷만의 첫 우산이자 마지막 우산이었다. 펴는 즉시 샛노란 천 위로 하얀 장미가 탐스럽게 피어오르는 것만 같았던 그 우산은 아름다웠다. 우산을 사 들고 온 날부터 시옷은 어서 비가 오기만을 기다렸다. 살면서 유일하게 비를 기다린 때였다. 마루에서 토방으로 내려서서 반듯한 댓돌 옆 우산꽂이에 얌전히 꽂힌 제 우산을 보며 언제쯤 저것을 펼쳐 들고 학교에 갈 수 있을까, 시옷은 매일매일 비를 기다렸다. 마른하늘을 향해 우산을 펼쳐 들고 공연히 마당을 오락가락하다 할머니에게 뒤스럭을 떤다고 핀잔을 듣기도 여러번이었다. 드디어 비가 내린 날 아침 시옷은 숟가락을 내려놓자마자 서둘러 우산을 팟 소리 나게 펼치고 학교로 향했다. 부러 천천히 걷는 걸음마다 빗방울이 우산 위 장미 꽃잎을 타고 알알이 미끄러졌다. 위험한 줄도 모르고 자꾸 눈앞이 아니라 우산 속을 쳐다보며 걸었다. 그날따라 걸어서 10분도 걸리지 않는 등굣길이 너무 짧아 아쉬웠다. 시옷이 지루한 수업을 견디는 동안 비가 그쳤고, 시옷은 교실 뒤쪽 우산꽂이에 꽂아둔 우산을 까맣게 잊고 집으로 돌아왔다. 방바닥에 배를 깔고 엎드려 만화책을 들춰보다가 불현듯 우산을 떠올리고 깜짝 놀라 학교로 달려갔을 때 교실 문은 이미 굳게 닫혀 있었다. 밤새 우산의 안부를 걱정하다 다음 날 아침 뛰다시피 학교로 갔을 때 우산꽂이는 텅 비어 있었다. 시옷은 교실 곳곳을 둘러보고 복도 여기저기를 살피고 행여나 싶어 다른 교실도 기웃거렸지만, 아름다운 우산은 보이지 않았다. 그후 한동안 시옷은 비 오는 날마다 남의 우산을 골똘히 살펴보는 버릇이 생겼다. 간혹 레몬색 우산이나 흰 장미꽃 무늬 우산을 발견하면 멀리서도 심장이 뛰었지만, 가까이 가보면 시옷의 우산이 아니었고 돌아설 때는 어김없이 울고 싶어졌다. 시옷은 그렇게 자신만의 처음이자 마지막 우산을 딱 한번 써보고 잃어버렸다. 마지막 우산이라고 말한 것은 그후 한동안 시옷에겐 시옷만의 것이라고 할 만한 우산이 없었기 때문이다. 빈곤은 우산의 형태로 모습을 드러냈다. 언제부턴가 시옷의 집에는 우산살이 하나둘 부러져 비를 제대로 막아주지 못하는 허술한 우산만 남았다. 식구들이 집을 나서는 순서대로 우산을 골라 들고 가면 시옷의 차례에는 우산이 없을 때도 있었다. 장마철은 난감했다. 엄마는 급한 대로 옆집에서 우산을 빌려 오기도 했고 대나무 살에 얇은 파란색 비닐을 씌운 우산을 사다주기도 했다. 바람이라도 세게 불면 파란 비닐은 순식간에 찢어졌다. 우산 정도는 어렵지 않게 살 수 있는 어른이 됐을 때에도 시옷은 비 오는 날이 싫었다. 아침에 눈을 떠 비가 오는 걸 알면 까닭 모를 걱정과 불안이 자욱하게 피어올랐다. 시옷에게 비는 살이 부러진 우산과 젖은 신발을 의미했다. 그 축축함과 막막함은 군모를 깊숙이 눌러쓴 어느 군인이 국방색 우비 위로 길쭉한 소총을 끌어안고 집요하게 비를 맞고 있던 장면을 자연스럽게 머릿속에 끌어들이기도 했다.

열살이 되던 해, 시옷은 방송국 어린이합창단에 들어갔고 평일 방과 후에 혼자 버스를 타고 방송국에 합창 연습을 다녔다. 종일 비가 내리던 날이었다. 버스정류장에 내려 큰길을 건너고 가파른 언덕길을 오르면 꼭대기에 방송국이 있었다. 그날은 평소와 달리 철제 정문이 굳게 닫혀 있었다. 정문 너머로 총을 들고 선 군인들과 장갑차가 보였다. 정문 앞도 수위아저씨 대신 군인 두 사람이 양옆을 지키고 서 있었다. 국방색 우비 위로 빗방울이 알알이 흘러내렸고 비스듬히 세워 안은 총도 비를 맞고 있었다. 시옷은 실물 총을 그때 처음 보았다(어쩌면 마지막으로 보았다고도 말할 수 있을 것이다). 시옷이 번들거리는 총신에서 눈을 못 떼고 있을 때 군인이 무슨 일로 왔느냐고 물었다. 군모를 깊숙이 눌러써서 눈이 보이지 않는 군인이 말을 하자 시옷은 깜짝 놀랐다. 나는 어린이합창단이에요. 군인은 시옷이 올바른 암호라도 대었다는 듯 조용히 고갯짓으로 정문 옆 담벼락을 가리켰다. '어린이합창단은 언덕 아래 ○○국민학교로 오시오.' 다급하게 쓴 것 같은 검은 글자가 애처롭게 비를 맞으며 번져갔다.

부슬비가 내리는 방과 후 남의 학교는 시옷의 학교와 색깔도 냄새도 달랐다. 커다란 건물에서 열린 문은 중앙현관뿐이었다. 시옷의 학교 본관 중앙현관은 어른들만 드나들 수 있었다. 그게 원칙이라고 했다. 학생들이 아무 생각 없이 중앙현관으로 들어갔다간 어디선가 숨어서 지켜보던 선생님이 불쑥 튀어나와 혼쭐을 냈다. 시옷은 중앙현관으로 들어가본 적이 없었다. 그래서 아무리 열린 곳이 그곳뿐이라 해도 남의 학교 중앙현관으로 들어가려니 절로 쭈뼛거리게 되었다. 시옷은 누가 튀어나올지도 모른다고 생각하며 조심스럽게 우산을 접고 신발을 벗어 들고 남의 학교 안으로 들어갔다. 시옷의 학교 나무 복도는 단무지의 노란색에 가까웠는데(1년에 한번 복도며 교실 바닥을 노란 물감으로 물들이는 대규모 염색 작업에 학생들이 동원되었다) 이 학교의 복도는 귤색에 더 가까웠다. 시옷은 낯선 아이들이 귤색 물감을 부어놓고 열심히 바닥을 문지르는 모습을 상상해보았다. 시옷의 눈앞에 긴 귤색 복도가 이어졌고 그 끝에 어스름한 그늘이 웅크리고 있었다. 시옷은 그늘을 향해 천천히 발을 옮겼다. 그런데 빗속을 걷는 동안 흠뻑 젖어버린 시옷의 어린 발이 귤색 복도에 발자국을 찍었다. 시옷은 제 발자국을 확인하고 깜짝 놀라 그대로 얼어붙었다. 계속 전진하면 발자국이 더 생길 것이다. 그러나 후퇴하면 총 든 군인들이 기다리고 있을 것이다. 속울음이 비어져 나왔다. 어디선가 남의 학교 선생님이 튀어나와 남의 학교 복도에 더러운 얼룩을 남겼다고 호통칠 것 같았다. 어느 학교든 선생님은 무서웠다. 어느 집이든 어른들이 다 무서운 것처럼. 시옷은 전진을 선택했다. 한걸음 한걸음 천천히 발을 뗐다. 복도에서 젖은 걸레 냄새가 올라왔다. 한걸음 또 한걸음. 시옷은 보폭을 크게 해서 걸었다. 그래야 젖은 발자국을 조금이라도 덜 남길 테니까. 그런데 시옷이 오른손에 든 신발과 왼손에 든 우산도 자꾸 물을 떨어뜨렸다. 시옷은 울음을 삼키려고 애쓰는데 이것들은 맘 놓고 물을 흘렸다. 그래도 뒤를 돌아보면 남의 학교 선생님과 총 든 군인이 서 있을까 무서워 앞만 보고 걸었다. 긴 복도를 다 지나자 위층으로 올라가는 시멘트 계단이 보였다. 위쪽에서 희미하게 피아노 소리가 들렸다. 제대로 찾아온 모양이라고 생각하며 차가운 시멘트에 젖은 발을 올린 순간 딸꾹질이 시작되었다. 시옷은 딸꾹딸꾹 박자에 맞춰 시멘트 계단을 올랐다.

'음악실'이라고 쓰인 팻말을 확인하고 교실 문을 드르륵 열자 지휘자 선생님이 피아노 반주를 멈추었다. 합창단원 아이들이 일제히 시옷 쪽을 돌아보았다. 시옷은 문턱을 넘지 못하고 문밖에 서서 딸꾹거렸다. 지휘자 선생님이 피아노 앞에서 일어나 시옷에게 다가왔다. 선생님이 상냥한 눈빛으로 내려다보자 시옷은 갑자기 울음이 터져 딸꾹거리며 울었다. 지휘자 선생님이 시옷의 양어깨에 손을 올리더니 허리를 숙여 시옷과 눈을 맞추었다.

왜 우냐?

딸꾹.

사내자식이 왜 울어?

딸꾹.

순간 시옷은 이곳에서는 자신이 '사내자식'이 되어야 한다는 사실을 떠올렸다.

왜 우냐?

총을 보았어요.

총이 무서우냐?

예, 딸꾹.

괜찮다. 군인은 나라와 국민을 지키려고 총을 든다.

장갑차도 보았어요.

장갑차는 방어를 위한 무기다.

딸꾹.

군인은 우리 국민을 지키려고 왔으니 국민이라면 무서울 게 없다.

시옷은 자신이 국민인가, 어지러운 머리로 생각했다. 시옷은 3학년 때부터 월요일마다 '국민교육헌장'을 외워야 했다. 담임선생님은 아이들을 전부 교실 뒤쪽으로 몰아놓고 국민교육헌장을 다 외운 사람만 자리에 앉혔다. 한시간 내내 자리에 앉지 못하는 아이들이 많았다. 우리는 민족중흥의 역사적 사명을 띠고 이 땅에 태어났다. 시옷은 민족중흥이 뭐고 역사적 사명이 뭔지는 몰라도 국민교육헌장을 외울 수 있었다. 그러면 시옷은 국민인가? 국민인 시옷은 총 든 군인을 무서워하지 않아도 되는가? 하지만 군인이 소중하게 보듬어 안은 총을 본 순간 시옷은 더럭 겁이 났고 남의 학교 긴 복도를 지나 3층까지 올라오고 나서도 공포는 사그라들지 않았다.

사내자식이 총을 무서워하면 되겠나? 너도 언젠간 총을 들 터인데.

지휘자 선생님이 시옷의 어깨를 힘줘 잡았다. 시옷은 지휘자 선생님의 손이 가늘게 떨리는 것을 느꼈다. 아빠보다도 나이가 많은 선생님이 떨고 있다. 늘 진한 색깔 양복을 정갈하게 차려입고 포마드 바른 머리를 단정하게 빗어 넘기고 화한 솔잎 냄새를 풍기는 지휘자 선생님이 남의 학교 음악실에서 떨고 있다. 어른도 무서운 일이라면 어린 자신이 무서워하는 건 당연하다고 시옷은 생각했고, 그러자 차갑게 젖은 마음이 조금 풀어졌다. 시옷은 다정한 눈빛으로 자신을 내려다보며 손을 가늘게 떨고 있는 지휘자 선생님과 눈을 마주치고 '사내자식'답게 주먹으로 눈물을 쓱 훔친 다음 합창단원 아이들 사이에 들어가 섰다. 시옷의 옆자리 아이가 나무 바닥에 찍힌 시옷의 발자국을 보고 눈을 크게 떴다.

늘 그랬듯이 연습 첫 곡은 「방울꽃」이었다. 지휘자 선생님은 음정을 반음씩 높여가며 그 노래를 반복해서 부르게 했고 아이들 목청이 터질 지경이 되어서야 연습을 마쳤다. 그게 지휘자 선생님이 요구한 목 풀기 방식이었다.

*

고슴: 이게 언제 이야기예요? 왜 방송국에 총 든 군인과 장갑차가 들어와요?

마웨: 6·25 이야기는 아닐 거고 4·19나 5·18인가?

나: 1980년의 이야기입니다.

고슴: 와, 그럼 몇살이세요? 1980년에 초등학생이면 (주먹셈을 해보더니) 와, 오십이 넘었네요?

마웨: 아이고, 여기 낼모레 여든인 사람도 있습니다.

림자: 첫 시간에도 말씀드렸듯이 개인의 신상을 특정할 수 있는 정보는 묻거나 거론하지 않기로 해요. 우리는 익명성이 보장된 상태에서 자유롭게 자신의 삶을 돌이켜보기 위해 모였습니다.

도치: 그런데, 이건 일기나 자서전이라기보다는 소설처럼 읽혀요. 주어를 '나는'이 아니라 '시옷은'이라고 쓴 특별한 이유라도 있나요?

나: '나는'이라고 시작했더니 한줄도 쓸 수가 없었어요.

마웨: 그러면 그걸 일기라고 부를 수 있을까요?

나: 잘 모르겠습니다.

립자: 일기라고 해서 글쓴이와 글 안의 화자가 반드시 같은 기호로 일치할 필요는 없지 않을까요? 작자와 화자 사이에 거리가 확보되었을 때 비로소 글이 써지는 경우도 왕왕 있어요. 아마 이분도, 그런데 선생님은 아직 별명을 짓지 않았네요? 생각해 온 이름이 있나요?

나: 죄송합니다. 아직.

고슴: 그럼 시옷이라고 해요. 어차피 일기의 주인공도 시옷이니까.

립자: 그럴까요?

도치: 수많은 자음 중에 시옷을 선택한 이유 정도는 물어봐도 됩니까?

나: 그냥…… 시옷은…… 어쩐지 넘어지지 않고 걸어가는 사람처럼 생겨서요.

*

내내 7이었던 달력 속 큼직한 숫자가 8로 바뀌었을 때 시옷은 열살이 되었다. 연도 중 십의 자리가 바뀌면서 자신의 나이도 두 자릿수로 바뀐 점을 시옷은 매우 특별한 일로 여겼다. 나는 71년에 한살, 72년에 두살, 79년에 아홉살, 그리고 80년에 열살이에요. 나는 연도 숫자와 나란히 나이를 먹어요. 대단한 발견을 한 것처럼 말했을 때 할머니는 그저 고개를 끄덕였고 엄마는 조금 웃어주었지만, 아빠는 호들갑스럽게 반응했다. 우리 딸이 그런 이치를 혼자서 깨치다니, 다 컸구나. 아빠는 시옷의 마른 몸통을 번쩍 안아 들고 방 안을 몇바퀴 빙그르르 돌았다. 시옷의 까르르 소리가 안방 천장에 부딪쳤다. 인제 열살도 되고 4학년 언니도 되었으니 밥도 많이 먹고 김치도 잘 먹고 쑥쑥 커야 한다. 할머니가 불경에서 눈을 떼고 돋보기 안경 너머로 시옷을 올려다보며 말했다. 할머니는 늘 시옷의 편식을 걱정했다. 안 그래도 또래보다 1년 먼저 입학해 키도 작고 몸도 말랐는데 입까지 짧아 더디 큰다고 했다. 아빠가 시옷의 뺨에 소리 나게 입을 맞추고 바닥에 내려놓았다. 어지러운 시옷이 비틀거리다 안방 요 위에 풀썩 넘어졌다. 저거 봐라. 애가 영 부실하다. 할머니는 끌탕을 하는데 아빠는 속 편한 목소리로 언제까지나 품 안의 아기로 남게 안 컸으면 좋겠다고 했다. 할머니가 그런 아빠를 흘겨보다 피식 웃어버렸다. 그날 시옷의 마음은 기쁜 예감으로 부풀었다. 시옷은 집안의 중심이었다. 봄이 오고 새 학년이 되면 지금까지와는 전혀 다른 세계가 펼쳐질 것이라 확신했다. 그러나 마냥 즐겁고 특별할 줄 알았던 그해 시옷의 집은 요란한 변화를 맞게 된다. 집안에서 한 남자가 사라지고 한 남자가 쳐들어오며 한 남자가 잉태되고 한 여자애가 사내자식으로 둔갑한다.

*

도치: 이야기가 급발진하는 느낌이에요.

마웨: 근데 뭔가 분위기가 바뀌면서 흥미진진해지는데?

고슴: 마웨님 말처럼 기대감이 느껴지기도 하지만, 갑자기 한 문장으로 미래를 요약해버리니까 진짜 소설처럼 읽혀요. 그것도 아주 올드한 소설이요.

*

전조가 없지는 않았다. 많은 부분이 먼 훗날 돌이켜보고서야 비로소 아귀가 맞아떨어지듯 이해되었지만, 불안한 기운은 어린 시옷도 막연하게나마 감지할 수 있었다.

79년 가을 이른 아침, 시옷은 잠결에 담배 연기를 느꼈다. 머리맡에서 누군가 담배를 피우며 속닥거리고 있었다. 담배 냄새 때문에 잠은 벌써 달아나버렸지만, 시옷은

눈을 뜨지 않고 머리맡에서 들려오는 나직한 음성에 귀를
기울였다.

뒤숭숭해요.

옆집 애니 아빠의 목소리였다.

허, 이거 참.

아빠의 탄식이 들려오고 곧바로 담배 냄새가 진하게
풍겼다.

아직은 공무원들만 전달받은 극비사항이니 공식발표
가 날 때까지는 형님도 아무 말씀 마세요.

응, 그래야지. 자네도 조심해.

예, 그래야죠. 그런데 우리 애니가 일찍 일어난 바람에
통화하는 소리를 들었어요.

입단속을 시켜야겠군.

네가 입을 잘못 놀리면 이 아빠가 쥐도 새도 모르게 끌
려간다고 했어요.

무슨 말인지는 알아듣고?

훌쩍훌쩍 울더라고요. 계집애들이란.

순간 두 남자 모두 입을 다물었다. 두 사람은 잠든 척하
는 시옷을 보고 있을 게 분명했다. 애니 아빠가 말한 계집
애들이란 애니와 시옷을 한꺼번에 가리킨 것일 테니까.
애니도 시옷도 외동이므로 양쪽 집안에 계집애들이라고

싸잡아 말할 자매는 없었다. 시옷은 잠든 척하는 걸 들킬까봐 조마조마했다. 이럴 때 괜히 몸을 뒤척이거나 잠꼬대를 흉내 내면 안 된다. 어설픈 연기는 들통의 지름길이다. 뭔가를 숨기려면 최대한 자연스러워야 한다. 두 남자가 같이 담배를 피우는지 담배 냄새가 한껏 진해졌지만, 그보다 잠결에 엿들은 비밀의 무게가 너무 무거워서 시옷은 숨을 쉴 수가 없었다.

대통령이 총에 맞아 죽었다.

비밀은 단 한 문장으로 요약할 수 있었지만 '대통령'과 '총'이라는 단어가 한번에 들어간 짧은 문장은 저울에 올릴 수 없을 정도로 무거워졌고, '죽었다'라는 마지막 단어는 마침표를 찍듯 어린 시옷의 목울대를 쿡 찔렀다. 더는 참을 수 없어 눈을 뜨고 말았을 때 아빠와 애니 아빠는 방을 나가고 없었다. 꿈이었나? 그때 엄마가 시옷의 이름을 부르며 방문을 열었다. 어휴, 담배 냄새. 재떨이를 집어 드는 엄마의 얼굴이 체한 사람처럼 하얗게 질려 있었다.

그날 시옷은 교실에서 입을 꾹 다물고 지냈다. 평소에도 학교에 가면 말이 없었지만, 그날은 입을 여는 즉시 비밀이 포르르 입 밖으로 날아가버릴까봐 힘주어 입을 다물었다. 그날따라 아이들은 주눅이 든 것처럼 조용히 지냈다. 선생님도 내내 이마를 찌푸리며 자습을 시키고 교과서 내용을 베껴 쓰게 했다. 학교 전체가 괴괴했다. 토요일 특유의 들뜬 분위기도 없었다. 4교시까지 마치고 집에 돌아왔을 때는 하도 힘을 주어 턱 끝이 얼얼했고 연필을 꼭 쥐고 쓰는 버릇 때문에 검지와 중지 사이가 푹 패어 있었다. 온종일 긴장한 탓인지 시옷은 저녁상이 나오기 전에 까무룩 잠들어버렸다. 누군가 시옷의 이마를 한번씩 만져보고 갔다. 아빠가 시옷을 흔들어 깨웠을 때 텔레비전에서 9시 뉴스가 시작되었다. 아빠는 아스피린 반조각을 숟가락에 물로 개어서 시옷의 입안에 밀어 넣었다. 아스피린의 끝 맛이 시큼했다. 아빠가 시옷의 이마를 짚어보았다. 아빠의 손바닥은 서늘했다. 쥐도 새도 모르게. 애니 아빠의 속삭임이 떠오르자 울음이 터졌다. 쥐도 새도 모르게 대통령이 총에 맞아 죽었다. 쥐도 새도 모르게 대통령이 총에 맞아 죽었다는 비밀을 누설하면 쥐도 새도 모르게 아빠가 끌려간다. 쥐도 새도 모르게 대통령이 총에 맞아 죽었다는 비밀을 누설하면 쥐도 새도 모르게 아빠가 끌려가고 쥐도 새도 모르게 시옷은 아빠를 잃는다.

뚝. 괜찮아. 아스피린은 효과가 좋단다. 한숨 자고 나면 열이 떨어질 거야.

그러나 시옷의 이마에 닿은 아빠의 손이 떨고 있었다. 아빠는 괜찮지 않았다.

다음 주 월요일의 학교는 시끄러웠다. 아이들은 대통령이 총에 맞아 죽었다는 이야기를 잘도 주절거렸다. 주말을 지나는 동안 비밀은 더이상 비밀이 아니었다. 애들은 총을 쏘았다는 남자의 이름을 입에 올리고 대통령과 함께 총에 맞아 죽었다는 다른 남자의 이름을 입에 올렸다. 내가 김재규고 너는 차지철이다. 입으로 탕탕 소리를 내며 총질놀이를 하는 남자애들도 있었다. 쉬는 시간 복도를 지나가던 담임선생님이 '내가 김재규다'라고 큰 소리로 외치는 남자애의 뒷덜미를 잡아챘다. 선생님은 아이를 복도 벽에 밀어붙이더니 잔뜩 억눌린 목소리로 말했다.

이 새끼가 누굴 죽이려고.

선생님의 눈자위가 붉게 부어올랐다. 시옷이 보기엔 멱살을 잡힌 아이보다 선생님이 더 겁에 질려 있었다. 이 새끼가 누굴 죽이려고. 협박 같기도 하고 애원 같기도 한 그 말이 온종일 시옷의 귓가를 맴돌았다. 이 새끼가 누굴 죽이려고. 쥐도 새도 모르게. 선생님에게 멱살이 잡힌 아이는 책상에 엎드려 울었다. 울음이 전염병처럼 번졌다. 어떤 아이는 대통령이 불쌍해서 울었고 어떤 아이는 혼난 아이가 가엾어서 울었다. 옆의 아이가 울자 저절로 눈물이 나와 우는 아이도 있었다. 시옷은 울지 않았다. 시옷은 무서웠지 슬픈 게 아니었다.

*

마웨: 사건이 일어나니 점점 흥미진진해지는구먼.

고슴: 역사소설 같아요.

도치: 그래서 재미있다고?

고슴: 재미라기보다는…… 그냥 다음 이야기가 궁금해지잖아.

림자: 마웨님이 사건이 일어났다고 말씀하셨는데, 엄밀히 말하면 역사적인 사건이 배경으로 등장했을 뿐 화자인 시옷에겐 아직 본격적인 사건이 일어나지 않았어요. 만약 이 글이 픽션이라면 구체적인 사건이 발생하기 전의 도입부라고 볼 수 있습니다.

마웨: 그 사건하고 그 사건하고 다릅니까?

림자: 픽션에서 말하는 사건은 현실에서 일어나는 사건과 같지는 않아요. 흔히 소설 구성의 삼요소로 인물, 배경, 사건을 들잖아요?

고슴: 와, 국어시간 같아.

도치: 그래서 재미있다고?

고슴: (그럴 리가 있냐는 듯 눈을 흘긴다)

나: 하지만 이 글은 픽션이 아닙니다.

림자: 아, 그렇죠. 우리는 일기쓰기교실에 와 있으니까요. 하지만 소설이 아니어도 모든 산문에는 나름의 구성과 체계가 있습니다. 특히 읽는 사람을 상정하고 쓰는 글은 경험이든 순전한 창작이든 스토리텔링의 구성이 탄탄할수록 상대에게 매력적으로 다가갈 수 있어요.

마웨: 맞아! 누가 읽어줘야 글 쓰는 맛도 나지.

도치: 하지만 일기는 누가 읽으라고 쓰는 게 아니잖아요.

림자: 그렇죠. 하지만 모든 글은 사실상 독자를 상정해요. 아무리 일기라도 독자는 있습니다. 우선 자기 자신이 최초의 독자가 되겠죠. 게다가 여러분은 지금 남이 읽을 일기를 쓰는 중이고요.

나: ('남이 읽을 일기를 쓰는 중'이라고 수첩에 기록한다)

*

애니는 그 이름처럼 예뻤다. 순정만화 주인공처럼 곱슬거리는 머리를 포니테일이나 양 갈래로 묶고 큼직한 리본을 달았다. 프릴이 달린 드레스를 입고 자수가 놓인 하얀 타이츠와 메리제인 구두를 신었다. 무엇보다 애니에겐 자기만의 방이 있었다. 시옷의 집은 애니의 집보다 훨씬 컸지만 시옷에겐 시옷만의 방이 없었다. 애니와 시옷은 애니네가 시옷의 옆집으로 이사를 왔던 여섯살에 처음 만났고 곧 단짝 친구가 되었다. 어느 쪽이 먼저인지는 모르겠지만 애니 엄마와 시옷의 엄마도 친구가 되어 담장 너머로 콩자반 그릇이나 잡채 접시를 주고받았고 도청 공무원인 애니 아빠는 전직 공무원이었던 시옷의 아빠를 형님이라 부르며 간혹 같이 술을 마시거나 담배를 피웠다. 애니와 시옷은 마당이 넓은 시옷의 집에서 바지랑대에 고무줄 한쪽 끝을 묶어놓고 단둘이 고무줄놀이를 하거나 장난감이 훨씬 많은 애니의 방에서 놀았다. 인형놀이를 할 때면 애니는 제가 가진 인형 중 가장 최근에 산 인형을 시옷에게 빌려주었다. 인형의 곱슬거리는 금발과 프릴 드레스를 만지작거리며 시옷은 애니의 머리와 옷을 흘끔거렸다. 애니 엄마는 아침마다 애니를 거울 앞에 앉혀놓고 촘촘한 빗으로 머리를 빗기고 직접 만든 큼직한 리본을 달아준다고 했다. 애니는 엄마가 머리를 당겨 묶을 때마다 얼굴 가죽이 벗겨지는 것처럼 아프다며 그 시간이 정말로 싫다고 했지만, 그런 풍경에 들어가본 적 없는 시옷은 그저 거울 앞의 애니가 부러웠다. 애니는 자기가 가진 것의 힘을 몰랐다. 늘 바가지머리에 티셔츠와 바지 차림인 시옷은 애니 옆에 있으면 동화책에서 본 공주님의 시종이 된 기분이었다. 애니네 집은 기와지붕 한옥이었지만 그 안은 세계 동화 전집에서 엿본 유럽 어느 나라의 집 같았다. 애니 엄마에겐 흰 레이스 식탁보를 깐 식탁이 있었고 시옷의 집에는 큼직한 옻칠 밥상이 있었다. 애니 엄마의 접시는 희고 매끄러운 도자기였지만, 시옷의 집은 누런 유기에 음식을 담았다. 엄마는 무거운 유기를 닦을 때마다 손목이 부러지는 것 같다며 나직하게 불평했다. 실제로 애니네 집에는 유럽에서 온 물건들이 많았다. 유럽에서 왔다는 드레스, 유럽에서 왔다는 인형, 유럽에서 왔다는 과자, 유럽에서 왔다는 커튼. 그런 애니가 진짜 유럽 사람을 시옷의 집에 데려왔을 때는 정말이지 깜짝 놀라 믿을 수가 없었다. 애니가 소중한 보물처럼 안고 온 어린 여자애는 금발이었다. 인형이 아니고 진짜 사람이 금발을 찰랑이는 모습을 시옷은 그때 처음 보았다. 아이의 얼굴은 속이 들여다보일 것처럼 살갗이 투명하게 희었고 햇살을 받은 금색 머리카락은 천천히 부서져 공중으로 흩어질 것 같았다. 아이는 시옷이 전혀 알아들을 수 없는 말을 종알거리며 시옷의 집 마당을 신나게 뛰어다녔다. 애니는 그런 아이가 넘어질세라 조바심을 내며 뒤를 쫓아다녔다. 늘 시옷에게 가장 좋은 장난감을 양보하던 애니가 그날만은 어쩐지 뻐기는 표정을 지었다.

내 동생 클라라야.

거짓말. 외국 사람이 어떻게 네 동생이냐?

우리 이모 딸이니까 내 동생 맞아.

거짓말. 네 이모가 어떻게 외국 사람을 낳냐?

진짜야!

애니는 뾰로통해져서 금발 아이의 손을 낚아채고 제집으로 돌아가버렸다. 텅 빈 마당에 햇살만 그득했다. 시옷은 손등에 내려앉은 희귀한 금빛 나비를 눈 깜박할 사이에 놓쳐버린 것처럼 서운하고 아득했다. 금발 아이를 만져보고 싶었다. 금빛 곱슬머리를 손가락으로 휘휘 감아보고 싶었다. 금발 아이를 할머니 경대 앞에 앉혀놓고 참빗으로 머리를 얼굴 가죽이 벗겨질 만큼 단단히 빗겨주고 싶었다. 애니가 가장 아끼는 붉은색 벨벳리본을 훔쳐 금발 아이에게 달아주고 싶었다. 시옷은 부아가 나서 괜히 발끝으로 마당 흙을 툭툭 차올렸다. 된장을 푸러 나온 할머니가 시옷에게 말했다.

그러다 개미 밟을라. 목숨 죽이지 마라. 죄로 간다.

금발 아이가 간호사로 독일에 간 애니 이모가 백인 남편을 만나 낳은 아이라는 이야기는 훨씬 나중에 들었다.

그 당시의 시옷은 검은 머리의 한국 사람이 금발의 독일 사람을 낳을 수도 있다는 이야기를 듣지 못했고, 들었던 들 이해할 수 없었을 것이다.

시옷의 식구들은 시옷이 내심 애니처럼 드레스를 입고 긴 곱슬머리를 찰랑이고 싶어한다는 사실을 몰랐다. 시옷은 엄마가 시장에서 늘 좀더 큰 사이즈로 골라주는 헐렁한 말표 운동화 말고 애니처럼 기차표 메리제인 구두를 신고 폴짝거리고 싶었다. 치맛자락이 무릎을 간질이며 흔들리는 드레스를 입고 싶었다. 아침마다 시옷을 거울 앞에 앉혀놓고 얼굴 가죽이 벗겨질 듯 아프게 머리를 빗겨주는 어른이 있기를 바랐다. 애니의 이모처럼 금발 아이를 낳은 이모를 소망했다. 하지만 어쩌다 한번 만나는 시옷의 이모들은 이모라기보다는 할머니에 가까웠다. 엄마는 딸 부잣집의 늦둥이 막내였다. 아빠도 늦둥이 외아들이었기에 시옷의 고모들 역시 할머니에 가까웠고, 명절을 쇠러 시옷의 집에 오면 어린 시옷의 궁둥이를 토닥이며 예쁘다, 예쁘다, 말했지만 진짜 예쁜 드레스나 구두를 사주는 사람은 하나도 없었다. 양가 사촌 언니 오빠는 전부 시옷보다 나이가 훌쩍 많아 이모 삼촌이라고 부르는 게 더 어울렸지만, 이들도 금발 아이를 낳는 재주는 없었다. 금발 아이를 놓쳐버린 그날, 시옷은 저녁 밥상 앞에서 드레스와 구두를 사달라고 졸랐다. 엄마는 황당하다는 얼굴로 시옷을 빤히 보았고 아빠는 그게 뭐 그리 어려운 일이냐고 당장 사러 가자고 너스레를 떨었으며 할머니는 묵묵히 수저질을 멈추지 않았다. 시옷은 할머니의 반응이 제일 신경 쓰였다. 할머니가 아무 말도 하지 않으면 불안했다. 언젠가 학교에서 미술시간 준비물로 찰흙을 가져오라고 했는데 그 이야기를 들은 할머니가 아무 말 없이 호미와 바가지를 꺼내더니 시옷을 데리고 동네 언덕에 올라갔다. 할머니는 수풀이 우거진 비탈길을 헤매더니 산그늘 아래 축축한 곳을 찾아 붉은 기운이 도는 흙을 퍼 바가지에 담았다. 다음 날 미술시간에 다른 애들이 문방구에서 파는 매끈한 찰흙을 꺼내 그릇을 빚는 동안 시옷 혼자 할머니가 거즈 수건에 싸준 흙덩이에서 잔돌을 골라내느라 애를 먹었다. 뭘 빚으려 해도 돌멩이가 나와 손끝을 찔렀다. 시옷의 흙덩이는 어떠한 형태도 되어주지 않았다. 옆에 앉은 애가 배를 잡고 깔깔거렸다. 어린 시옷은 그때 처음으로 '망신'이 뭔지 체감했다. 시옷은 할머니가 당장 숟가락을 내려놓고 벽장 안에 차곡차곡 포개놓은 천을 꺼내 재봉틀로 시옷의 드레스를 만들어준다고 할까봐 겁이 났다. 할머니는 「알프스의 소녀 하이디」에서 부잣집 딸 클라라가 입는 프릴 드레스는커녕 하이디가 입는 초라한 드레스조차 만들지 못할 것이다. 누더기 같은 치마를 입은 자신의 모습을 상상해본 시옷이 밥을 먹다 말고 큰 소리로 울음을 터뜨렸다. 엄마와 아빠가 휘둥그레진 눈으로 시옷을 보았는데, 그때 할머니가 숟가락을 내려놓고 말했다.

드레순지 뭔지 하나 사줘라. 애가 얼마나 한이 맺혔으면 저러겠냐.

엄마가 별스럽다는 듯 시옷을 향해 살짝 눈을 흘겼는데, 엄마의 입은 분명 웃고 있었다.

초여름이었을 것이다. 애니가 데려온 금발 아이의 머리통에 금빛 햇살이 가파른 사선으로 내리꽂혔다. 엄마가 사준 드레스는 얇은 재질이었다. 뛰는 속도에 맞춰 나풀거리던 치맛자락의 느낌이 생생하다. 타이츠 대신 구두에 흰 양말을 접어 신었을 테니 종아리 맨살이 드러났을 것이다. 치맛자락이 흔들리며 허벅지를 쓰다듬는 감촉이 좋아서 시옷은 자주 깡충거렸다. 3교시나 4교시였을 것이다. 시옷의 학교는 그 지역에서 가장 규모가 컸으므로 등하교 때나 쉬는 시간이었다면 주변에 아이들이 바글거렸을 텐데, 기억 속 그곳에는 시옷과 그 남자들뿐이었으니 분명히 수업시간이었을 것이다. 수업시간에 교실 밖으로 나갔다면 틀림없이 선생님 심부름이었을 것이다. 시옷은 작은 양동이에 물을 받으러 교사(校舍) 밖으로 나갔다. 당시에는 화장실도 수돗가도 전부 실외에 있었다. 아이들은 교사와 교사 사이에 있는 작은 수돗가에서 손을 씻거나 물을 먹거나 어항 물을 갈았다. 시옷이 양동이를 들고 수돗가에 이르렀을 때 5학년이나 6학년으로 보이는 남자들이 팔레트를 씻고 있었다. 여러 색깔 물감이 뒤섞이며 시멘트 바닥의 수챗구멍으로 흘러갔다. 남자들은 두명 혹은 세명이었다. 시옷이 수도꼭지 밑에 양동이를 놓았다. 수도꼭지가 열리며 쏴 하고 물이 쏟아지는 순간 한 남자가 시옷에게 달려들어 치맛자락을 확 들췄다. 또다른 남자가 외쳤다. 보지를 따먹어! 시옷이 놀라 뒷걸음질을 치다가 턱에 걸려 뒤로 넘어졌다. 치맛자락이 얼굴까지 들춰진 채로 시옷은 일어나지 못했다. 와아! 두명 혹은 세명의 남자가 순식간에 달려들어 시옷의 속옷을 잡아 뜯었다. 보지 땄다! 두명 혹은 세명의 남자는 달아날 생각도 하지 않았다. 그들은 아무 일도 없었다는 듯 제자리로 돌아가 팔레트를 마저 씻었다. 달아난 사람은 시옷이었다. 시옷은 선생님의 양동이를 수도꼭지 아래 그대로 두고 교사 안으로 도망쳤다. 시옷의 첫 드레스가 흙으로 더럽혀졌다. 시옷이 울며 교실로 돌아가자 선생님이 물었다.

양동이는 어디에 두고 너 혼자 왔니?

그후로 시옷은 치마를 입지 않았다. 엄마는 애가 변덕

이 왜 이리 심하냐고 혀를 찼다. 치마를 입고 싶지 않은 이유를 털어놓으니 그냥 변덕이 심한 아이가 되는 편이 나았다. 초여름 수돗가에서 벌어진 일은 오직 시옷의 기억에만 속했다. 시옷은 어른이 되어서도 간혹 그 일을 떠올릴 때면 양동이 위의 수도꼭지는 누가 잠갔을까, 생각했다. 아무 일 없었다는 듯 감쪽같았던 그 남자들은 시옷이 버리고 간 양동이가 물로 넘치기 전에 수도꼭지를 잠가주었을까? 시옷은 고작 그런 것이 궁금했다.

*

마웨는 거, 그, 보, 그런 단어는 좀, 너무 노골적이 아닌가, 나는 늙은이라 그런지 좀, 거북한데, 더듬거리며 못마땅함을 드러냈다. 뜻밖에 고슴이 보지를 보지라고 부르지 그럼 뭐라고 불러요, 했다. 도치와 림자는 아무 말도 하지 않았다.

*

대통령이 죽고 국무총리였던 사람이 대통령이 되었다. 시옷이 태어났을 때부터 줄곧 대통령이었고, 그 이름이 곧 대통령이라는 일반명사와 동급인 줄 알았던 사람은 죽으면서 고유명사로 돌아갔다. 그래도 달라진 건 별로 없었다. 칠판 위에 태극기 액자가 걸린 것도 변함없었고 칠판 왼쪽에 국민교육헌장 액자가 걸린 것도 똑같았다. 4학년이 되면서 담임선생님은 바뀌었지만, 국민교육헌장을 외우지 못하면 무섭게 혼내는 것도 똑같았다. 내가 김재규다! 하고 외쳤던 아이의 멱살을 잡고 이 새끼가 누굴 죽이려고, 협박했던 3학년 담임선생님과 험상궂은 표정이 너무 비슷해 쉽게 구별되지 않았다. 특히 이 선생님은 아이들 이름을 외우지 않았다. 그냥 반장, 주번, 58번, 거기 빨간 샤쓰, 하고 불렀다. 언젠가 무슨 수업을 하다가 선생님이 갑자기 얼굴을 확 찌푸리더니 거기 3분단 뒤에서 두 번째 줄 쥐색 샤쓰 앞으로 나와, 했다. 선생님은 호명당한 아이가 쭈뼛거리며 천천히 앞으로 다가오는 모습을 노려보았다. 시옷은 그 아이를 몰랐다. 같은 반이었던 적도, 동네에서 마주친 적도 없었다. 선생님은 아이의 걸음에 박자를 맞춰주려는지 오른손에 든 지휘봉으로 자신의 왼손 바닥을 찰싹찰싹 두드렸다. 순식간에 조용해진 교실에 선생님의 맨살을 때리는 지휘봉 소리만 리드미컬하게 울렸다. 아이가 교탁 옆에 도착하자 선생님은 지휘봉으로 교탁을 한번 탁 내리치며 여기에 올라앉아, 지시했다. 아이는 영문을 몰라 당황한 얼굴이었지만 선생님이 시킨 대로 맨 앞자리 책상에 발을 디뎌 힘겹게 교탁 위로 올라가 무릎을 꿇고 앉았다. 60명 아이들이 일제히 선생님 키보다 높이 올라앉은 그애를 쳐다보았다. 선생님이 지휘봉 끝으로 아이의 쥐색 윗도리를 확 들췄다. 윽. 앞쪽에 앉은 아이들이 억눌린 신음을 내뱉었다. 아이들 눈앞에 드러난 그애의 배에는 입고 있는 윗도리 색깔보다 진한 잿빛 때가 잔뜩 끼어 있었다. 시옷은 그런 피부를 처음 보았다.

이것 좀 봐라.

선생님이 지휘봉 끝으로 아이의 옷자락이 내려가지 않게 고정하고 말했다.

이 지경이 되도록 자신의 몸을 돌보지 않는 것은 공부를 게을리하는 것보다 추악한 일이다. 무식과 더러움은 똑같이 감출 수 없다. 봐라, 당장 이토록 악취를 풍기지 않느냐.

그 말을 신호로 앞자리 아이들이 코를 싸쥐었다. 시옷은 그애의 얼굴에서 시선을 뗄 수가 없었다. 아이의 눈은 너무 아름다웠다. 눈이 참 크고 속눈썹이 짙고 길었다. 눈동자가 무척 까맣고 또렷했다. 외갓집 동네에서 본 송아지의 눈망울이 떠올랐다. 아이의 속눈썹이 축축해지는가 싶더니 버짐이 핀 뺨 위로 굵은 물줄기가 쑥 흘러내렸다.

너무 갑작스러운 흐름이라 시옷은 그게 눈물인 줄도 몰랐다. 아이는 소리 하나 내지 않고 조용히 울었다.

내일까지 이 때를 깨끗이 벗겨 오지 않으면 사랑의 매로 손바닥을 때릴 것이다.

칠판의 오른쪽, 그러니까 왼쪽의 국민교육헌장과 대칭되는 자리에 '사랑의 매'라는 이름표가 붙은 회초리가 걸려 있었다. 선생님이 딱 한번 아이들을 향해 웃음을 지어 보인 적이 있는데, 그 사랑의 매를 어루만지며 박달나무를 깎아 만든 귀한 물건이라고 자랑했을 때였다. 눈이 아름다운 그애는 내일까지 때를 벗겨 오지 않으면 단단하기로 이름 높다는 박달나무 매로 손바닥을 맞을 것이다. 아이의 눈물 줄기가 더욱 굵어졌다. 선생님이 지휘봉을 거두자 아이의 옷자락이 내려가 어린 배를 감췄다. 아이는 조용히 울며 교탁에서 내려갔다. 아이가 제자리로 돌아가는 길 양옆에 앉은 아이들이 차례로 코를 감싸 쥐었다. 시옷은 절대로 코를 감싸 쥐지 않겠다고 마음먹었지만 아이가 바로 옆을 지나갈 때 자신도 모르게 숨을 참았다. 모욕이다. 시옷은 그때 모욕의 뜻을 제대로 깨달았다. 어린아이에게 저런 모욕을 가한 선생님을 절대 용서하지 않겠다고 결심했다. 그러나 그날 저녁 시옷은 엄마가 시키기도 전에 욕실에 들어가 오래도록 몸을 씻었다. 엄마는 우

리 시웃이 다 컸네, 칭찬했다. 다음 날 담임선생님이 그애
의 몸을 검사했는지 어쨌는지는 기억나지 않는다. 아이가
사랑의 매로 손바닥을 맞았는지 어쨌는지도 기억에 없다.
다만 그후로 그애는 다른 아이들과 말을 섞거나 어울려
놀지 않았고 한동안 반 아이들이 그애가 옆을 지나갈 때
마다 코를 감싸 쥐며 혐오를 적극적으로 표현했던 장면들
은 또렷이 기억난다. 그럴 때마다 그애가 그 아름다운 눈
을 내리깔고 묵묵히 제 몫의 모욕을 감내했다는 것도. 어
떤 일은 지켜보는 것만으로도 상처가 되었다.

　그 일을 목도한 후로 시웃은 어른을, 정확히는 어른의
지목을 더 두려워하게 되었다. 학교에 가면 최대한 선생
님들의 눈에 띄지 않으려고 했다. 아빠가 사다준 만화잡
지에서 본 투명 망토가 절실했다. 수업시간에 선생님이
교과서를 소리 내어 읽어보라거나 문제의 정답을 요구하
며 시웃의 번호를 부르면 시웃의 심장은 당장 가슴을 찢
고 튀어나올 것처럼 쿵쾅거렸다.

　어느 날 수업 시작종이 울렸는데 담임선생님은 오지
않고 처음 보는 선생님이 시웃의 교실로 들어왔다. 담임
선생님보다 더 나이 든 선생님이라 아이들은 당장 입을
다물고 자세를 바르게 고쳐 앉고 교탁 쪽을 쳐다보았다.
낯선 선생님은 아무 말 없이 아이들을 앞에서 뒤로, 왼쪽

에서 오른쪽으로 훑어보았다. 그러곤 잠시 후 너, 거기 너, 너, 거기 3분단 뒤에서 세번째, 하고 몇명을 지목해 자리에서 일어나게 했다. 선생님의 지휘봉 끝이(당시 선생님들에게 지휘봉은 손의 연장 기관이었다) 시옷을 향했을 때 시옷은 그대로 숨이 멎는 줄 알았다. 자리에서 일어난 아이들도 앉아 있는 아이들도 무슨 일이 벌어질지 몰라 긴장했다. 낯선 선생님이 일으켜 세운 아이들 곁으로 가까이 다가가 좀더 자세히 살펴보더니 그중 몇명은 다시 자리에 앉혔다. 끝까지 남은 사람은 시옷과 2분단 앞에서 두번째 줄 여자애였다. 애니처럼 늘 드레스를 입고 머리를 양 갈래로 땋고 다니는 아이였다. 선생님이 시옷과 여자애를 가리키며 자신을 따라오라고 했다. 낯선 선생님을 따라 교실 밖으로 나가자 담임선생님이 창틀에 팔꿈치를 기댄 채 담배를 피우고 있었다. 선생님은 시옷과 여자애 쪽은 보지도 않고 낯선 선생님에게 가볍게 묵례하더니 담배 끝을 창턱에 짓이겨 불을 껐다. 시옷은 양쪽 귀로 자신의 심장이 쿵쾅거리는 소리를 들었다. 낯선 선생님은 지휘봉을 가볍게 흔들며 복도를 걸어갔다. 시옷과 여자애는 긴장한 얼굴로 뒤를 따라갔다.

낯선 선생님은 4학년 교사를 나와 운동장을 가로질러 본관 건물로 들어갔다. 본관은 교무실과 교장실, 행정실,

양호실, 그리고 1, 2학년 교실이 있는 학교에서 가장 큰 건물이었다. 시옷도 1, 2학년 시절을 그 건물에서 보냈지만 교무실이나 교장실, 행정실처럼 팻말만 봐도 왈칵 겁이 나는 곳에 들어간 적은 없었다. 어른들이 싫고 무서웠던 시옷은 어른들 가까이에 가는 일이 없도록 애썼다. 선생님이 시키는 일이라면 숙제든 준비물 챙기기든 시험공부든 꼬박꼬박 해 갔던 것도 순전히 어른들 눈에 띄지 않기 위해서였다. '교무실로 따라와'는 시옷이 상상할 수 있는 가장 무서운 말이었다. 그랬던 시옷이 낯선 선생님 뒤를 따라 교무실 문턱을 넘었다. 교무실은 책상 배치도 수런거리는 공기도 풍기는 냄새도 교실과 달랐다. 시옷의 어깨가 떨렸다. 시옷은 울음을 참으려고 이를 악물고 주먹을 꼭 쥐었다. 낯선 선생님이 시옷과 여자애를 교무실 가장 깊은 곳의 육중한 책상 앞으로 데려갔다. 책상 위 검은 명패에 무지개가 어른거리는 젖빛 글씨로 '교감 김충렬'이라고 쓰여 있었다. 다른 반에서 먼저 온 아이들이 교감의 책상 옆으로 길게 줄지어 서 있었다. 시옷과 여자애가 합류하자 교감이 그럼 시작해볼까, 하고 일어났다. 교감은 자기 앞에 눈을 내리깔고 조용히 서 있는 가엾은 아이들을 찬찬히 살펴보았다. 교감의 눈빛은 시장에서 물건을 고르는 것처럼 신중했다. 그것은 평가와 감정의 시선이었

다. 교감의 시선이 시옷을 향했을 때 갑자기 오줌이 마려
웠다. 시옷은 다리와 배에 힘을 주고 버텼다.

사내자식이 참 곱상하게 생겼구나.

교감의 말에 낯선 선생님이 끼어들었다.

그렇죠? 사내자식이 얼굴도 하얗고 이목구비도 올망졸
망한 게 꼭 계집애처럼 생겼더라고요.

교감이 고개를 천천히 끄덕이며 시옷을 다시 머리부터
발끝까지 훑어보았다.

남자 화동을 시킬까요, 교가 제창단에 넣을까요?

낯선 선생님의 질문에 교감이 시옷에게 말했다.

교가 1절을 불러봐라.

시옷은 지금도 왜 그때 자신은 사내자식이 아니라고
밝히지 못했을까 생각해본다. 오줌을 참느라 그런 생각을
할 여유가 없었을까? 아무리 오해라도 선생님 말은 무조
건 옳기 때문이었을까? 시옷은 오해를 바로잡지 못하고
곧바로 교가 1절을 부르기 시작했다.

기린봉 높이 솟아 해를 품을 때
더불어 빛나는 우리 온주인
찬란한 웃음 속에 피는 새싹들
나무로 기둥으로 우뚝 솟아라

우리 온주 우리 온주 대한의 자랑

눈부시게 뻗어나갈 세계의 햇살

시옷의 노래가 끝나자 주변 선생님들이 장난스럽게 손뼉을 쳤다. 그러자 교감 앞에 줄지어 선 아이들도 얼떨결에 손뼉을 쳤다. 시옷은 다시 배에 힘을 주어 오줌을 참았다.

사내자식이 목소리도 옥구슬이구나.

교감이 흡족한 얼굴로 말하자 낯선 선생님이 빈소년합창단에 들어가도 되겠다며 맞장구쳤다. 교감이 검지로 책상을 톡톡 두드리며 잠깐 생각해보더니 목소리가 아까우니 교가 제창단에 넣읍시다, 하고 결론지었다. 하긴 남자 화동은 곱상한 놈보다는 씩씩하고 우람한 놈이 낫죠, 하고 낯선 선생님도 동조했다. 교감과 낯선 선생님이 남자 화동과 여자 화동을 고르고 또 교가 제창단에 넣을 다른 아이들을 고르는 동안 시옷은 다리까지 비비 꼬며 오줌을 참아야 했다. 시옷은 이주일 후 문교부장관 방문 환영 행사에서 학년 대표로 교가를 부르게 되었고 애니를 닮은 같은 반 여자애는 여자 화동으로 뽑혔다. 낯선 선생님이 시옷에게 오늘부터 매일 방과 후에 본관 음악실에서 교가 제창단 연습을 하고 집에 가라고 했다. 여자애한테는 행사 당일 한복을 입고 머리에 댕기를 묶고, 가능하면 화장도 좀 하고 오라고 일렀다. 시옷과 여자애는 본관을 나와 4학년 교사로 돌아가는 내내 아무 말도 하지 않았다. 시옷은 여자애의 이름을 몰랐다. 그러나 여자애가 계속 시옷쪽을 흘끔거리는 것은 알 수 있었다. 거짓말쟁이. 여자애가 속으로 시옷을 비난하고 있을지도 몰랐다. 시옷은 처음부터 끝까지 아무 말도 하지 않았는데 거짓말쟁이가 되어버렸다. 말 없는 거짓말. 그날부터 이주일 동안 시옷은 원치 않는 비밀을 품고 묵직하게 버텼다. 방과 후 음악실을 찾아가 각 학년 대표와 함께 교가를 연습했고 행사 당일에는 엄마에게 미리 말해 준비한 남아용 양복을 입고 갔다(어쩐지 엄마는 아무것도 묻지 않고 시옷의 말대로 남아용 양복을 준비해주었다).

행사는 어찌어찌 흘러갔다. 시옷으로선 아무리 봐도 교장, 교감과 구별이 안 되는 정장 입은 남자와 그의 부인이라는 투피스 차림의 여자가 단상에 오르자 한복을 입고 화장까지 한 남녀 화동이 꽃다발을 건넸다. 시장, 도지사, 교육감처럼 시옷은 발음하기도 어려운 직책의 어른들이 차례로 소개되고 잠시 후 감색 세일러복을 맞춰 입은 아이들 스무명 정도가 질서정연하게 단상으로 올라갔다. 사회자 선생님이(시옷을 교감 앞으로 데려간 그 낯선 선생님이었다) 아이들을 방송국 어린이합창단이라고 소개했다. 어린이합창단이 애국가를 1절부터 4절까지 부르고 이어 '전북의 노래'라는 처음 듣는 노래를 불렀다. 그리고 동요를 한곡 불렀는데, 화음을 이루는 합창을 시옷은 그때 처음 들었다. 합창단의 노래가 깊고 풍성하게 넓은 강당 안을 채웠다. 사회자 선생님이 어린이합창단의 노래에 답가를 부를 교가 제창단을 소개했다. 시옷은 다른 학년 대표와 함께 마이크 앞에 나란히 서서 교가를 불렀다. 이 주일 동안 연습한 대로 어느 부분을 강하게 부르고 어느 부분을 약하게 부를지 신경 써가며 불렀다. 이 순간만 지나면 거짓말에서 놓여날 수 있다는 생각으로 열심히 불렀다. 마이크와 스피커를 통과해 실내를 채웠다가 다시 귀로 돌아오는 제 목소리가 너무 낯설어 노래하는 내내 소름이 일었다. 교가를 2절까지 부르고 입을 꾹 다물었을 때 시옷은 비로소 안도했다. 사회자 선생님의 손짓을 신호로 교가 제창단은 단상 바로 아래 자리로 돌아갔다. 그후 행사가 어떻게 흘러갔고 어떻게 끝났는지는 하나도 기억나지 않는다. 시옷은 단상 위를 쳐다보는 척하면서 아마 멍하니 다른 생각을 했을 것이다. 이제 방과 후 연습도 끝났으니 집에 돌아가면 할머니가 쪄주는 고구마를 먹으면서 밀린 만화잡지를 읽어야지, 하는 생각들을. 박수 소리와

함께 행사가 끝나고 모두 자리에서 일어나 흩어지기 시작
했을 때 누가 시옷의 어깨를 가만히 잡았다. 아빠처럼 포
마드를 발라 머리를 단정히 빗어 넘긴 양복 차림의 신사
였다. 신사가 허리를 숙이고 시옷과 눈높이를 맞추더니
양복 안주머니에서 명함을 한장 꺼내주었다.

어머니한테 여기 적힌 전화번호로 꼭 연락을 부탁드린
다고 말씀드리렴.

신사는 양복을 입은 남자 어른답지 않게 다정한 말투
를 썼다.

너를 발견해서 참 기쁘구나.

신사가 건넨 명함에 시옷이 매일 저녁 9시 뉴스 화면에
서 보았던 것과 똑같은 알파벳 세 글자가 찍혀 있었다. 신
사는 방송국 어린이합창단의 지휘자였다.

그날 저녁 명함을 받은 엄마는 한참 궁리하는 기색이
더니(시옷이 보는 데서 명함에 적힌 번호로 전화를 걸지
는 않았다) 다음 날 시옷이 학교에서 돌아오는 대로 시옷
을 데리고 버스를 탔다. 버스는 30분 넘게 시내를 가로질
러 낯선 정류장에 시옷과 엄마를 내려주었다. 정류장에서
큰길을 건너 가파른 언덕길을 끝까지 오르자 꼭대기에 송
수신탑을 화관처럼 무겁게 인 큰 건물이 보였다. 건물 벽
에 시옷이 신사의 명함에서 보았던 것과 똑같은 알파벳

세 글자가 큼직하게 박혀 있었다. 시옷은 그날 바로 방송국 어린이합창단원이 되었다. 지휘자 선생님이 들뜬 표정으로 시옷을 다른 합창단원에게 소개했다. 시옷은 다른 아이들이 보는 앞에서 지휘자 선생님의 피아노 반주에 맞춰 아는 동요를 몇곡 불렀다. 노래가 끝나자 지휘자 선생님이 말했다.

이렇게 맑은 소년을 만나서 선생님은 참 기쁘구나.

다음 날부터 매일 방과 후 혼자 버스를 타고 방송국에 가 합창 연습을 했다. 문교부장관을 환영하는 행사가 끝났는데도 시옷은 말 없는 거짓말에서 놓여나지 못했다. 시옷은 방송국에서도 '사내자식'이 되어 노래해야 했다. 다행인지 불행인지 합창단에 시옷을 아는 아이는 없어 보였다. 시옷은 집으로 돌아가는 버스 안에서 어느새 어둑해지는 바깥 풍경을 물끄러미 바라보며 생각했다. 나는 맑은 소년인가. 나는 맑은 소년이 되어서 기쁜가. 그렇지 않았다. 그럼 맑은 소년이 아닌 나는 더러운 거짓말쟁이인가. 담임선생님의 지휘봉 끝에 걸려 때가 낀 배를 드러내야 했던 눈이 아름다운 아이가 생각났다. 선생님은 그 아이를 추악하다 했다. 하지만 어쩐지 추악하다는 그 말은 그애보다는 맑은 소년도 아니면서 맑은 소년인 척하는 시옷에게 더 어울렸다.

*

  징후의 시작은 만년필이었다. 적어도 내가 감지한 시작
은 그랬다. 만년필 뚜껑이 열리지 않았다. 아무리 시계 반
대 방향으로 돌려도 꿈쩍도 안 했다. 5년 전 석구가 생일
선물로 사준 독일제 만년필이었다. 청록색 만년필은 남보
다 작은 내 손에 맞춤하게 작고 가벼웠고 EF닙은 흰 종이
위를 사각거리며 기분 좋게 지나갔다. 내가 만년필을 어
디에 쓴다고 이런 고급품을 줘?라고 묻는 내게 석구는 지
금부터 쓰면 되지, 했다. 정작 글을 쓰고 싶어했던 사람은
석구였다. 나는 몇달 후 찾아온 석구의 생일에 비슷한 만
년필을 사줄까, 물었지만 석구는 물어본 사람이 당혹스
러울 만큼 단호하게 거절했다. 나는 석구의 만년필 선물
을 어떻게 해석해야 할지 몰라 난감한 시간을 보냈다. 석
구는 시를 쓰고 싶어했고 시를 쓰기도 했다. 이제는 사용
할 수도 없는 플로피 디스크 어딘가에 젊은 석구의 시가
저장되어 있을 것이다. 석구는 이제 시를 쓰지 않는다고
했다. 나는 만년필 선물이 꿈의 체념을 약간 비틀어 선언
한 방식이었나 생각했다가 이런 내 생각이 더 비틀린 것
같아 마음이 더 복잡해졌다. 결국 상대의 의도를 굳이 해
석하려들지 말고 그냥 순수하게 받아들이기로 했다. 하

지만 사십대에 접어들면서부터 일기를 쓰지 않게 되었고 손편지는 까마득한 옛일이 되어버렸으니 만년필을 쓸 일이 없었다. 나는 가계부에 '해준 운동화 138,000원 홈플러스 월드컵점, 석구와 「윤희에게」 감상 20,000원 아트하우스모모' 같은 글자를 만년필로 썼다. 위클리 플래너에 '학원 홍보자료 인쇄 감리 2월 15일, 석구 모 2주기 기일 2월 18일' 같은 글자를 쓰기도 했다. 만년필을 쥐고 사각사각 감촉을 느낄 때면 석구의 손을 잡은 기분이 들었다. 석구의 손은 언제나 따뜻했다.

사건은 석구에게 들었다. 석구는 식탁 건너편에 나를 앉혀놓고 자신의 핸드폰을 내밀었다. 거기 석구가 활동하는 정당의 당원 게시판에 장문의 글이 떠 있었다. 고발글이었고 고발 대상은 석구였다. 성폭력 가해자이자 스토커 현석구 당원을 고발합니다. 고발자는 석구와 같은 위원회에서 활동하는 여성이었다. 석구를 통해 이런저런 인상을 전해 들은 사람이었고 실제로 몇번 스치듯 만난 적도 있었다. 고발글에 의하면 석구는 지난 1년간 그 여성을 스토킹했다. 늦은 밤 집 앞에서 기다리고 있다가 불쑥 튀어나와 사랑을 고백했으며 거절하는 여성의 몸을 강제로 끌어안았다. 이런 행위가 여러차례 반복되었고 참다못한 여성이 경찰에 신고했지만 별 소용은 없었다. 같은 신념을 품고 활동하는 당원끼리의 우정으로 1년간 석구의 행위를 참아줬지만 이제 더는 그럴 수 없다는 판단이 들어 폭로와 고발이라는 방편을 선택했다. 여성은 형사처벌 대신 석구의 접근금지와 당원 제명을 요구했다. 게시글의 조회수는 폭발적이었고 수백개의 댓글이 달렸다. 나는 댓글까지 읽어볼 담력은 없었다. 내 손이 떨리는 걸 보고 석구가 핸드폰을 가져갔다. 잠시 후 내가 뭐라고 물었는지는 정확히 기억나지 않는다. 이제 어떡할 거야? 그랬던가. 왜 그랬어? 했던가. 두 질문이 묻는 바는 사건의 머리와 꼬리만큼 멀리 떨어져 있었는데 어떤 질문을 던졌는지 전혀 기억나지 않는 걸 보면 그때 나는 사건의 몸통조차 제대로 해독하지 못했던 것 같다. 내가 뭐라고 물었는지는 하나도 기억나지 않지만 석구가 뭐라고 대답했는지는 토씨 하나 틀리지 않고 고스란히 기억한다.

내 행동이 부끄럽지는 않아. 진심이었으니까.

석구는 서울을 떠나겠다고 했다. 어머니가 세상을 떠난 후 2년 동안 빈집으로 남아 있는 고향집에 가겠다고 했다. 학원과 아파트 전세금은 내게 넘기고 자신은 10년 된 자동차와 얼마 되지 않는 예금을 가지겠다고 했다. 고향에 내려가 좀 쉬면서 앞으로 어떻게 살아갈지 고민해보겠다고 했다. 석구가 제 물건을 정리하고 고향집에 가져갈 짐을 꾸리고 자신의 수업을 대신할 강사를 알아보는 동안 나는 석구에게 아무 말도 하지 않았다. 할 수가 없었다. 석구는 해준의 기숙사로 찾아가 이 모든 일에 관해 자신이 직접 이야기하겠다고 했다. 석구는 해준에게 뭐라고 말했을까? 아빠가 다른 여자를 사랑해서 너와 너의 엄마 곁을 떠나게 되었는데, 그 행동은 진심이었으니까 전혀 부끄럽지 않다고 했을까? 석구가 떠나는 날, 나는 현관에서 신발을 신느라 허리를 숙인 석구의 뒷모습을 향해 소심하게 물었다.

너는 나한테 미안하지도 않니?

석구가 굽혔던 허리를 천천히 펴고 내 쪽을 물끄러미 보았다.

널 사랑하지 않아서 미안해,라는 말은 성립하지 않아.

개자식.

석구의 모습이 뿌옇게 흐려졌다.

잘 지내.

내가 손바닥에 얼굴을 묻은 사이 문 닫히는 소리가 들렸다.

해준은 석구가 떠난 게 내 탓이라고 주장했다. 해준에게 석구는 다정한 아빠였고 긴밀한 친구였다. 내가 그런 존재를 잃게 했다. 해준이 보기에 나는 남편과의 관계도 딸과의 관계도 끊임없는 노력으로 일구어가야 한다는 당연한 사실을 모르는, 혹은 모른 척하는 '관계 무능자'였다. 대학에 들어가면서 기숙사 생활을 시작한 해준은 한 달에 두번 정도 집에 오던 것을 석구가 떠난 뒤로 아예 발걸음을 끊었다. 이듬해 기숙사에서 나오게 되었을 때도 학교 근처에 원룸을 얻어 본격적으로 독립했다. 원룸 전세금은 누가 내주었을까? 석구일까? 석구는 고향집에 도착한 후로 간간이 소식을 전했다. 단정하게 수리한 집이나 새로 정리한 화단과 텃밭을 사진으로 찍어 보내기도 했다. 봄이 오면 꽃을 심어볼까 해. 네가 좋아하는 작약도 심어볼게. 이토록 다정한 안부를 전할 줄 아는 석구가 왜 더이상 나를 사랑하지 않는다는 건지 도무지 이해할 수가 없었다. 함께 20년을 넘게 살았는데, 나는 여전히 석구의 사랑법을 해독할 수 없었다.

후폭풍이 거셌다. 석구가 떠나고 얼마 되지 않아 학부모 하나가 학원으로 전화를 걸어왔다. 거기 부원장이 성폭력 가해자라는데 사실이냐고 물었다. 그가 화를 내거나 호통을 쳤다면 덜 무서웠을 것이다. 그는 거기 학원의 고2 수학 수업은 어떻게 진행되나요,라고 묻는 어조로 석구의 사건에 대해 물었다. 나는 석구의 전 동거인이 아닌 학원의 원장으로서, 전 부원장이 성폭력 가해자로 지목되었으며 형사처벌을 받지는 않았지만 현재 부원장직에서 물러나 학원을 떠났고 그 자리에 새로운 선생님을 모셔서 차질 없이 수업을 진행 중이라고 설명했다. 최대한 침착하게 말하면서도 성대를 건드리며 밖으로 나온 '지목' '형사처벌을 받지는 않았지만' '차질 없이' 같은 말들이 나를 찌르는 걸 느꼈다. 기만이다. 기만이다. 기만이다. 내 말에 내가 찔리며 움찔거리는 사이 수화기 너머 학부모는 여전히 차분한 말투로 성폭력 가해자가 부원장으로 재직했던 학원에 더는 자신의 아이를 보낼 수는 없으므로 얼마 전 납입한 수업료를 전액 환불해달라고 요구했다. 나는 학부모의 요청을 수락했고 죄송합니다,라고 두번, 다시 한번 죄송합니다,라고 한번 말했다. 진심이었다. 그후 수업료 환불 요청이 끊이지 않았고 아이들은 썰물보다 빨리 빠져나갔다. 단 사흘 동안 나는 죄송합니다,라는 말을 수백번 반복했다. 사과의 말을 반복할수록 진심은 빠르게 희석되었다. 학원 문을 닫을 수밖에 없었다. 집기를 처리하고 강사들의 밀린 급여를 정리했을 때 내 손에 남은 건 거의 없었다. 셋이 살 때는 좁았지만 혼자 살려니 터무니없이 넓어져버린 아파트에서 나와 옆 동네의 낡은 오피스텔로 들어갔다. 전세금 차액으로 학원 일로 진 빚을 정리했다. 빚이 없으니 어떻게든 살아가지 않을까 막연히 생각했다. 당분간 쉬고 돈이 떨어지면 과외나 학원 강사 자리를 알아볼 생각이었다. 낮과 밤의 경계가 사라졌다. 졸리면 자고 배고프면 먹었다. 계절을 몰랐다. 바깥 날씨도 궁금하지 않았다. 오피스텔 천장에 달린 매립식 냉난방기가 더우면 식혀주고 추우면 덥혀주었다. 씻지 않았다. 일어나 걷지 않았다. 요란한 예능 프로그램을 틀어놓고 소리만 흘려들었다. 거울을 보지 않았다. 핸드폰을 꺼두었다. 배달음식을 한번에 이인분씩 주문하고 여섯끼로 나눠 먹었다. 목이 마르면 수돗물을 마셨다. 술도 담배도 카페인도 전혀 당기지 않았다. 어떤 것도 욕망하지 않았다. 깨어 있는 시간보다 잠들어 있는 시간이 압도적으로 길었다.

자다가 허리가 너무 아파 깼다. 너무 누워 있었나 싶어 천천히 몸을 일으켰다. 좁은 오피스텔에 앉을 곳은 식탁인지 책상인지 모를 테이블 앞의 의자 하나가 전부였다. 거기 앉으니 탁상달력과 책 몇권과 물컵과 배달음식을 담았던 스티로폼 대접과 문구류가 눈에 보였다. 오랫동안 방치되었던 것들. 거기 석구가 준 만년필도 있었다. 별생각 없이, 거의 습관적으로 만년필을 집어 들고 뚜껑을 비틀었다. 아무 말이나 서걱서걱 써보고 싶었다. 배달의민족 원할머니 보쌈도시락 15,000원, 마켓컬리 이연복 목란

짬뽕 12,540원, 이런 것들을. 뚜껑이 스르르 돌아가며 금색 닙이 드러나야 하는데 꼼짝도 하지 않았다. 자꾸 손이 미끄러져 신발장에 넣어둔 반코팅 목장갑을 찾아와 끼고 돌렸다. 소용없었다. 손바닥이 빨갛게 부어오를 정도로 힘을 주었지만, 만년필 뚜껑은 열리지 않았다. 석구의 손 같은 만년필이 나를 거부했다. 너까지 왜 이래? 나는 만년필을 패대기쳤다. 새의 등뼈처럼 작고 가벼운 만년필이 벽에 부딪쳤다가 바닥에 떨어졌다.

그날 밤 처음으로 과호흡이 찾아왔다. 숨이 잘 쉬어지지 않는다는 느낌이 들었는데 곧 보이지 않는 커다란 손이 내 목을 붙잡고 만년필 뚜껑처럼 비틀기 시작했다. 가슴을 쥐어뜯으며 방바닥을 기었다. 살려줘. 그런 말이 저절로 나왔다.

*

원래 시옷에게는 여자애와 남자애, 계집애와 사내자식의 경계가 없었다. 구체적인 구별법을 배우지 못했다. 시옷의 집에 어린애는 시옷뿐이었고 양가 사촌들은 전부 시옷보다 나이가 훨씬 많았다. 엄마는 시옷이 아주 어렸을 때부터 시옷의 머리를 짧게 잘라주었고 치마를 입히지 않았다. 언젠가 시옷이 어른이 되어 왜 그랬냐고 물었을 때 엄마는 고개를 갸우뚱하며 내가 그랬나? 할 뿐이었다. 엄마가 시옷의 머리를 짧게 자르고 늘 바지를 입혔던 것은 시옷을 사내아이처럼 보이게 하려는 의도였을까, 아니면 계집아이처럼 보이지 않게 하려는 의도였을까. (시옷은 지금도 그 두가지가 같은 게 아니라고 생각한다.) 순전히 엄마의 취향이었을까? 아빠나 할머니의 입김이 작용한 결과였을까? 그저 모든 게 우연이었을까? 시옷은 끝내 알 수 없었다. 다만 처음으로 시옷에게 드레스가 생긴 그날 수돗가에서 고학년 남자들의 공격을 받은 후로 시옷의 옷차림은 분명한 목적을 지녔다. '보지를 가진 사람으로 보이지 않겠다.' 시옷의 머리는 더 짧아졌고 바지의 색깔도 푸른색, 회색, 검정색 등으로 좁혀졌다. 시옷의 이름은 남자애 이름으로도 여자애 이름으로도 통했기 때문에 학교 선생님들도 시옷의 성별을 자주 오해했다. 한 반에 60명이 넘는 아이들이 비좁게 들어찬 교실에서 학생에게 별 관심이 없는 무뚝뚝하고 험상궂은 선생님일수록 시옷을 잘 오해했다. 예외라면 방송국 어린이합창단의 지휘자 선생님인데, 그는 꽤 다정한 사람이었는데도 처음부터 시옷의 성별을 오해했고 그 오해를 바로잡지 않았다. 오해를 바로잡기에 그는 맑은 소년 시옷에게 완전히 빠져 있었다.

시옷이 여자애인 줄 아는 어른들은 시옷의 얼굴이 예쁘장하다거나 시옷의 목소리가 맑고 곱다고 칭찬하지 않았다. 그들의 시선은 시옷에게 오래 머무르지 않았다. 그들은 애니 같은 여자애를 보고 예쁘다고 칭찬했고 귀엽다며 사랑했다. 드레스 자락을 펄럭이며 고무줄놀이를 하는 애니의 모습은 시옷이 봐도 요정처럼 발랄하고 어여뻤다. 시옷이 남자애인 줄 아는 어른들은 시옷의 얼굴을 오래 바라보았다.

거, 사내자식이 낯빛 흰 거 봐라.

그들은 시옷의 하얀 얼굴을, 올망졸망한 이목구비를, 맑게 울리는 목소리를, 정확한 음정으로 노래하는 미성을 칭찬했다. 사내자식일 때 시옷은 늘 칭찬을 듣고 매료의 대상이 되었으므로 사내자식이 되어버린 게 그리 꺼릴 일은 아니라고 생각하기에 이르렀다. 말 없는 거짓말의 무게만 견디면 되었다.

시옷은 60명 중 46번이라는 무채색 무정형의 상태로 교실에 앉아 있다가 집에 돌아가 가방을 내려놓고 엄마에게 왕복 버스비 백원을 받아 들고 방송국으로 향했다. 안내양에게 백원을 내면 거스름돈 오십원을 돌려주었다. 버스에서 내려 가파른 언덕길을 천천히 올라 방송국 정문을 통과해 스튜디오로 들어가면 시옷은 그저 46번이 아닌 '빈소년합창단에 들어가도 좋을 만큼 맑은 미성의 소유자'가 되었다. 합창단에는 남학생보다 여학생이 훨씬 많았다. 4분의 1 정도 되는 남학생들은 전부 시옷보다 체격이 우람했고 목소리가 낮고 굵었다. 시옷처럼 맑은 소리를 내는 남학생은 없었다. 지휘자 선생님은 시옷이 어쩌다 마음에 쏙 드는 소리를 내면 피아노 반주를 멈추고 기특하다는 눈빛으로 시옷을 보았다.

이대로 영영 자라지 않았으면 좋겠구나.

그런 말을 들은 날에는 시옷의 옆자리에 서서 노래하는 5학년 남학생이 정류장에서 버스를 기다리는 시옷의 뒤통수를 신발주머니로 툭 치고 달아났다. 그는 나이에 비해 몸집이 크고 벌써 변성기에 들어서고 있었다.

4월이 시작되고 동네 담장마다 봄꽃을 터뜨릴 무렵 어린이합창단은 「고향의 봄」을 연습하기 시작했다. 지휘자 선생님이 10년 전 선명회어린이합창단이 녹음했다는 「고향의 봄」을 들려주었다. 동굴 같은 스튜디오에 어린이들의 음성이라고는 믿기지 않게 풍성하고 성숙한 화음이 울려 퍼졌다. 2절은 솔로로 시작했다. 소프라노가 깊고 높게, 떨리는 소리로 노래했다. 어른들이 흔히 천상의 소리라고 부르는 그런 음색이었다. 시옷이 태어나기도 전인

10년 전 열두살 나이에 2절 솔로를 부른 소프라노 언니는 지금 어떤 어른이 되었을까? 여전히 노래하고 있을까? 시옷은 이름도 얼굴도 모르는 그 언니에게 반했다. 사람이 목소리만 듣고도 반할 수 있다는 것을 그때 알았다. 소프라노 언니는 아름답다는 말만으로는 표현이 부족한 목소리로 시옷에게 말을 걸었다. 2절을 듣는 내내 시옷은 한번도 떠나본 적 없는 고향이 그리워 울고 싶어졌다. 가본 적도 없는 수양버들 춤추는 냇가가 눈앞에 펼쳐졌다.

지휘자 선생님은 4월 내내 「고향의 봄」을 연습하고 5월 넷째주 노래자랑 특집방송에 출연할 단원을 선발한다고 했다. 어린이합창단은 일주일에 한번 방송하는 노래자랑 프로그램에 출연했다. 심사위원이 심사하는 동안 어린이 합창단원 가운데 서너명이 무대에 올라 율동과 노래를 했다. 출연이 결정된 단원은 예쁜 옷을 맞춰 입고 카메라 앞에서 방긋방긋 웃으며 노래했다. 시옷은 예전부터 그 모습을 안방 텔레비전으로 보았다. 초조하게 심사 결과를 기다리는 노래자랑 참가자들과 달리 합창단은 조금 빼기는 듯한 얼굴로 노래했다. 시옷은 합창단에 들어온 지 얼마 안 돼서 방송에 나간 적이 없었다. 매주 방송에 출연할 단원을 선발할 때마다 시옷은 지휘자 선생님이 자신을 지목할까봐 두려웠고, 지목되지 않으면 조금 서운했다. 그렇게 오락가락했던 시옷이 선명회어린이합창단이 녹음한 「고향의 봄」을 듣고 이 노래는 꼭 방송에 나가 불러보고 싶다고 생각했다. 시옷의 가슴이 떨렸다. 시옷은 조금 더 욕심을 부려 2절 솔로까지 부르고 싶었다. 그렇게 생각하자 시옷의 가슴이 쿵 하고 내려앉았다. 시옷이 뭔가를 욕심낸 것도 참 오랜만이었다.

*

과호흡은 뇌가 산소가 부족하다고 오해해서 생깁니다. 사실 산소는 전혀 부족하지 않아요. 그러니 과호흡이 찾아오면 숨을 욕심내지 말고 외려 크게 내뿜어야 합니다. 호흡곤란이 느껴지면 숨을 훅 하고 내뱉어보세요. 산소는 전혀 부족하지 않다고 뇌에 가르쳐주세요. 그러려면 평소에 호흡법을 연습해두는 게 좋습니다. 저도 매일 시간을 내서 연습하는 방법입니다. 자, 따라 해보세요. 하나 둘 셋, 하는 동안 숨을 들이마시고 잠시 쉬었다가 하나 둘 셋 넷 다섯, 하는 동안 내뱉는 겁니다. 하나 둘 셋, 잠깐 쉬고, 하나 둘 셋 넷 다섯. 예, 좋습니다. 하나 둘 셋, 잠깐 쉬고, 하나 둘 셋 넷 다섯. 매일 5분씩만 연습해도 좋아집니다. 저는 내뱉는 시간을 하나 둘 셋 넷 다섯 여섯 일곱까지 늘

렸습니다. 몇년 동안 연습해왔으니까요.

수학 공식을 외우듯 머릿속에 주문을 입력한다. 하나 둘 셋, 잠깐 쉬고, 하나 둘 셋 넷 다섯. 이 공식은 한동안 나의 만트라가 될 것이다. 한밤중에 깨었다가 문득 두려움의 나락으로 떨어져 내리고 말 때마다 이 공식은 미끄러운 절벽을 다시 기어 올라갈 수 있도록 밧줄이 되어줄 것이다. 하나 둘 셋, 잠깐 쉬고, 하나 둘 셋 넷 다섯. 의사는 하루 5분씩 연습하라고 했지만 나는 한동안 걸핏하면 눈을 감고 이 호흡법을 연습할 것이다. 호흡은 늘 엉킬 것이고 그 틈을 타 불안이 귀신처럼 스며들며 내 뇌를 산소 욕심쟁이로 만들겠지만, 나는 기어이 울음을 삼켜가며 하나 둘 셋, 잠깐 쉬고, 하나 둘 셋 넷 다섯을 외울 것이다. 약효가 나타나고 시도 때도 없이 내 몸을 덮치는 불안이 잦아들기까지 나는 이 간단한 주문으로 검은 낮과 하얀 밤을 무사히 통과할 것이다. 가끔 내 의지와 상관없이 심장이 갑자기 날뛰고 목덜미가 서늘해지고 손이 덜덜 떨리는 증상이 되돌아와 이대로 모든 걸 집어던지고 영원히 검은 우물 속으로 뛰어들고만 싶어질 때도 나는 이 단순한 만트라를 뇌까리며 큰 발작 없이 하루를 또 살아갈 것이다. 때때로 내가 뭘 그렇게 잘못했다고 이런 고통을 내리셨는가, 누구에게인지 모를 항변을 하고 싶어질 때도 나는 국민체조보다 쉬운 호흡법에 매달려 울분을 가라앉힐 것이다. 그렇게 몇달을 보내고 언제부턴가 하나 둘 셋, 잠깐 쉬고, 하나 둘 셋 넷 다섯을 더이상 읊조리지 않게 되었을 때 나는 문득 생각할 것이다. 이제 나는 살았나? 살아남았나?

*

애니에게 피아노가 생겼다. 시옷이 방송국에 다니기 시작할 즈음 애니도 피아노 학원에 다니게 되었다. 애니의 엄마는 피아노 학원에 등록하기도 전에 애니에게 피아노부터 사주었다. 유럽의 작은 궁전 같은 애니의 집에 유럽에서 만든 것 같은 하얀 피아노가 생겼다. 애니 엄마는 직접 짠 레이스로 애니의 피아노를 덮어주었다. 열살이 되면서 애니와 시옷은 평일 방과 후에 만나서 놀 시간이 없었다. 둘은 토요일에 겨우 놀았다. 토요일마다 시옷은 애니의 방에서 인형놀이를 하거나 애니의 새 피아노를 조심스럽게 뚱땅거렸다. 애니 엄마가 애니의 피아노 반주에 맞춰 시옷의 노래를 듣고 싶다고 했지만, 아직 애니는 반주할 만큼 피아노를 배우지 못했고 시옷은 방송국이 아닌 곳에서 노래하고 싶지 않았다. 시옷은 일요일에도 놀 수 있었지만, 애니 엄마 아빠는 일요일 아침마다 애니의 양손을 사이좋게 나눠 잡고 교회에 갔다. 애니의 엄마는 놀랄 일이 있을 때마다 '오, 주여' 했다. 애니를 만날 수 없고 합창단 연습도 없는 일요일에 시옷은 가장 심심했다. 일요일이면 할머니는 방 안에 틀어박혀 불경을 외우거나 필사했다. 엄마는 텔레비전을 틀어놓고 그 앞에 밥상을 펴고는 밀린 가계부를 쓰거나 애니 엄마에게 빌려 온 잡지를 읽었다. 작년까지만 해도 아빠는 일요일이면 늦잠을 자고 일어나 시옷을 데리고 극장에 가거나(시옷은 아빠와 함께 담배 냄새가 풍기는 어두운 극장에 앉아 「슈퍼맨」이나 「킹콩」, 「메리 포핀스」 같은 영화를 보았다) 자전거 뒷자리에 시옷을 태우고 중앙동으로 나가 제비다방에서 커피를 마셨다. 가끔은 기차를 타고 근교로 나들이를 떠나거나 텐트와 낚싯대를 챙겨 들고 너른 저수지로 낚시 여행을 가기도 했다. 적어도 70년대에는 그랬다. 그러나 시옷이 고대했던 80년이 되면서부터 집 안 풍경이 묘하게 달라지기 시작했다. 할머니의 불경 외는 소리는 어딘가 절박해졌고, 엄마는 가계부를 쓰다 말고 지독한 두통이 몰려온 것처럼 이마를 싸쥐고 눈을 질끈 감았다. 아빠는 일요일에도 공장에 나갔다. 아빠가 잠든 시옷을 깨워 불콰해진 얼굴로 아직 따뜻한 찐빵 봉지를 안겨주던 토요일 밤의 풍경도 언제부턴가 중단되었다. 아빠에게서 농담과 장난이 사라졌다. 그 무렵 시옷은 어른들끼리 은밀하게 주고받는 대화에서 '부도'라는 단어를 주워들었다. 정확히 무슨 뜻인지는 알 수 없었지만, 부도가 불길하고 불행한 단어라는 것 정도는 짐작할 수 있었다. 그 단어가 집안 공기 속을 부유하기 시작하면서 어른들은 잔뜩 억눌린 목소리로 조용히 다퉜다. 엄마는 더이상 시옷이 바라는 것을 선뜻 사줄 수 없었고 밥상에 올라오는 음식에 기름기가 걷혀갔다. 시옷은 과자나 사탕은 말할 것도 없고 학교 준비물을 사달라고 할 때조차 엄마의 눈치를 봤다. 그리고 언제부턴가 아빠가 보이지 않았다. 아빠는 천천히 사라졌다. 아빠의 출장이 길어진다고 생각할 즈음 모르는 사람들이 찾아와 엄마를 닦달했다. 엄마는 핼쑥한 얼굴로 그들에게 시달렸다. '빚쟁이'라는 단어도 그때 습득했다. 엄마의 언니들이 찾아와 엄마의 눈물을 닦아주고 얼마간의 현금을 쥐여주었다. 그들은 시옷의 머리를 쓰다듬으며 '딱하다, 딱해' 했다. 아빠의 누나들도 찾아와 할머니와 함께 한숨을 쉬고 엄마의 어깨를 두드리고 옆에 앉은 시옷을 갑자기 와락 끌어안았다. 큰고모는 쌀 한말을 부려놓고 갔고 작은고모는 텔레비전 위에 흰 봉투를 놓고 갔다. 그 안에 현금이 들었고 그 현금이 시옷의 학교 준비물이나 방송국에 다닐 차비가 되어준다는 걸 시옷도 알았다. 빚쟁이라는 단어를 습득한 시옷은 가난뱅이라는 단어의 감각을 익히는 중이었다.

어느 날 검은 양복을 입은 남자들이 들이닥쳤다. 집 안 곳곳에 빨간색 딱지가 붙었다. 안방 텔레비전에, 할머니의 자개농에, 응접실 소파 세트와 전축에, 아빠의 자전거에 빨간색 딱지가 철썩철썩 들러붙었다. 할머니는 방 안에서 굵은 염주를 꼭 쥐고 '관세음보살, 관세음보살'을 뇌까렸고 엄마는 이마를 잔뜩 찌푸린 얼굴로 남자들을 따라다녔다. 남자들이 떠난 뒤 집은 시장통처럼 어수선해졌다. 빨간색 딱지를 붙인 집 안 물건들이 둥둥 떠올라 어디론가 날아가버려도 하나도 이상하지 않을 분위기였다. 할머니와 엄마가 번갈아 앓아누웠다. 두 사람은 서로를 간호했다. 부엌에는 항상 죽이 끓었다. 엄마와 할머니는 흰죽에 간장을 찍어 먹으며 버텼다. 시옷은 삼양라면이 먹고 싶었지만 참았다. 아빠는 어디 갔느냐고, 언제 오느냐고 묻고 싶은 것도 참았다. 엄마와 할머니 앞에서 아빠라는 단어는 금기어였다. 그런 눈치는 저절로 습득되었다.

아빠가 사라진 자리에 모르는 남자가 들어왔다. 남자는 불쑥 찾아왔지만 아무도 그의 무례를 탓하지 못했다. 남자에게는 그럴 권리가 있다고 했다. 남자는 군복을 아무렇게나 걸치고 군복과 같은 색깔의 가방을 메고 왔다. 남자는 집 안을 한번 둘러보더니 아빠의 공간이었던 응접실을 용케 찾아 자리를 잡았다. 시옷의 집은 기와지붕을 얹은 한옥이었지만, 집 한가운데에 있는 안방 오른쪽 공간은 양식으로 꾸민 응접실이었다. 응접실은 널찍했다. 진한 초록색 카펫 위에 초콜릿색 소파 세트를 놓고 천장엔 눈물 모양 유리 장식을 잔뜩 늘어뜨린 샹들리에를 달았다. 한쪽 벽 가득 책장을 짜 아빠의 책을 꽂아두었고 그 맞은 편 통유리창엔 미색 커튼을 쳤다. 또다른 벽면엔 오디오 세트가 있었다. 아빠는 평일 저녁이면 응접실에 들어가 전축에 레코드판을 올려놓고 책을 읽었다. 아직 해가 지지 않은 여름 저녁이면 활짝 열어놓은 통유리창 사이로 바람이 드나들며 미색 커튼을 부풀렸고 낮 동안 열기를 견디느라 바짝 말라붙은 마당으로 아빠가 틀어놓은 피아노곡이 흘러나왔다. 간혹 토요일 밤이면 아빠의 친구들이 잔뜩 몰려와 중국요리와 술을 시켜놓고 응접실에서 밤새 마작판을 벌였다. 시옷이 할머니 심부름으로 과일 접시를 들고 들어가면 불콰해진 아저씨들이 호기롭게 지폐를 꺼내 시옷의 손에 쥐여주기도 했다. 응접실은 아빠의 휴식과 오락의 공간이었고 시옷에겐 낯선 매혹이 가득한 이세계(異世界)였다. 그 공간을 낯선 남자가 차지해버렸다. 남자는 메고 온 가방에서 반듯하게 접은 모포를 꺼내 초콜릿색 소파에 깔고 잤다. 버너와 냄비를 꺼내 라면을 끓여 먹었다. 응접실에 남자의 라면 냄새와 담배 냄새가 배기 시작했다. 남자는 응접실에 딸린 작은 화장실에서 볼일을 보거나 씻었고 아빠의 책을 아무렇게나 뽑아 훑었다가 테이블 위에 던져두었으며 아빠의 전축을 함부로 사용했다. 볼륨을 높이고 송창식이나 산울림을 들었다. 늦은 밤 엄마가 응접실 문을 두드리며 제발 조용히 해달라고 했을 때 남자가 문 너머로 외친 말을 시옷은 또렷이 기억한다.

돈만 돌려주시면 당장 나갑니다. 저희 어머니 엽차 팔아 모은 눈물겨운 돈이에요.

엄마는 이마를 짚으며 응접실 문 앞에서 물러났다. 안방으로 돌아온 엄마가 시옷은 처음 듣는 독기 어린 말투로 내뱉었다. 어머닌지 늙은 애인인지 알 게 뭐야. 남자는 처음 시옷의 집에 들이닥쳤을 때 할머니와 엄마 앞에서 고개를 꾸벅하고 인사하더니 '제비다방에서 왔슴다!' 했다. 할머니는 인사를 받는 둥 마는 둥 했지만, 그날 저녁 밥상 앞에서 시옷 쪽으로 몸을 바짝 숙이고 신신당부했다. 절대 그 남자 옆에 가지 마라. 사람이 영 불량해 뵌다. 할머니가 남 흉을 보는 것을 시옷은 그때 처음 보았다.

시옷은 제비다방을 알았다. 제비다방 마담이 움직이면 한복 치맛자락에서 서걱거리는 소리가 들렸다. 다방에 들어가 자리를 잡고 앉으면 마담이 단단한 팔각 컵에 '엽차'를 담아 주었다. 겨울이면 다방 한가운데 석유난로가 이글거렸고 그 위에는 늘 커다란 주전자가 올라가 있었다. 주전자 안에서 끓고 있는 보리차를 팔각 컵에 담으면 엽차가 되었다. 간혹 컵 아래에 까만 보리알갱이가 가라앉아 있곤 했다. 엽차는 엄밀하게 말하면 잎을 따서 말린 차나 그 차를 우려낸 물이지만 그 시절에는 다방에서 주는 보리차나 옥수수차를 다 엽차라고 불렀다. 집에서 마시면 보리차인 것이 다방에 앉아 마시면 엽차가 되었다. (시옷은 어른이 되어 진짜 엽차를 즐기게 될 것이다. 홍차, 녹차, 우롱차, 보이차, 철관음 등등 찻잎을 언제 어떻게 따서 어떻게 말리고 어떻게 발효시키느냐에 따라 각기 다른 수색과 맛을 낸다는 사실에 매료될 것이다. 어느 날 중국인 친구가 선물한 철관음을 마시다가 다완에 가라앉은 넓은 찻잎을 보고 문득 이게 진짜 엽차지, 하고 말할 것이다. 시옷의 무심한 독백은 곧바로 제비다방에서 엽차를 홀짝이던 시절을 소환할 것이다. 찻잎은커녕 까만 보리알갱이만 가라앉아 있던 투박한 팔각 컵을 떠올리다 제비다방은 어떻게 되었을까 조용히 궁금해할 것이다. 제비다방 마담은 살아 있을까, 내처 생각하다 문득 고개를 들었는데 서향인 부엌 창문이 온통 붉게 물든 걸 보고 까닭 없이 울고 싶어질 것이다.) 마담은 아빠 앞에 커피를 내려놓고 설탕과 크림이 담긴 작은 항아리의 뚜껑을 열었다. 시옷 앞에는 따끈하게 데워 설탕을 탄 우유를 내려놓았다. 마담은 아빠의 취향대로 설탕과 크림을 한 숟갈씩 커피에 넣고 휘휘 저은 다음 커피잔을 아빠 쪽으로 살짝 밀어주었다. 다방에 손님이 많지 않으면 마담은 시옷의 옆자리에 앉아 머리카락을 쓸어주기도 했다.

우리 공주님은 반곱슬이니 머리를 기르면 아주 예쁘겠어요.

마담은 시옷을 공주님이라고 불러준 단 한 사람이었다. 아빠는 커피를 마시고 담배를 피우며 마담과 이야기를 나누었다. 진지한 대화는 아니었고 주로 아빠가 농을 건네면 마담이 손으로 입을 가리고 낮게 웃는 식이었다. 아빠는 마담에게 잘 보이고 싶어 애쓰는 남자애 같았다. 마담은 반숙란을 작고 오목한 컵에 올려놓고 껍질을 절반만 까서 찻숟가락으로 속을 파먹는 방법을 알려주었다. 진득한 달걀노른자가 시옷의 입안을 고소하게 메웠다.

머리를 길러 오면 이모가 예쁜 리본으로 묶어줄게요.

마담은 시옷에게 늘 존댓말을 썼다. 시옷은 제비다방이

좋았다. 제비다방 마담이 좋았다. 그 사람에게선 생강 냄새와 커피 냄새가 섞인 알싸한 향이 풍겼다. 언젠가 시옷은 그 향기에 취해 소파에 누워 잠이 들었다. 그날 아빠는 커피 대신 위스키를 시켰고 언제부턴가 목소리가 커지고 떠들썩해졌다. 시옷은 아빠의 말소리를 흘려들으며 서걱거리는 마담의 치마에 폭 싸인 채 잠들었다. 마담은 아빠를 상대하면서 동시에 시옷의 엉덩이를 토닥토닥 두드렸다. 슬며시 정신이 들었을 때 사위는 어두웠고 시옷은 누군가의 등에 업혀 있었다. 아빠 목소리가 들렸다.

목련은 역시 밤 목련이지.

시옷은 눈을 살짝 뜨고 주위를 보았다. 시옷을 업은 사람은 경운전 담장 옆을 지나가고 있었다. 경운전은 시옷의 학교 바로 옆에 붙은 넓은 공원으로 조선시대 왕의 초상화를 모신 사당이 있었다. 경운전에는 널찍한 잔디밭이 있고 키 큰 나무와 꽃도 많았다. 곳곳에 용도를 알 수 없는 오래된 한옥과 홍살문도 있었다. 시옷은 경운전 잔디밭에서 열리는 사생대회와 백일장에 참가한 적이 있었다. 더 어렸을 때는 살아 계실 적의 할아버지와 사이다 한 병을 사 들고 집에서 경운전까지 산책을 가기도 했다. 경운전 담장 안쪽에서 하얀 목련이 가지에 달린 등처럼 희부윰하게 빛났다. 목련은 역시 밤 목련이지. 시옷은 나중에 어른스러워 보이고 싶을 때 써먹으려고 아빠의 그 말을 외웠다. 목련은 역시 밤 목련. 다시 스르르 눈이 감기려는데 아빠가 아이쿠, 소리를 질렀다. 낯선 목소리가 '앞을 잘 보고 걸으세요, 사장님' 했다. 그 목소리와 함께 시옷을 업은 등이 우렁우렁 울렸다. 시옷은 아빠의 등에 업혀 있지 않았다. 눈을 크게 뜨고 등의 주인을 확인하고 싶었지만, 눈꺼풀이 너무 무거웠다. 시옷은 하얀 목련 봉오리 속에 들어앉아 밤하늘을 둥둥 떠다녔다. 시옷을 태운 꽃봉오리가 경운전 위를 날아 제비다방 건물 위를 지나 더 멀리 갔다. 학교 교가에도 나오는 기린봉이었다. 기린 모양 봉우리가 목을 빼고 시옷을 맞았다. 시옷은 기린의 등에 옮겨 타려고 꽃봉오리 밖으로 기어 나왔다. 시옷의 짧은 다리는 기린의 등에 닿지 않았다. 꽃봉오리가 펄럭이며 시옷을 밖으로 뱉어냈다. 시옷은 까마득한 기린봉 아래로 떨어졌다. 꿈에서 깨어났을 때 천장은 밝았고 부엌에서 국 끓는 냄새가 풍겨왔다. 이불 속이 축축했다.

시옷이 기억하는 제비다방은 폭신한 봄밤과 희게 빛나는 밤 목련 같은 곳이었다. 그런 제비다방이 낯선 남자의 불량한 입에서 튀어나왔을 때 시옷은 남자와 마담을 도무지 하나로 연결 지어 생각할 수 없었다. 마담의 아들이라는 남자는 아빠의 응접실을 낯선 곳으로 만들었다. 늘 시끄러운 음악이 들리고 수상한 냄새가 떠돌았다. 남자는 시옷의 집에 쳐들어오고 처음 일주일 동안은 정말로 집 밖에 나가지 않았다. 그러다 답답했는지 아니면 시옷과 할머니와 엄마가 야반도주할 깜냥은 안 된다고 판단했는지 가끔 낮에 나갔다가 해 질 무렵 돌아왔다. 남자는 꽤 성실한 감시자였다.

「고향의 봄」을 수십번 연습하고 돌아온 어느 금요일이었다. 지휘자 선생님이 선명회어린이합창단의 「고향의 봄」을 카세트테이프에 반복 녹음해서 아이들에게 나눠주었다. 주말 동안 집에서 많이 듣고 정확한 음을 연습해 오라고 했다. 카세트테이프는 응접실 오디오 세트로만 들을 수 있었다. 시옷은 응접실을 차지한 남자에게 어떻게 말해야 할지 조바심을 내며 집으로 돌아갔다. 그런데 응접실로 들어가는 댓돌 위에 남자의 신발이 보이지 않았다. 남자는 외출해서 아직 돌아오지 않은 모양이었다. 시옷은 엄마에게 지휘자 선생님의 숙제라고 알리고 서둘러 응접실에 들어갔다. 오디오 세트에 붙은 빨간색 딱지에 손이 닿지 않게 조심하면서 전원을 켜고 플레이어에 테이프를 넣었다. 볼륨을 줄이고 큼직한 스피커 바로 앞에 쪼그려 앉았다. 스피커에서 흘러나오는 풍성한 화음이 어린 시옷의 이마를 쓸어주었다. 복숭아꽃 살구꽃만큼 아름다운 노래가 시옷의 몸을 통과해 응접실 곳곳으로 퍼졌다. 1절이 끝나고 간주가 나올 무렵 시옷은 열두살 많은 천상의 소 프라노 언니의 솔로를 기대하며 눈을 살짝 감았다. 꽃 동 네 새 동네 나의 옛 고향 파란 들 남쪽에서 바람이 불면 냇가에 수양버들 춤추는 동네 그 속에서 놀던 때가 그립 습니다. 소프라노 언니의 음색은 몇번을 반복해서 들어도 시옷을 슬프게 했다. 시옷은 눈을 감고 수양버들 춤추고 꽃이 만발한 파란 들 고향을 떠올렸다. 거짓말처럼 그 속 에서 놀던 때가 그리워졌다. 눈물 한줄기가 가만가만 시 옷의 뺨을 타고 흘러내렸다.

어쭈, 사내자식이 제법이네. 노래를 들으며 울 줄도 알고.

시옷은 깜짝 놀라 눈을 떴다. 남자가 시옷 앞에 우뚝 서 있었다. 스피커에서 「고향의 봄」이 처음부터 다시 흘러나 왔다. 시옷이 정지 버튼을 누르려고 하자 남자가 조용히 고개를 젓고 시옷 옆에 조금 떨어져 앉았다. 시옷과 남자 는 그렇게 앉아서 자꾸 반복되는 노래를 들었다. 남자가 어느새 눈을 감았다. 시옷은 눈을 감지 않았다. 남자에게 서 알 듯 말 듯 시큼하고도 향그러운 냄새가 풍겼다. 「고 향의 봄」 선율이 아직 쌀쌀하지 않은 응접실에 천천히 차 올랐다. 숨 막히는 봄이었다.

2부

봄이 봄을 탐했고

폭폭해.

시옷은 이 말을 여자 어른들의 언어로 기억한다. 이 말
이 깃든 장면은 등장인물만 바꿔가며 비슷하게 재생된다.
시간은 주로 오후, 소리도 공기도 나지막이 가라앉는 때
다. 어린 시옷으로서는 정확한 촌수와 관계를 헤아릴 수
없는 친척 여자들이 비스듬히 열린 대문을 쓱 밀고 들어
와, 마당에서 혼자 놀고 있는 시옷의 머리통을 무심히 쓰
다듬고 마루에 걸터앉는다. 손님의 기척을 느낀 할머니나
엄마가 방에서 나와 여자(들)를 맞는다. 손님은 신발을
벗지도 집 안에 들어가지도 않는다. 그저 마루에 엉덩이
를 걸친 채 안과 밖의 경계에 모로 앉아 할머니나 엄마가
내온 시원한 보리차나 식혜 따위를 받아 든다. 마실 것을
반쯤 들이켜고 탁 소리가 나게 유리컵을 내려놓은 다음에
는 다만 마당에 고인 오후 햇빛을 보러 왔다는 듯 잠시 그

쪽을 넌지시 볼 뿐이다. 그 시선은 철 따라 화단에 핀 모란이나 장미, 봉숭아, 샐비어, 맨드라미 쪽으로 미끄러지기도 하지만, 꽃 이야기를 꺼내지는 않는다. 할머니나 엄마도 손님의 용건을 서둘러 캐묻지 않는다. 고요가 오후 공기보다 더 낮게 가라앉아 마당을 스멀스멀 채우기 시작할 때 손님의 입에서 혼잣말인 듯 한숨인 듯 한마디가 터져 나온다.

폭폭해.

아짐, 나 폭폭해 죽겠어.

그 말은 목구멍 언저리가 아닌, 한층 더 깊숙한 가슴팍 안쪽을 찢고 바로 터져 나오는 것만 같다. 그 말을 신호로 할머니나 엄마는 폭폭한 그 사람과 이마를 기울이고 나직한 음성으로 대화를 나눈다. 폭폭함의 사연일랑 시옷은 모른다. 폭폭한 사람이 눈물을 보인 적이 있던가. 그것도 기억나지 않지만, 폭폭함이 슬픔의 영역이라는 것쯤은 어린 시옷도 감지한다. 또한 어른들의 영역이라는 것도 영민한 시옷은 안다. 폭폭한 사람의 사연이 폭폭한 사람의 입을 통해 흘러나오기 시작하면 시옷은 뒷마당으로 가거나 아예 대문 밖 골목으로 나가 논다. 늦은 오후, 시옷의 집 마루는 폭폭한 여자 어른들이 잠시 앉았다 가는 간이역 같은 곳이다.

어른이 된 시옷은 어느 날 문득 폭폭하다는 말이 아니고선 표현할 길 없는 어떤 감정과 맞닥뜨린다. 이 마음을 정확히 폭폭함이라 부를 수 있을까, 의문이 든 시옷은 인터넷에 '폭폭하다'라는 단어를 검색해본다.

폭폭하다
몹시 상하거나 불끈불끈 화가 치미는 듯하다. 전북 지방의 방언이다. (고려대한국어대사전)

어쩐지 이 풀이는 어린 시옷이 목격했던 폭폭함과는 거리가 있다. 뿌연 아지랑이 같은 음색으로 '폭폭해' 하고 내뱉었던 여자들은 '몹시 상하거나 불끈불끈 화가 치미는 듯' 보이지는 않았다. 시옷은 내처 다른 뜻풀이를 발견한다.

폭폭하다
일이 뜻대로 되지 않아 애가 타고 갑갑하다. (전라북도 방언사전)

이쪽이 한결 낫다. 폭폭함을 호소하는 여자들은 '애가 타고 갑갑해' 보였다. 가슴팍 바로 안쪽에 묵직한 어떤 것이 똬리를 틀고 있는 것처럼 차가운 음료를 단숨에 들이켰고 가끔은 주먹으로 제 가슴을 툭툭 치기도 했으니까. 수십년 만에 자신의 폭폭함을 마주한 시옷은 기억 속에서 (거기 묻혀 있는 줄도 몰랐던) 폭폭함의 풍경 하나를 건져 올린다.

시옷은 엄마와 함께 동네 오르막길을 올라갔다. 시옷의 걸음으로는 조금 벅찬 경사길을 다 오르면 한 사람이 겨우 지나다닐 수 있는 좁은 계단이 나왔고, 그 위는 철길이 지나가는 둑이었다. 시옷의 동네와 건너편 동네를 구분하는 그곳을 사람들은 '철둑'이라고 불렀다. (시옷의 동네 사람들은 건너편 동네를 '철둑 너머'라고 불렀는데, 거기선 시옷의 동네를 뭐라고 불렀을까? 그들도 이쪽을 '철둑 너머'라고 불렀을까? 그렇게 공평하게 헷갈렸을까?) 철둑 너머에는 '철둑 너머 할머니'와 '철둑 너머 할아버지'가 살았다. 철둑 너머 할아버지는 시옷 할머니의 남동생, 철둑 너머 할머니는 그의 부인이었다. 그러니까 시옷 아빠의 외삼촌, 외숙모였다. 기차가 지나가지 않을 때 조심조심 철둑을 건너 반대편 계단으로 내려가면 철둑 너머 동네가 시작되었다. 거기서부터 좁고 긴 골목이 둥근 언덕을 가르마처럼 누비며 지나갔고 골목마다 작은 집들이 따개비처럼 붙어 있었다. 그 작고 낮은 집 하나에 철둑 너머 할머니와 할아버지가 살았다. 시옷의 할머니보다는 한참 어리고 시옷의 엄마보다는 한참 나이가 많은 철둑 너머 할머니는 시옷을 볼 때마다 머리통을 힘껏 쓰다듬어주고 주머니에서 눅눅해진 과자나 사탕을 찾아 쥐여주는, 몸집이 작고 마른 사람이었다.

철둑 너머 할머니는 고기를 먹지 않아.

그를 설명하는 여러 말 중 가장 자주 들었던 말. 철둑 너머 할머니는 언제나 부처님의 말씀을 깊이 새기며 사는 사람이고 살생으로 얻은 것은 절대 입에 대지 않는다. 그래서 보살이야,라고 말하는 사람도 있고 그래서 몸이 영 부실하지,라고 말하는 사람도 있었다. 철둑 너머 할머니와 할아버지 사이에는 자식이 없었다. 사람들은 철둑 너머 할머니가 부처님 말씀을 깊이 새기고 산다는 사실과 고기를 입에 대지 않는다는 사실, 그리고 자식이 없다는 사실을 한줄의 인과관계에 꿰어 맞추기를 즐겼다.

철둑 너머 할아버지는 약주를 참 좋아하지.

그래서 호인이야,라고 말하는 사람도 있고 그래서 여태 철부지지,라고 말하는 사람도 있었다. 고기를 먹지 않는 할머니와 약주를 좋아하는 할아버지는 새벽 동이 트기도 전에 일어났다. 할아버지는 수레를 끌고 할머니는 수레를 밀며 철둑 너머 동네를 벗어나 도시에서 가장 큰 시장으로 갔다. 부부의 수레에는 계절마다 다른 것이 실렸다. 배추나 무 같은 푸성귀는 물론 마른 고추나 대파, 쪽파, 생강, 마늘 같은 양념 재료들이 실리기도 했다. 할머니와 할아버지는 수레 가득 실은 그것들을 동네에서 가까운 작은 시장에 가져가, 작은 시장 상인들이 부탁한 것을 사다나르며 남은 것과 함께 시장 한쪽 노점에서 팔았다. 장사를 마치고 집으로 돌아가는 길에는 시옷의 집에 들러 팔다 남은 배추 한두포기나 무 한단을 내려놓기도 했다. 그러면 엄마와 할머니는 서둘러 마실 것을 내오고 만들어둔 김치나 밑반찬을 덜어주었다. 철둑 너머 할머니가 마루에 앉아 엄마와 함께 배추나 무를 다듬고 있으면 철둑 너머 할아버지가 이따금 빈 수레에 시옷을 태워주기도 했다. 할아버지는 시옷을 태우고 마당을 몇바퀴나 돌아주었다. 할아버지의 수레에서 비릿한 풀냄새가 풍겼다. 시옷은 수레 양옆을 꼭 잡고 까르르 웃으며 속도감을 즐겼다. 한바퀴 더요! 한바퀴 더! 약주를 좋아해서 호인이고 철부지인 철둑 너머 할아버지는 시옷의 '한번 더!'를 거절하는 법이 없었다. 결국 엄마가 마당으로 내려와 시옷을 나무라며 그만하라고 말릴 때까지 할아버지는 시옷을 수레에 태우고 마당을 돌고 또 돌았다. 할머니가 마침 매실주가 잘 익었다고 술상을 봐주면 철둑 너머 할아버지는 이 또한 사양하지 않고 기꺼이 마루 위로 올라왔다. 그런 날은 철둑 너머 할머니와 시옷의 할머니, 엄마와 시옷이 한 상에 둘러앉아 저녁을 먹었다. 할머니는 제사를 지내고 남은 육전이나 조기구이를 술상에 올렸지만, 철둑 너머 할머니와 함께 먹는 밥상에는 고기도 비린 것도 올리지 않았다. 시옷은 옆의 술상을 곁눈질하며 나물 반찬과 된장국만으로 밥을 먹어야 했지만 철둑 너머 할머니, 할아버지와 함께하는 저녁은 언제나 즐거웠다. 저녁상을 물리고 어느새 불콰해진 철둑 너머 할아버지와 철둑 너머 할머니가 빈 수레를 끌고 시옷의 집을 나서면, 할머니와 엄마와 시옷은 골목 밖까지 나가 부부의 수레가 이리 비틀 저리 비틀 흔들리며 멀어지는 것을 배웅했다. 할아버지가 끄는 수레는 평소보다 버겁게 오르막길을 오르겠지만 말짱하고 야무진 철둑 너머 할머니가 수레 뒤를 단단히 밀고 갈 것이므로 걱정할 것 없다고 할머니는 말하곤 했다. 시옷은 부부의 수레가 철둑을 건널 때 마침 기차가 지나가지 않기를, 근처에 사는 개들이 짖어 순한 그들을 놀라게 하는 일이 없기를 조용히 기원했다.

기억 깊은 곳에서 떠오른 그날, 시옷은 엄마와 함께 철둑 너머 할머니의 집으로 향했다. 남색 철문을 열고 좁은 마당에 들어섰을 때 화단에 쪼그리고 앉아 호미로 흙을

일구던 철둑 너머 할머니가 시옷을 보고 가수가 되었답
서? 장하다, 장해, 하고 말한 걸 보면 시옷이 방송국 어린
이합창단에 들어간 다음의 일이 분명했다. 가수가 되지도
않았고 장한 일을 하지도 않았지만, 시옷은 할머니의 칭
찬에 조금 의기양양해졌다. 그러나 가볍게 들떴던 시옷의
기분은 엄마의 한마디에 곤두박질치고 말았다. 늦은 오후
시옷의 집에 찾아왔던 여자 어른들처럼 엄마가 철둑 너머
할머니의 집 마루에 엉덩이를 걸치자마자 한숨인 듯 토로
인 듯 이렇게 말했다.

외숙모, 나 폭폭해 죽겠어요.

그날 엄마는 폭폭했다. 늘 폭폭한 여자들을 맞이하던
엄마가 철둑 너머 할머니의 집에서 폭폭한 여자가 되어
있었다. 시옷은 엄마의 입에서 나온 한마디에 깜짝 놀라
폭폭함의 영역 밖으로 벗어날 생각도 못하고 철둑 너머
할머니의 좁은 마당에 서서 멍하니 엄마를 쳐다보았다.
엄마는 기어이 할머니 쪽으로 고개를 숙이고 울음을 터뜨
렸다. 할머니가 작고 야윈 손으로 엄마의 너른 등을 쓸어
주었다. 푹 푹 푹 푹. 때리듯이 쓸어주었다. 엄마의 가슴속
에 똬리를 튼 묵직한 것을 당신 손으로 쑥 내려가게 할 수
있다는 듯, 엄마의 폭폭함 따위 맨손으로 쓸어버릴 수 있
다는 듯, 할머니의 손길은 집요하고 일정했다. 어깨가 넓

고 키가 큰 엄마가 몸집이 작고 마른 할머니에게 안겼다. 할머니가 먼저 일어나 엄마의 손을 잡더니 방 안으로 이끌었다. 두 사람은 시옷을 마당에 그대로 세워두고 방으로 들어가 문을 닫았다. 천장이 낮아 언제나 그늘의 냄새가 풍기는 할머니의 안방에서 엄마와 할머니가 주고받는 말소리가 드문드문 새어 나왔지만, 시옷은 무슨 말인지 알아들을 수 없었다. 시옷은 마당에 서서 할머니가 내팽개치고 간 호미를 물끄러미 내려다보았다. 초봄의 화단에는 아직 검은 흙만 있었다. 할머니는 올봄 어떤 식물을 심고 키우려는 걸까. 철둑 너머 할머니의 화단에는 채송화며 봉숭아, 샐비어, 맨드라미, 과꽃 같은 일년생 꽃들이 여름까지 자라고 피었다. 늘 응달인 축축한 화단에서 식물들은 오직 할머니의 정성을 먹고 자랐다. 고기를 먹지 않아 보살이고 몸이 영 부실한 할머니가 조막만 한 손으로 꽃을 피우고 꽃씨를 받아두었다가 이듬해 또 꽃을 피우길 반복했다. 땅이 모자란 할머니는 시장에서 플라스틱 화분이나 스티로폼 상자를 주워다가 거기에도 꽃씨를 심었다. 화분에 꽃이 피면 할머니는 집 밖 담장 아래 그것들을 나란히 세워두었다. 봄이 오고 여름이 가고 가을이 오는 동안 할머니의 담장 아래에서는 크기도 모양도 색깔도 제각각인 꽃들이 사람보다 먼저 손님을 맞았다. 언젠가 엄마가 알뜰살뜰 키운 것들을 왜 집 밖에 내놓느냐고 물었을 때, 할머니는 이렇게 대답했다.

웃으라고.

지나가는 사람들, 이쁜 꽃 보고 한번씩 웃고 가라고.

철둑 너머 할머니와 함께 마당으로 나온 엄마의 눈자위가 빨갰다. 할머니는 시옷이 거기 있다는 사실을 이제야 알아챈 사람처럼 놀란 얼굴을 하더니 허리춤에서 꼬깃꼬깃 접힌 천원짜리 지폐를 허둥지둥 꺼내 시옷의 손에 꼭 쥐여주었다.

우리 강아지, 가수 돼서 장하고 터 팔아서 장하다.

그러곤 엄마의 등을 또다시 힘껏 쓸어내리며 말했다.

질부는 암시랑 걱정 말고 잘 먹고 잘 자기만 하소. 이번 애기도 내가 잘 받아줄랑게.

집으로 돌아가는 길, 엄마는 시옷에게 아무 말도 하지 않았다. 다정하게 손을 잡아주지도 않았다. 시옷은 종종걸음으로 엄마 뒤를 따라 골목을 빠져나오고 철둑을 건넜다. 시옷은 철둑 너머 할머니의 말을 정확히 이해했다. 시옷이 가수가 되었다는 할머니의 말은 틀렸지만, 터를 팔았다는 말은 옳을 것이다. 시옷의 집에 찾아온 친척들은 시옷을 볼 때마다 이렇게 묻곤 했다.

너는 언제나 터를 팔 생각이냐?

어른들은 엄마의 배 속 '터'에 아기가 생기는 일이 오직 시옷의 소관인 것처럼 말했다. 시옷은 기억에도 없는 그 터를 아기 동생에게, 이왕이면 남자 아기에게 팔아야 했다. 시옷이 열살이 되도록 엄마에게 아기가 생기지 않는 것은 시옷이 아직 터를 팔지 못했기 때문이다. 시옷이 언니나 누나가 되지 못하는 건 오직 시옷의 탓이었다. 시옷의 머리통을 함부로 쓰다듬으며 놀림인지 타박인지 모를 질문을 던지는 어른들의 논리에 따르면 그랬다. 언제 터를 팔 거냐는 어른들의 질문을 받을 때마다 시옷은 도대체 어떻게 해야 그 터라는 것을 팔 수 있는지 몰라 답답했다. 철둑 너머 할머니와 할아버지처럼 수레를 끌고 시장에 나가 팔아야 하는지 성냥팔이 소녀처럼 눈밭에 서서 가련한 목소리로 터 사세요! 터 사세요! 외쳐야 하는지. 그런데 느닷없이 철둑 너머 할머니가 터를 팔아 장하다고 시옷을 칭찬한 것이다. 어떤 노력도 시도도 하지 않았는데 어느새 터를 팔았다! 칭찬도 받고 천원짜리 지폐도 받았다. 시옷에게 드디어 아기 동생이 생겼다. 그런데 왜 신나지 않을까? 어른들이 종용했던 숙제를 끝냈는데 왜 하나도 가쁘지 않을까? 시옷은 저만치 앞서가는 엄마의 등을 바라보며 생각했다. 열살에 언니나 누나가 되는 일을 시옷은 기다렸던가? 아니, 그보다 난데없이 폭폭함을 토로한 엄마가 바랐던 일인가?

시옷은 병원에서 태어난 애니와 달리 집 안방에서 태어났다. 엄마의 산실에는 할머니와 철둑 너머 할머니가 있었고, 엄마의 몸 밖으로 밀려 나온 시옷을 제일 먼저 받아준 사람이 철둑 너머 할머니였다. 그는 시옷의 탯줄을 끊고 태지가 얼룩덜룩 묻은 몸을 더운물에 씻긴 뒤 미리 준비한 강보에 폭 싸서 녹초가 된 엄마 옆에 눕혀주었다. 시옷의 첫울음이 터진 후 문밖에서 기다리던 남자들의 헛기침이 잦아졌다. 철둑 너머 할머니는 산실을 잘 갈무리하고 나서야 미닫이 방문을 아주 조금 열었다.

뭐여?

시옷의 할아버지가 성급하게 물었고, 철둑 너머 할머니는

아무것도 아니고만요.

작게 대답하고 방문을 다시 닫았다고, 언젠가 어른들의 수다를 엿들은 적이 있다. 어른들의 부주의함에 시옷은 단단히 상처를 받았지만, 누구에게도 그 일을 털어놓은 적은 없었다. 아무것도 아닌 것으로 태어난 시옷은 그 후로도 여러번 비슷한 문제로 마음을 다쳤다. 상처는 잔잔했고 일상적이었다.

너는 언제나 터를 팔 생각이냐?

그 무수하고 일관된 질문에 마음을 찔릴 때만 해도 시옷은 훨씬 더 큰 상처가 기습하리라고는 전혀 예상하지 못했다.

우리 강아지, 터 팔아서 장하다.

상처가 때론 칭찬의 형태로 올 수도 있음을 시옷은 몰랐다. 시옷은 자기도 모르는 사이 터를 팔아버렸고, 이제 시옷에게서 터를 샀다는 아기 동생이 철둑 너머 할머니의 손을 거쳐 세상에 태어날 것이다. 아기의 탄생을 기다리며 문밖에서 초조하게 서성일 남자 어른은 없을 것이다. 할아버지는 시옷이 국민학교에 들어가기 전에 세상을 떠났고 아빠는 얼마 전 사라졌으니까. 아기 동생은 무엇으로 태어날까? 시옷처럼 아무것도 아닌 것으로 태어나 시옷의 잔잔한 상처를 고스란히 물려받을까? 아니면 시옷은 되지 못했던 어떤 것으로 태어나 집안 어른들의 기쁨이 될까? 어느 쪽이든 아기 동생은 철둑 너머 할머니의 손으로 세상에 나올 것이고, 철둑 너머 할아버지의 수레를 차지할 것이다. 그렇게 생각하자 시옷의 가슴 안쪽에 묵직한 어떤 것이 똬리를 틀고 내려가지 않았다. 조금 전까지 엄마의 것이었던 그것이 어느새 시옷에게로 옮겨왔는지 몰랐다. 폭폭해. 폭폭해 죽겠어. 그러나 시옷에겐 폭폭함을 호소할 사람도, 잠시 엉덩이를 붙이고 갈 마루도 없었다.

*

아, 폭폭해.

내 일기를 읽고 난 고슴이 불쑥 말했다.

고슴님은 '폭폭하다'는 말을 들어본 적이 있어요?

림자의 질문에 고슴과 도치가 동시에 고개를 저었다.

하지만 시옷님 일기를 읽고 나니 그 마음이 뭔지 알 것도 같아요. 정말 뾰족한 것이 마음을 폭 폭 찌르는 것 같지 않아요?

고슴은 폭 폭 하고 말할 때마다 집게손가락으로 허공을 한번씩 찔렀다.

나는 경북 출신인데, 그런 말은 처음 들어봅니다.

마웨는 그날 과제에서 열일곱살에 완행열차를 타고 고향 산골을 떠나 서울로 올라왔을 때의 장면을 자세히 묘사했다. 그는 기차 맨 끝 칸에 기대서서 하염없이 멀어지는 고향을 바라보며 반드시 성공해서 돌아오리라, '주먹을 부르쥐고' 다짐했지만 '모종의 사건' 때문에 다시는 고향 땅을 밟지 못했다.

그래도 성공하셨잖아요.

도치의 말에

그렇지. 개처럼 벌어서 정승처럼 서울 한복판에 이층집 짓고 사니 대단히 성공한 셈이지.

마웨가 대답했다.

아이씨, 개부럽다.

고습의 어린애 같은 말투에 다들 웃음을 터뜨리기도 했다. 마웨는 성공한 연장자로서 한턱내겠다고 제안했고, 수강생들과의 뒤풀이는 원칙적으로 불가하다는 림자를 제외하고 수강생 넷이서 전직 대통령도 즐겨 먹었다는 연희동의 유명 칼국숫집에 갔다. 도치는 수육에 소주를 마시며 어떻게 해야 개처럼 벌 수 있냐고 자꾸 물었고, 마웨는 큰 소리로 소주를 추가 주문한 뒤 자신의 성공담을 전부 일기로 써서 발표할 예정이니 기다려달라고 대꾸했다. 고습은 안주도 없이 자꾸만 소주를 들이켜며 우린 언제쯤 반지하 아니면 옥탑방, 옥탑방 아니면 반지하를 벗어나냐! 아, 더럽게 폭폭하네! 말해 또다시 모두를 웃겼다.

일행과 헤어져 버스정류장으로 걸어가는 길에 조금 전 고습의 탄식에 나도 모르게 웃음을 터뜨렸던 순간을 자꾸 곱씹었다. 잘 알지도 못하는 청년의 딱한 현실을 마냥 귀엽고 재미난 에피소드로 소비해버리고 만 것은 아닌지,

과거로 돌아가 내 웃음을 박박 지워버리고 싶었다. 버스 정류장에 도착하고 나서야 다른 수강생보다 고습에게 눈길이 가는 건 어쩌면 해준의 또래라서가 아닐까 하는 생각이 들었다. 소주를 두잔이나 마셔서일까? 나는 어느새 해준에게 문자메시지를 적고 있었다. 어떻게 지내? 새 학기는 잘 준비하고 있어? 독립한 원룸은 괜찮아? 불편한 데는 없어? 난방은 잘되고 온수도 잘 나와? 그러나 쏟아지는 질문 중 어떤 것도 보낼 수 없었다. 이 모든 질문을 한마디로 요약해줄 문장을 찾아야 했다. 보고 싶다. 폭폭하진 않니? 아직도 엄마가 미워? 버스가 도착할 때까지 썼다 지우기를 반복하다 겨우 한 문장을 찍어 보냈다.

밥 잘 먹고 있어?

버스를 타고 집 앞 정류장에 도착할 때까지, 버스에서 내려 오피스텔까지 천천히 걸어가는 동안에도, 집에 들어가 곧장 욕실에서 샤워하고 나올 때까지도 해준은 내가 보낸 메시지에 답장하지 않았다. 나는 창 너머 언론사 건물을 물끄러미 바라보며 어떤 생각도 하지 않으려고 애썼다. 고층 건물의 모든 창에 불이 환했지만, 안쪽에 사람은 보이지 않았다. 다들 집으로 돌아갔나? 무사히? 얼굴도 모르는 그 사람들이 저마다 집으로 돌아가 다녀왔어,라고 말하는 풍경을 상상했다. 문득 내겐 다녀왔어,라고 말할 사람이 없다는 생각이 들었다. 그건 해준도 석구도 마찬가지겠지. 해준이 빈집에 들어가 불도 켜지 않고 어두운 방에 오도카니 서 있는 장면을 떠올렸다. 해준의 얼굴은 석구의 얼굴로 바뀌었고 어느새 내 얼굴로 변했다. 불안이 목덜미를 싸늘하게 훑고 내려갔다. 해준은 어릴 때부터 밥 먹어라, 밥 먹었니?같이 밥에 관한 잔소리를 유난히 싫어했다. 엄마는 왜 치사하게 먹을 거로 날 옭아매려 들어? 고3이 된 해준이 한술이라도 뜨고 가라고 종종거리는 내게 야멸치게 던진 말이 뒤늦게 떠올랐다. 나는 그렇게 하면 해준의 오래전 말을 차단할 수 있는 것처럼 언론사 건물이 보이는 창의 암막커튼을 소리 나게 닫았다.

*

제비가 낮게 날면 비가 온단다.

이 사실을 알려준 사람은 시옷의 할머니였다. 할머니 오른쪽에 바짝 붙어 시장이나 방앗간에 갈 때 간혹 검고 흰 제비가 시옷의 무릎 높이까지 낮게 땅을 스치며 날았다. 시옷이 소스라치게 놀라면 할머니는 세상 평온한 말투로 말했다. 제비가 낮게 나니 비가 오려는가보다. 제비는 좁은 골목길에서도 사람들 몸에 충돌하지 않고 용케 낮게 날았다. 제비가 바짝 다가올 때 얼른 주먹을 폈다 쥐면 따뜻한 그 몸을 만져볼 수도 있을 것 같았지만, 제비는 시옷의 작은 주먹에 잡히는 일 따위 없다는 듯 매끄럽게 호를 그리며 시옷의 무릎 사이를 빠져나가곤 했다.

제비가 낮게 날면 비가 온다고 알려준 사람이 할머니였다면, 비가 오려고 할 때 왜 제비가 낮게 나는지 알려준 사람은 제비다방 남자였다.

제비가 뭘 먹고 사는지 아냐?

(절레절레)

제비는 파리나 벌 같은 날벌레를 먹고 살아. 그런데 제비는 웬만하면 땅에 내려앉는 법이 없어서 먹이도 날아가면서 잡아채 먹지. 비가 올 즈음이면 기압이 낮아지는데, 아, 기압이 뭔지는 아냐?

(절레절레)

비가 오기 전 공기에 물기가 가득 차서 무거워진다는 뜻이야. 빨래한 옷이 물기를 먹어 무거워지는 것처럼. 아무튼, 공기가 무거워지면 작은 날벌레들은 높이 날기 버거워. 날벌레가 낮게 날면 그것들을 먹어야 하는 제비도 낮게 날 수밖에 없겠지?

(끄덕끄덕)

먹고사는 일이 그렇다. 먹이가 낮게 날면 나도 같이 낮아질밖에. 먹이가 곧 나야. 높이 살고 싶으면 높은 것을 먹어. 알겠냐, 꼬맹아?

남자는 이렇게 말하고 응접실 창밖으로 담배 연기를 길게 내뿜었다. 시옷은 남자가 저 큰 몸으로 골목길을 낮게 나는 모습을 상상했다. 남자가 골목 안을 요리조리 날아다니며 공중에 뜬 라면이며 담배를 잡아먹는다. 남자는 따뜻한 김을 피워 올리는 커피잔을 잡아먹으려다 어느 집 시멘트 담장에 부딪쳐 추락한다. 남자의 코가 깨진다. 시옷은 남자의 통증까지 상상하고 얼굴을 찌푸렸다.

담배 연기가 싫으냐?

남자는 시옷의 표정을 오해하고 얼른 빈 황도 통조림 통 안에 담배를 비벼 껐다.

사내자식이 까탈스럽기는.

엄마와 할머니가 부엌에서 저녁을 차리느라 분주한 시간이면 시옷은 몰래 응접실에 들어가 제비다방 남자와 놀았다. 남자와 함께 놀면 재미있었다. 남자도 남의 집 응접실을 지키는 게 영 따분했는지 시옷이 찾아가면 반가워했다. 아빠의 전축으로 듣고 있던 음악을 끄고 「고향의 봄」 카세트테이프를 틀어주기도 했고, 벽에 세워둔 자신의 기타를 가져와 스피커에서 흘러나오는 합창곡에 맞춰 기타 줄을 뜯기도 했다. 시옷은 남자의 반주에 맞춰 가만가만 노래를 불렀다. 남자는 방송국 어린이합창단 지휘자 선생님처럼 시옷의 음색이나 리듬감을 칭찬하지는 않았지만, 귀찮은 기색 없이 몇번이고 기타 반주를 해주었고, 간혹 어떤 구절은 직접 노래하기도 했다. 시옷은 남자와 함께 스피커 앞에 나란히 앉아 「고향의 봄」을 흥얼거리는 시간이 좋았다.

남자는 아빠의 책장에서 제멋대로 책을 꺼내 읽기도 했다. 아빠의 책들은 전부 글자가 작고 한자가 절반 넘게 섞여 있었다. 아빠가 사라지기 전 시옷은 두꺼운 책을 읽는 아빠 옆에서 국민학교 입학 선물로 받은 안데르센 동화 전집을 꺼내 읽곤 했다. 시옷은 특히 『인어공주』를 자주 읽었는데, 마지막 페이지에 인어공주가 물거품이 되어 공중으로 흩어지는 삽화를 무척 좋아했다. 아지랑이처럼 뿌옇게 사라지는 인어공주의 모습을 몇번이고 바라보면서 시옷은 (사랑이 뭔지 알지도 못하면서) 절대 사랑 따위 하지 않으리라, 다짐하기도 했다. 제비다방 남자는 어려워 보이는 아빠의 책도 시옷의 동화책도 아빠가 가끔 엄마에게 사다주었던 여성잡지나 소설책도 닥치는 대로 꺼내 읽는 눈치였다. 시옷이 응접실에 들어갈 때마다 다른 책들이 테이블 위에 펼쳐져 있었다. 비가 오기 전 제비가 낮게 나는 이유를 들려준 날 남자는 아빠의 책장에서 가장 넓은 자리를 차지하는 백과사전 전집 중 한권을 뽑아 왔다. '지읒'으로 시작하는 것들을 설명하는 편이었다. 남자가 '제비'가 나오는 페이지를 펼치자 입속이 붉은 새끼 제비들이 둥지 안에서 어른 제비를 향해 빡빡 입을 벌리고 우는 그림이 나왔다. 남자는 제비의 분류와 습성에 대해 백과사전 속 설명을 처음부터 끝까지 천천히 읽어주었다. 남자는 노래할 때보다 책을 읽을 때 목소리가 더 좋았다.

제비는 참새목 제빗과의 조류로, 아, 목이 뭐고 과가 뭔지는 알아?

(절레절레)

그건 나중에 중학생이 되면 배울 거야.

(끄덕끄덕)

시옷은 제비에 왜 참새 목이 달렸다는 건지 이해할 수 없었지만, 귀 기울여 남자의 말이나 듣기로 했다. 남자는 제비에 대한 설명을 다 읽은 김에 '종달새' 항목으로 넘어갔다.

종달새를 본 적 있어?

(절레절레)

나는 지평선이 보일 정도로 들판이 넓은 고장에서 자랐는데, 거기선 종달새를 쉽게 볼 수 있어. 「종달새의 하루」라는 노래를 알아?

(끄덕끄덕)

가사에 종달새의 습성이 아주 잘 나타나 있지.

남자는 기타를 들고 노래를 연주하기 시작했다.

하늘에서 굽어보면 보리밭이 좋아 보여

종달새가 쏜살같이 내려옵니다

비비배배거리며 오르락내리락

오르락내리락하다 하루 해가 집니다

밭에서 쳐다보면 저 하늘이 좋아 보여

다시 또 쏜살같이 솟구칩니다

비비배배거리며 오르락내리락

오르락내리락하다 하루 해가 집니다

하늘에 있을 때는 보리밭이 욕심나고 보리밭에 있을
때는 하늘이 욕심나고, 종달새는 변덕쟁이에다 욕심쟁이
구나, 시옷은 생각했다. 할머니는 늘 남의 것을 탐내면 업
을 짓고 업을 지으면 벌을 받는다고 가르쳤다. 시옷은 함
부로 욕심을 냈다간 반드시 대가를 치른다고 배웠다. 사
랑을 탐낸 인어공주처럼, 드레스와 메리제인 구두를 욕심

낸 언젠가의 시옷처럼, 성공을 꿈꾸고 사업을 확장한 아빠처럼. 하지만 남자의 기타 줄이 '오르락내리락하다' 부분을 경쾌하게 뚱땅거린 덕에 시옷의 기분도 조금 가벼워졌다.

한번 더 불러볼까?

(끄덕끄덕)

남자는 시옷을 향해 활짝 웃어 보이곤 다시 반주를 시작했다. 시옷은 아까보다 조금 더 큰 소리로 노래했다. 비비배배거리며 오르락! 내리락! 이 부분은 새끼 제비처럼 쩩쩩 빡빡 신나게 불렀다.

응접실 문이 벌컥 열렸다. 시옷의 노래도 남자의 반주도 뚝 그쳤다. 엄마가 문간에 서서 시옷을 노려보았다. 엄마의 시선이 남자에게로 옮겨 가더니 잠시 후 아무 말도 하지 않고 몸을 돌려 나갔다. 시옷은 잔뜩 주눅이 들어 엄마 뒤를 따라 나갔다.

꼬맹이 너무 혼내지 마십쇼! 제가 심심해서 놀자고 했습다!

등 뒤에서 한껏 불량한 남자의 목소리가 들려왔다. 엄마는 시옷의 손목을 아프게 움켜잡더니 부엌으로 끌고 갔다. 부엌문을 닫고는 시옷의 양어깨를 단단히 쥐었다. 엄마는 시옷을 무섭게 노려보며 한마디 한마디 힘주어 말했다.

한번만 더. 저 남자 옆에 가면.

엄마는 잠시 숨을 몰아쉬었다.

엄마가 죽는다. 알았니? 엄마가 죽어.

시옷은 엄마를 올려다보고 고개를 끄덕였다. 고였는지도 몰랐던 눈물이 고개를 끄덕일 때마다 박자 맞춰 뚝 뚝 떨어졌다. 시옷이 제비다방 남자 옆에 가면 왜 엄마가 죽는지 알 수 없었지만, 단단히 굳어 해쓱해진 엄마의 얼굴은 정말 당장이라도 죽을 사람처럼 보였기에 시옷은 다시는 남자 옆에 가지 않겠다고, 남자와 즐겁게 노래하지 않겠다고, 남자를 욕심내지 않겠다고, 무한히 고개를 끄덕이며 약속했다.

*

해준이 메시지를 보내왔다. 지난번 내가 보낸 메시지의 답장은 아니었다. 해준은 석구와 나를 단톡방에 초대했다.

아빠 엄마, 안녕! 이번에 누구 찍을 거야?

해준은 밥을 잘 먹고 있는지는 알려주지 않고 보름 앞으로 다가온 대통령선거 이야기를 했다. 그즈음 어딜 가도 나오는 화제였지만 해준이 나와 석구를 초대해 대선 이야기를 꺼낼 줄은 몰랐다. 해가 바뀌고 새해 안부도 묻

지 않았던 해준이, 석구가 고향으로 내려간 후 침묵으로
내게 불만을 표시해온 해준이 선거 때문에 몇달 만에 먼
저 연락을 해왔다. '다짜고짜'. 해준의 메시지를 보자마자
이 단어가 떠올랐다. 석구가 떠나고, 학원을 정리하고, 세
식구가 8년 넘게 전세 계약을 갱신해가며 살았던 아파트
에서 이사를 나오고 하는 동안 단 한번도 나의 안부를 궁
금해하지 않았던 해준이 다짜고짜 내 표의 향방을 궁금해
하고 있었다. 나는 그러면 해준의 진의를 파악할 수 있다
는 듯이 해준이 보낸 메시지를 골똘히 들여다보았다. 전
화를 걸어 물어볼까? 아니, 해준은 전화를 받지 않을 것이
다. 문자에는 문자로, 카톡에는 카톡으로, 메일에는 메일
로, 그게 해준과 석구에게 익숙한 의사소통 방식이었다.

  그건 왜 물어?

  나는 잠시 후 답장을 보냈다. 평소와 달리 해준은 곧장
메시지를 보냈다.

  이 나라가 너무 걱정돼서.

  넌 누굴 찍을 생각인데?

  이번에는 곧바로 답장이 오지 않았다. 해준은 무엇을
가늠하고 있을까?

  내가 기억하는 첫 대통령선거는 1987년이었다. 직접 경
험했든 역사책에서 배웠든 이 나라 사람이라면 대부분 아

는 십수년 만의 대통령 직선제 선거였다. 그해 여름은 오후만 되면 열린 창문을 통해 교실로 밀려들었던 매캐한 최루가스 냄새로 기억된다. 교실 여기저기서 재채기가 터졌고 어쩔 수 없이 창문을 닫으면 교실은 곧바로 답답한 찜통이 되었다. 그러나 교사들도 학생들도 '데모'하는 사람들을 원망하지 않았다. 대기에 늘 매운 냄새가 떠돌던 그때, 사람들은 울분과 기대감을 동시에 느끼며 시간을 견뎠다. 이번에는 뭔가 달라질지도 모른다고, 9시 뉴스 시보가 끝나자마자 지겹게 봐야 했던 학살자 출신 대통령을 이제 화면에서 치울 수 있을지도 모른다고, 정말로 '갈아엎어'버릴 수도 있으리라고. 민주주의, 신기루와도 같은 그 실체를 이번에는 제대로 목격할 수 있을지도 모른다고. 사람들은 모이면 언제나 정치 이야기를 했다. 고문을 받다가 죽은 대학생 이야기를 했고 시위 현장에서 최루탄을 맞고 사경을 헤매는 또다른 대학생 이야기를 했다. 야자를 마치고 집으로 돌아가는 늦은 밤 통학버스 안에서 여학생들은 안타까운 목숨들을, 호헌철폐 독재타도, 그 선명한 구호를 입에 올렸다. 그렇게 일상처럼 매운 냄새 속을 오가던 중 학살자 일당의 항복 소식을 들었다. 사람들은 환호했다. 1987년 6월 29일 당시 여당의 대통령 후보가 국민의 직선제 개헌 요구를 받아들이겠다고 특별 선언하면서 1987과 6·29는 영원히 고유한 숫자로 남았다. 이제 사람들은 선거 이야기를 나눴다. 노태우, 김영삼, 김대중, 김종필, 구체적인 이름들을 입에 올렸다. 선거권이 없는 내 또래 학생들도 마치 투표를 할 수 있는 것처럼 너라면 누굴 찍을 것이냐? 나라면 누굴 찍을 것이다,와 같은 가정법 대화를 나누었다. 누구 때문에 누가 될 것이다, 누구만 아니면 누가 될 수 있다, 누구 때문에 누가 되면 어떡하냐,와 같은 복잡한 정치공학적 대화가 유행했다. 분위기는 뜨거웠다. 다들 선거에 몰입했다. 모두가 나라를 걱정했다.

1992년 선거부터 내게도 투표권이 생겼다. 대학생이었던 나는 3당 야합으로 배반의 상징이 되어버린 여당 후보 낙선운동에 참가했다. 그 사람이 되면 이 나라는 망한다고 진심으로 생각했다. 수업을 빼먹고 거리에 나가 호소문이 인쇄된 유인물을 나눠주었다. '비판적 지지'라는 말을 처음 배웠고, 그에 따라 내 표를 주었다. 여당 후보가 대통령에 당선된 날, 함께 낙선운동을 했던 친구들과 늦도록 술을 마시며 자정이 넘은 시각에 학교 앞 가로수를 붙들고 엉엉 울었다. 이 나라는 이제 망했다고, 다 끝났다고 울부짖었다. 그 꼴사나운 모습을 학교 앞 상점 사장들이 목격했고, 한동안 분식집, 복사집, 서점에 가면 사장들이 애국자 납셨냐고 놀리며 공밥을 주거나 물건값을 깎아주었다.

1997년 선거는 5년 전 함께 여당 후보의 낙선운동을 벌였던 친구들과 불화한 기억으로 남았다. 반드시 정권교체를 이뤄야 한다고 생각하는 친구들이 이제 막 싹트기 시작한 진보정치를 투표로 응원하고 싶다는 나의 바람을 비난했다. 무책임하다, '나이브'하다는 말을 들었다. 정권교체도 진보정치도 어느 하나 중요하지 않은 게 없었으므로 우리의 논쟁은 늘 안타까움으로 얼룩졌다. 전선을 제대로 그어야 한다는 것에 모두 동의했지만, 어떤 게 제대로 그은 전선인지에 대해서는 생각이 완전히 달랐다. 여러가지 경우의 수가 동원되고 다양한 확률이 계산되었지만, 결국 어떤 후보를 찍느냐의 문제로 귀결되었기에 다들 상대방의 표를 내 쪽으로 끌어오려고 골몰했다. 친구들은 내 표가 사표가 될 것이고 적에게 이로울 뿐이라고 걱정했고 나는 진보정치의 큰 흐름을 위해 멀리 봐야 하지 않겠냐고 친구들을 설득했다. 결국 친구들은 정권교체를 얻었고 나는 친구들을 잃었다.

엄마, 그 사람이 대통령이 되면 안 되잖아. 그건 막아야 하잖아.

해준의 호소는 25년 전 친구들과의 불화를 떠올리게 했다. 해준의 목표는 92년의 나처럼 특정 후보의 낙선, 그리고 다른 후보에 대한 비판적 지지인 걸까? 아니면 97년, 나와 불화했던 친구들처럼 진보정치의 성장보다 최악의 후보가 대통령이 되지 않도록 막는 게 더 시급하다는 입장일까? 해준도 그때의 나와 친구들처럼 나라 걱정으로 잠을 이루지 못할까?

엄마는 오랫동안 지지해온 후보와 정당이 있어.

내 메시지에 해준은 곧바로 답장하지 않았다. 넌 늘 그런 식이지? 너 혼자 고결하지? 97년 내 눈을 똑바로 바라보며 냉소했던 친구가 떠올랐다. 해준도 같은 마음일까? 지금 생각해도 괴로운 건 당시 내 친구의 마음도 지금 해준의 마음도 나라를 걱정하는 순도 높은 진심임을 내가 잘 안다는 사실이었다.

석구가 뒤늦게 단톡방에 들어와 안부를 전했고, 그후 석구와 해준은 다양한 이모티콘을 섞어가며 열띠게 선거 이야기를 주고받았다. 해준은 언제나 나와 같은 후보를 지지했던 석구가 이번에는 누굴 찍을 생각인지 궁금해했고, 석구는 여전히 고민이 많지만 '어떤 일이 있어도 그 사람이 당선되어서는 안 된다'라는 면에서 해준과 의견 일치를 보았다. 97년 대선 당시 무책임한 투표라고 나를 비난했던 친구들에게 그건 진보정치가 싹을 틔우기도 전에 짓밟는 잔혹행위 아니냐며 맞섰던 사람이 석구였다. 해준은 20대 여성으로서 여성혐오를 팔아 표를 구걸하는 사람들을 절대로 용납할 수 없다고 했고, 석구는 그렇다면 여성 후보를 찍어야 하는 게 아니냐고 반문했다. 해준은 선거역학상 그렇게 간단한 문제가 아니지 않냐고, 여성혐오 세력의 당선을 막기 위해 최선이 아닌 차선을 선택하기로 했다고 대답했다. 석구는 무엇보다 딸을 가진 아빠이자 지금 현실에 책임이 있는 기성세대로서 청년 해준의 생각을 지지한다고 결론을 지었다. 해준이 축포를 터뜨리며 환호하는 강아지 이모티콘을 보냈다.

엄마는?

해준이 두 손을 간절하게 앞으로 모으고 눈물을 줄줄 흘리는 강아지 이모티콘을 보냈다. 해준이 이렇게 뜨거운 아이였구나. 단톡방에는 내가 모르는 해준이 있었다.

엄마는 좀더 고민해볼게.

해준도 석구도 한참 잠잠했다. 어쩐지 울고 싶어졌다. 단톡방 안에서 잠시 가족의 형태로 모인 세 사람이 조용히 어긋나고 있었다. 아니, 어긋난 사람은 나 하나일 것이다. 기성세대로서 청년 해준에게 빚진 마음을 고백하는 석구, 딸 가진 아빠로서 여성혐오 세력의 당선을 기필코 막아야 한다고 마음먹은 석구가 왜 성폭력 가해자로 지목

되어 가족을 깨뜨린 일에 대해서는 내게 사과하지 않는
지, 나는 선거보다 그런 게 더 궁금했다. 나라를 걱정하며
모인 이 안에서 왜 나만 개인적인 일로 상처받고 분노하
는지, 왜 저들은 내가 아닌 나의 투표만 궁금해하는지, 알
수가 없었다. 해준이 안녕 또 만나, 하고 손 흔드는 강아지
이모티콘을 보내자 석구가 정중하게 두 손 모아 절하는
펭귄 이모티콘을 보냈다. 해준아, 우린 정말로 안녕할 수
있을까? 또 만날 수 있을까? 그러나 이런 말들을 메시지
로 보낼 수는 없었으므로 나는 말없이 카톡을 종료했다.

*

두툼한 방송국 스튜디오 문을 열고 들어가면 수영장
물속에 머리끝까지 잠길 때처럼 귀가 잠시 먹먹해졌다.
압도적인 고요를 몸으로 느낄 수 있다는 사실을 시옷은
방송국 어린이합창단에서 배웠다. 그날 스튜디오는 유난
히 조용했다. 5월 말 가정의 달 특집으로 꾸려질 노래자랑
프로그램에 출연해 2절 솔로를 부를 단원을 뽑는 날이었
다. 심사위원으로 노래자랑 프로그램의 피디와 작가라는
사람들까지 와서 지휘자 선생님이 연주하는 피아노 옆에
의자를 갖다놓고 앉아 있었다. 지휘자 선생님은 그동안

연습한 대로 다 함께 화음을 이루어 노래를 부르다가 2절이 시작되면 한 사람씩 차례로 솔로를 부르게 했다. 결국 단원 수만큼 노래를 계속 불러야 했는데, 심사하는 김에 연습까지 시키려는 뜻 같았다. 단원들은 각자 자리를 찾아 무대 위의 합창단용 3단 계단에 올라갔다. 다들 긴장한 기색이었다. 유력 후보는 합창단에서 가장 깊고 성숙한 목소리로 노래하는 6학년 소프라노 여학생과 묵직한 음량을 자랑하는 6학년 남학생이었다. 시옷도 내심 2절 솔로를 욕심냈지만, 큰 기대를 하면 안 된다는 것도 알았다. 그래도 막상 단 위에 올라가 서 있으려니 심장 뛰는 소리가 귓속까지 쿵쿵 울렸다. 그 소리가 옆 사람한테까지 들릴까봐 흘깃 양옆을 살폈지만, 다들 자기만의 긴장에 빠져 다른 사람은 신경 쓸 틈이 없어 보였다.

쟁쟁하게 귀를 막는 고요를 찢으며 지휘자 선생님의 피아노 반주가 시작되었다. 수없이 반복해서 들었던 전주가 들려오자 다들 자동인형처럼 고개를 끄덕이며 입을 벌렸다. 나의 살던 고향은 꽃 피는 산골. 복숭아꽃 살구꽃 아기 진달래. 피아노 옆의 피디가 고개를 살짝 옆으로 기울이고 단원들을 뚫어지게 쳐다보았고 작가는 무릎에 올려놓은 메모판에 뭔가를 열심히 기록했다. 누가 지켜보고 있다고 생각하니 어쩐지 목이 졸리는 느낌이 들었다. 다른 단원들도 마찬가지인지 지휘자 선생님이 매서운 목소리로 더 크게! 입 벌리고! 가슴 열고! 하고 연달아 외쳤다. 같은 노래를 세번 정도 불렀을 때야 비로소 단원들의 목청이 평소처럼 트였다.

어찌어찌 시간이 흐르고 시옷이 솔로를 부를 차례가 되었다. 심장이 노랫소리보다 더 크게 울렸고 귓속만이 아니라 온몸이 진동했다. 시옷의 심장은 합창곡 박자와 어긋나게 뛰었다. 꽃 동네 새 (쿵쾅) 동네 나의 옛 (쿵쾅) 고향 파란 (쿵쾅) 들 남쪽에서 바(쿵쾅)람이 불(쿵쾅)면. '냇가에' 부분에서 시옷은 박자를 놓쳐버렸고, '수양버들 춤추는 동네'에서 음정이 흔들리고 말았다. '그 속에서 놀던 때가 그립습니다'를 부를 때는 속울음이 터지는 바람에 발음이 뭉개졌다. 망했다. 얼핏 바라본 지휘자 선생님이 살짝 미간을 찌푸렸다. 완전히 망했다. 그때부터 남은 열번 정도의 노래를 어떻게 불렀는지 기억나지 않을 정도로 시옷은 넋이 나가버렸다.

모두 돌아가며 솔로를 부르고 지휘자 선생님이 휴식을 선언했을 때 단원들은 전부 녹초가 되어버렸다. 단 위에 그대로 주저앉거나 큰 소리로 탄성을 내지르는 아이도 있었다. 프로그램 작가가 음료수와 빵을 나눠주자 단원들은 무대 바닥에 앉거나 방청석의 빈 의자를 찾아가 간식을 먹으며 쉬었다. 어른들은 그사이 머리를 맞대고 자기들끼리 소곤거렸다. 시옷은 입맛도 뚝 떨어져 제 몫으로 받은 크림빵을 만지작거리기만 했다. 아까의 실수가 떠올라 먹을 것이 목으로 넘어가지 않았다. 지휘자 선생님과 피디가 열띤 대화를 나누었고 작가는 주로 들으며 메모판에 간간이 뭔가를 끼적였다. 단원들은 흩어져서 간식을 먹는 동안에도 심사위원들 쪽을 자꾸만 흘끔거렸다. 다들 욕심 내고 있다고 시옷은 생각했다. 다들 마음이 있었어. 시옷은 어쩐지 다른 단원들에게 미안해졌다. 합창단에 들어온 지 얼마 되지도 않은 데다 상대적으로 나이도 어린 편이면서 몇년 동안 합창을 배워온 사람들을 제치고 솔로 자리를 탐냈다니. 이건 반칙이다. 그렇게 생각하자 차라리 마음이 조금 편안해졌다. 잠시 후 지휘자 선생님이 유력 후보였던 6학년 소프라노와 남학생, 그리고 시옷을 피아노 옆으로 불렀다. 선생님의 입밖으로 나온 자신의 이름이 큼직한 돌멩이처럼 시옷의 심장을 쿵 쳤다. 다들 입을 다물고 피아노 쪽으로 다가가는 세 사람을 쳐다보았다. 누군가 빵 봉지를 구기는 소리가 아주 크게 들릴 만큼 압도적인 고요가 찾아왔다. 지휘자 선생님이 세 사람에게 최종심사를 시작할 테니 나이가 어린 순서대로 한 사람씩 피아노 반주에 맞춰 「고향의 봄」 2절을 다시 불러보라고 했다. 시옷의 심장이 다시 날뛰었다. 또 한번 욕심내도 될까? 시옷은 얼떨결에 들고 나온 빵과 음료수를 바닥에 내려놓고 피아노 바로 옆에 섰다. 맑은 소년을 좋아하는 지휘자 선생님이 고개를 돌려 시옷에게 눈빛으로 말했다.

나를 실망시키지 마라.

세 사람의 노래가 모두 끝나자 지휘자 선생님이 단원들에게 이제 집으로 돌아가도 좋다고 말했다. 심사 결과는 어른들끼리 더 의논해서 결정하고 나중에 알려주겠다고 했다. 단원들은 삼삼오오 수군대며 스튜디오를 떠났다. 친구가 없는 시옷은 맨 뒤에서 천천히 무리를 따라 나갔다. 스튜디오 문을 지나자 고요가 깨지며 공기의 파편이 단숨에 시옷의 귀를 향해 몰려왔다. 수영장 물속에 잠겨 있다가 물 밖으로 머리를 내밀었을 때처럼 팟! 찻! 하는 마찰음이 들리는 것 같기도 했다. 긴장이 풀린 탓인지 다리가 휘청거렸다. 시옷은 스튜디오 안보다 조금 더 서늘한 로비를 천천히 가로질러 방송국 밖으로 나갔다.

저 앞에서 커다란 노랑나비가 나풀거렸다. 연분홍 꽃잎이 나비 위로 분분히 떨어졌다. 시옷은 손등으로 눈을 훔치고 다시 나풀거리는 것을 유심히 바라보았다. 애니였다. 애니가 연노랑 드레스 자락을 나풀거리며 꽃비 속을 맴돌고 있었다. 큼직한 리본을 달아 양 갈래로 묶은 애니의 곱슬머리가 함께 나풀거렸다. 오후 햇살이 비스듬히 애니의 윤곽을 비추자 애니는 금방이라도 햇살이 비치는 방향으로 떠오를 것만 같았다. 까르르 웃음소리가 시옷이 있는 데까지 들려왔다. 애니는 순정만화 주인공보다 더 순정해 보였다. 애니가 왜 여기에 있지? 헛것을 보는 건가? 시옷은 걸음을 멈추고 눈을 몇번 깜박여봤지만, 방송국 정문 옆 우람한 벚나무 아래서 즐겁게 꽃비를 맞고 있는 사람은 분명 애니였다. 그 순간 어쩐지 시옷의 심장이 쿵 내려앉았다. 그때 누가 큰 소리로 시옷의 이름을 불렀다. 애니 엄마가 벚나무에서 조금 떨어진 곳에 서서 시옷을 향해 손짓했다. 애니 엄마는 학부모회의에 갈 때처럼 세련된 양장을 차려입고 미장원에 다녀온 듯 한껏 부풀린 머리를 하고 있었다. 시옷은 애니 엄마 쪽으로 걸어갔다.

우리 애니도 합창단에 들어가려고 시험을 보러 왔단다.

애니 엄마가 어쩐지 자랑스러운 얼굴로 벚나무 아래 애니를 가리켰다. 순간 애니가 얼떨떨하게 서 있는 시옷을 발견하고 곧장 달려와 와락 끌어안았다. 애니는 어느새 시옷보다 키도 몸집도 더 컸다.

애니가 너랑 같이 방송국에 다니고 싶다고 며칠을 졸랐는지 모른다.

애니가 끌어안은 시옷을 놔주고 시옷을 내려다보았다.

애니의 눈망울이 기대감으로 반짝거렸다. 애니가 노래를 잘했던가? 애니의 노래는 시옷의 집 마당에서 고무줄놀이를 할 때나 들어봤다. 애니와 시옷은 동네에서 주워들은 노래를 숨차게 부르며 고무줄놀이를 했다. 뜀을 뛰며 숨 가쁘게 부르는 노래는 허리를 펴고 서서 피아노 반주에 맞춰 부르는 노래와 다를 것이다. 어쩌면 애니는 생긴 것처럼 순정하게 노래하는 아이일지도 모른다. 저 하얗고 보드라운 볼살을 움직여 입을 크게 벌리고 노래하면 큼직한 리본과 곱슬머리도 함께 경쾌하게 까딱이겠지. 노래하는 애니는 아름다울 것이다.

먼저 가렴. 동네에서 보자꾸나.

애니 엄마가 시옷의 머리통을 가볍게 쓰다듬더니 애니의 손을 잡고 방송국 본관 쪽으로 걸어갔다. 애니가 헤어지기 싫은 것처럼 아랫입술을 부루퉁하게 내밀고 시옷 쪽을 자꾸 돌아보았다. 시옷은 애니가 본관 출입문 너머로 사라질 때까지 그 자리에 서서 손을 흔들었다. 애니가 사라지자 꽃비도 멈추었다. 시옷은 콘크리트 바닥에 점점이 뿌려진 벚꽃 잎을 밟으며 버스정류장으로 걸음을 옮겼다. 그러는 동안에도 심장이 계속 두근거렸다. 언덕길을 다 내려가 버스정류장에 도착하고 나서야 시옷은 그 두근거림의 이유를 깨달았다. 애니 엄마나 애니 때문에 지휘자 선생님이 시옷의 정체를 알게 되면 어쩌지? 시옷이 사내자식도 맑은 소년도 아니라는 사실을 알아채버리면 어떡하지? 저만치 시옷이 타야 할 버스가 다가오고 있었지만, 시옷은 머릿속을 어질어질하게 흔드는 아득함을 느끼고 그만 눈을 질끈 감아버렸다. 버스는 그런 시옷을 정류장에 혼자 세워두고 가버렸다.

*

마웨: 어쩐지 그 시가 떠오르네요. 4월은 가장 잔인한 달.

립자: T. S. 엘리엇의 「황무지」요?

마웨: 예, 그거요. 제가 참 좋아하는 시거든요.

고슴: 암송해주세요.

마웨: 아이고, 암송은커녕 그 유명한 첫 구절만 겨우 압니다.

도치: 제가 검색해서 읽어드릴까요?

마웨: 그럼 감사하죠!

도치: (핸드폰을 들여다보며) 4월은 가장 잔인한 달. 죽은 땅에서 라일락을 키워내고. 기억과 욕망을 뒤섞고. 봄비로 잠든 뿌리를 뒤흔든다. 겨울은 따뜻했었다. 대지를 망각의 눈으로 덮어주고. 가냘픈 목숨을 마른 구근으로

먹여 살렸다. 여기까지 읽을게요.

(고슴과 마웨가 손뼉을 친다)

림자: 마웨님은 왜 시옷님 일기를 읽다가 이 시가 떠올랐을까요?

마웨: 글쎄요. 제가 늙어서 그런지 벚꽃 잎이 흩날리는 걸 볼 때마다 4월은 참 잔인하다는 생각이 듭디다. 나는 여기저기 쪼그라들고 검버섯만 늘어가는데 저것들은 늘 새롭게 아름답구나 싶어 미치도록 부러워요. 봄이 잔인한 건 기억과 욕망을 뒤섞고 잠든 뿌리를 뒤흔들기 때문이라잖아요. 겨우내 이만하면 충분히 살았다고 생각했는데, 봄이 자꾸 더 살고 싶다고 나를 흔들어요. 봄이 나를 추하게 만들지요. 잔인하죠. 아주 잔인해. 그런데 시옷이는 어린 나이에 꽃을 보고도 아름다운 줄 모르고 그저 자기가 소박하게 욕심낸 것들이 망가질까봐 전전긍긍하잖아요. 어린애가 이렇게 가엾어도 되나 싶어.

고슴: 마웨님, 너무 과몰입하신다!

마웨: 과몰입이 뭡니까?

고슴: 일기에 너무 감정이입 하고 계신다고요.

도치: 그만큼 시옷님이 일기를 리얼하게 썼다는 뜻일까요? 아니면 소설처럼 그럴듯하게 포장을 잘했다는 뜻일까요?

고슴: 지난번에도 말했지만 시옷님 일기는 소설 같아요. 시옷님, 솔직히 말해봐요. 이거 전부 사실은 아니죠? 조금씩 가공한 거죠?

마웨: 시옷님이 일기에 거짓말을 썼다는 말입니까?

도치: 거짓말은 너무 과격한 말이고 일기라도 약간씩 가공은 할 수 있지 않을까요? 원래 사실과 허구 사이 경계가 늘 분명하지는 않잖아요.

고슴: 허구가 거짓말이지 뭐.

림자: 도치님 말처럼 글쓰기에서 거짓말은 꼭 부정적인 의미만을 갖지는 않아요. 순도 백 퍼센트의 진실이 과연 존재하는가 하는 철학적 질문도 던져볼 수 있고요. 일기는 자신의 경험을 진술하는 것이지만, 경험을 진술하기 위해서 반드시 기억이라는 회로를 통과해야 하는데 그 과정에서 완벽한 재현은 불가능하니까요. 그 아슬아슬한 경계에서 일기가 소설이 되기도 하고 소설이 사실의 진술이 되기도 하는 게 글쓰기의 연금술이 아닐까 생각합니다. 안 그래도 이 부분에 관해 여러분께 보여주고 싶은 글이 있어서 슬라이드를 만들어 왔는데……

(림자가 모니터에 슬라이드를 띄운다)

경험 자아는 "지금 아픈가?"라는 질문에 대답하는 자아이고, 기억 자아는 "전체적으로 어땠는가?" 하는 질문에 대답하는 자아이다.

(다음 슬라이드로 천천히 넘어간다)

경험과 경험의 기억 사이의 혼동은 강력한 인지적 착각이다. 이런 혼동은 우리로 하여금 과거 경험이 엉망이었다고 믿게 만든다. 하지만 경험 자아는 제 목소리를 내지 못한다. 기억 자아는 가끔 틀리지만 점수를 매기고 우리가 삶 속에서 배운 것을 지배하고 결정을 내린다. 우리는 과거로부터 미래 경험까지는 아니더라도 자기 미래 기억의 질을 최대로 높이는 법을 배운다.

(고슴과 도치가 핸드폰으로 화면을 찍고 마웨는 공책에 문장을 베껴 쓴다. 한참 후에 다음 슬라이드로 넘어간다)

이것이 바로 기억 자아의 폭압이다.*

* 대니얼 카너먼『생각에 관한 생각』, 이창신 옮김, 김영사 2018.

(다들 각자의 방식으로 화면을 갈무리하고 한동안 침묵한다. 전부 '폭압'이라는 단어를 골똘히 보고 있는 것 같다)

림자: 여러분의 일기는 어쩌면 미래 기억의 질을 최대로 높이는 방식이 아닐까요?

*

시옷이 집에 돌아왔을 때 할머니는 부엌에서 저녁을 준비하고 있었고 엄마는 안방에 이불도 덮지 않고 잠들어 있었다. 그 무렵 엄마는 눈을 감고 누워 있을 때가 많았다. 늘 속이 메스껍고 어지럽고 피곤하다고 했다. 할머니는 전부 엄마의 배 속 터에 아기가 들어섰기 때문이라고 말했다. 아기 때문인지 아니면 시옷이 자꾸 제비다방 남자와 놀고 싶어한 탓인지 엄마는 늘 시옷에게 화난 얼굴을 했다. 시옷이 안방으로 들어가 찌푸린 얼굴로 잠든 엄마를 내려다보고 조용히 말했다.

다녀왔습니다.

엄마가 눈을 반짝 떠 시옷을 보았다가 아무 말도 하지 않고 다시 눈을 감았다. 엄마의 이마에 깊은 골이 졌다. 시옷은 아기 동생이 엄마의 다정함을 빨아먹고 사는 게 아닐까 의심했다. 그러자 아기가 조금 미워졌는데, 그때 부엌에서 할머니가 시옷을 불렀다. 시옷은 할머니가 시키는 대로 대접에 달걀을 푼 다음 할머니가 구워 반듯하게 잘라놓은 김을 접시에 조심스럽게 담고 밥상에 수저를 놓았다. 얼마 뒤 시옷은 할머니와 함께 상을 들고 안방으로 갔다. 엄마는 어느새 잠에서 깨어 요 위에 앉아 있었다. 엄마의 얼굴이 까칠했다. 셋은 둥근 밥상에 둘러앉아 조용히 밥을 떠먹고 국을 떠먹었다. 밥상 한가운데 놓인 뚝배기 안에서 잔뜩 부풀어 올랐던 달걀찜이 푹 꺼질 때까지 누구도 말을 하지 않았다.

전화벨이 울렸다. 터무니없이 큰 소리에 시옷은 깜짝 놀라 수저질을 멈추었다. 엄마가 숟가락을 내려놓고 전화를 받았다.

교동입니다. 아, 예, 안녕하세요?

엄마가 수화기를 든 채로 시옷을 바라보았다. 시옷은 숟가락을 든 채로 꼼짝도 하지 않고 엄마의 통화를 엿들었다.

예. 그렇군요. 알겠습니다.

엄마가 수화기를 내려놓고 잠시 시옷을 물끄러미 보았다. 그리고 전화기 앞에서 움직이지 않고 말했다.

네가 솔로로 뽑혔다는구나.

엄마는 이 말을 철둑 너머 할머니 앞에서 폭폭해 죽겠어요, 하고 말할 때처럼 했다. 한숨인 듯 탄식인 듯, 아지랑이같이 뿌연 음색으로. 시옷은 뭐라고 대답해야 할지 몰라서 그저 입을 벌리고 엄마를 보았다. 두 사람의 시선이 밥상 위에서 엉켰다. 시옷은 기뻐해야 할지 놀라야 할지 두려워해야 할지 도무지 알 수가 없었다. 시선을 먼저 돌린 건 엄마였다. 엄마가 밥상 앞으로 돌아와 다시 숟가락을 들었다. 그리고 눈을 살짝 내리깔고 덧붙였다.

단복을 새로 맞춰야 한다더라.

단복이라니? 지난번 합창단이 학교에 와서 노래할 때 입었던 그 감색 세일러복을 말하는 건가? 시옷은 궁금했다.

오천원이래.

엄마는 긴 한숨을 토해내고 다시 밥을 먹기 시작했다. 그러나 엄마의 밥은 영 줄어들지가 않았다. 엄마는 밥을 먹는다기보다 일정한 속도로 숟가락을 입으로 가져갔다 내렸다 반복할 뿐이었다. 시옷은 숟가락으로 아욱된장국을 휘저으며 무엇이 엄마를 폭폭하게 했는지 헤아려보았다. 시옷이 솔로로 뽑혀서? 돈도 없는데 오천원이나 주고 단복을 맞춰야 해서? 아니, 그전에 매일 백원씩의 차비를 들여가며 쓸데없이 방송국에 다녀서? 사내자식도 아니면서 합창단에서 맑은 소년 흉내를 내며 거짓말을 하고 다녀서? 괜히 아기 동생에게 터를 팔아 엄마를 힘들게 해서?

오천원이라니, 한번 입고 말 옷이 비싸기도 하지.

내내 조용했던 할머니가 한마디 했다. 시옷은 목이 턱 막혀 더는 밥을 밀어 넣을 수 없었다. (그때부터 시옷에게 오천원이라는 화폐 단위는 많은 것을 가늠하는 기준이 된다. 오천원은 당시 버스 요금의 백배, 노점에서 사 먹을 수 있는 국화빵이 백개, 노래자랑 특집방송에 출연해 「고향의 봄」 2절 솔로를 부를 수 있는 3분 30초 정도의 시간, 그리고 고모들과 이모들에게 돈을 빌려 사는 게 지긋지긋해진 엄마의 불행을 조금 더 무겁게 만드는 누름돌. 시옷에게 오천원어치 노래는 엄마에게 오천원어치 폭폭함과 같다. 등가교환. 먼 훗날 시옷은 오천원짜리 물건과 마주치면 반사적으로 생각하게 된다. 이게 어린이합창단 감색 세일러복 한벌 값이라고?)

*

버스는 이른 봄의 들판을 옆에 끼고 일정한 속도로 달렸다. 30년 전에도 나는 버스를 타고 같은 길을 지나갔다. 내 기억 속에서 또다른 고유한 숫자가 되어버린 1991년

5월이 지나고 동아리 후배였던 석구가 사라졌다. 그해 봄 신입생이었던 석구는 동아리 회장이었던 내 손에 이끌려 거의 매일 이어지다시피 했던 거리 시위에 나갔다. 죽음의 소식이 연달아 들려오던 참담한 봄이었다. 청춘들이 경찰의 과잉진압에 목숨을 잃었고, 폭력 정권에 항거하며 목숨을 던졌다. 우리는 학생회관에 모여 늦도록 화염병을 만들고 다음 날 배낭에 나눠 담고 종로나 을지로로 나갔다. 백골단에 쫓겨 을지로 뒷골목을 뛰어다녔고 우르르 넘어지며 신발과 가방을 잃어버렸다. 어느 날 물대포가 등장했다. 신촌의 한 대학 정문 앞에 고립되어 죄수들처럼 한데 웅크린 채 경찰이 쏜 물대포를 고스란히 맞아야 했던 날, 석구는 입고 있던 외투를 서둘러 벗더니 내 머리 위에 씌워주었다. 늘 내 손에 이끌려 겁먹은 눈망울로 시위에 나갔던 석구가 그 순간엔 나를 자신이 보호해야 할 성별로 인식한 것 같았다. 혼자 최루액을 뒤집어쓴 석구는 온몸에 붉은 수포가 돋아난 바람에 한동안 피부과 신세를 져야 했다. 나는 석구에게 연고를 건네며 다시는 허튼짓하지 말라고 화를 냈고 석구는 그저 순한 얼굴로 웃으며 등을 돌리더니 제 손이 닿지 않는 뒷덜미에 연고를 발라달라고 부탁했다. 석구의 피부염은 오래도록 낫지 않았지만, 계속 이어진 집회와 시위에 나가자는 내 청을 한번도 거절하지 않았다. 그랬던 석구가 거리에서 전경에게 붙잡혀 경찰 버스를 타고 난지도 쓰레기 매립장까지 실려 갔다가 가까스로 돌아온 후 돌연 학교에서 사라졌다. 동아리 회장으로서 책임감을 느낀 나는 석구의 과사무실에 찾아갔고 석구가 휴학계를 내고 고향으로 내려갔다는 사실을 알게 되었다. 동아리 사람들과의 의논 끝에 회장인 내가 석구의 고향에 찾아가 어떻게 된 일인지 들어보고 다시 돌아오도록 설득하기로 했다. 과사무실에서 받은 석구의 고향집 주소는 한번도 가본 적 없는 낯선 지방이었다.

아침 일찍 출발했는데도 버스를 여러번 갈아타고 석구의 고향집에 도착했을 때는 어느새 오후가 깊어 있었다. 녹이 슬어가는 붉은 철 대문을 조심스레 밀고 안으로 들어갔을 때 시멘트를 바른 마당 한가운데 평상에서 중년의 여자와 석구가 이른 저녁을 먹고 있었다. 나를 발견한 석구가 깜짝 놀란 표정을 지었는데, 어쩐 일인지 그런 석구를 보고 내 마음이 턱 내려앉았다. 석구가 엉거주춤 평상에서 몸을 일으켰다. 무사했구나. 석구의 피부는 아직 얼룩덜룩했지만, 염증은 거의 가라앉아 있었다. 석구가 살아 움직이고 있다는 사실만으로 마음이 놓여 나는 남의 집에 연락도 없이 불쑥 찾아왔다는 실례를 스스로 용서하고 말았다. 나는 석구 모에게 인사를 건넸고 무람없음과

싹싹함 사이를 넘나들며 그들의 밥상머리에 끼어 앉았다. 석구 모가 찬이 부실하다며 텃밭에서 보드라운 부추를 쓱쓱 자르더니 금세 부추전을 부쳐 내왔다. 평상 바로 옆에서는 큼직하고 넓적한 잎을 단 나무가 바람이 불 때마다 타닥타닥 나뭇잎 부딪치는 소리를 냈다.

서울 선배님, 꽃이 필 때 왔으면 좋았을 텐데. 저게 자목련이랍니다.

석구 모는 내게 말을 놓지 않았다. 석구는 어쩐지 부끄러운 얼굴로 부엌 냉장고에서 막걸리 한병을 꺼내 왔다.

목련은 역시 자목련. 붉은 등을 잔뜩 매단 것 같지요.

석구 모가 내 잔에 막걸리를 따라주고 내처 자신의 잔을 채웠다. 석구 모가 잔을 들고 건배했다.

우리 석구 태어난 날, 저애 아버지가 기념으로 심은 나무랍니다. 나무도 제 주인이 누군지 아는지, 비실비실한 애를 닮아 처음 몇해는 영 비실비실하더라고요. 저애 아버지가 어느 날은 나무 둘레를 도나스 모양으로 깊이 파더니 거기에 변소 똥을 퍼다 나르지 않겠어요? 아휴, 냄새가 말을 못했지. 그런데 이듬해 꽃이 어찌나 탐스럽게 피어나던지! 붉디붉은 꽃이 주먹보다 큼직하게 열리는 거라! 하늘 무서운 줄 모르고 솟아오르는 거라! 내가 그걸 보고 몸서리를 쳤어요. 저 욕심 봐라. 징그럽다, 징그러워.

꽃을 키우고 싶어서 똥을 퍼다 나르는 사람도 징그럽고 고약한 똥을 먹고 피보다 붉은 꽃을 피우는 저 나무도 징그럽고. 하! 그래도 우리 서울 선배님, 저 꽃을 한번 봐야 하는데. 꽃이 다 져버려서 어쩌나.

석구 모는 그렇게 말하고 막걸리를 단숨에 들이켰다.

저녁 밥상을 물리고 석구 모는 설거지라도 하겠다는 나를 뿌리치다시피 부엌에서 몰아내더니 석구더러 나와 함께 동네나 한바퀴 돌고 오라고 일렀다. 석구는 마을 뒤쪽을 병풍처럼 두르고 있다는 비자나무 숲으로 나를 데려 갔다. 해가 길어져 하늘이 어둡지 않았다. 늦봄의 숲이 보드라운 바늘잎을 바람결 따라 하늘거렸다. 석구는 저녁 밥상 앞에서도, 숲까지 걸어오는 동안에도 말이 없었다. 왜 갑자기 휴학계를 내고 고향으로 돌아왔는지 그 이유를 설명하기는커녕 내가 연락도 없이 불쑥 찾아와 놀랐다거나 버스도 끊겼을 텐데 어떻게 서울로 돌아갈 생각이냐는 말도 하지 않았다. 나보다 한걸음 앞서서 숲길을 천천히 걷는 석구의 어깨는 서울에서보다 한결 편안해 보였다. 수긋하게 기운 그 어깨에 대고 이러저러한 이야기들을 추궁하듯 물어볼 수는 없었다. 나도 말 없는 석구 뒤를 따라 말없이 비자나무 숲을 걸었다. 쏴아아아. 바람이 불 때마다 침엽이 서로 부딪치며 연푸른 초록 비를 흩뿌렸다.

날이 완전히 저물자 석구 모가 자신의 이부자리 옆에 내 잠자리를 봐주었다. 석구 모와 석구, 그리고 나는 안방에서 함께 9시 뉴스를 봤다. 뉴스 화면에 전경을 향해 화염병을 던지는 '폭력적인' 대학생들의 모습이 나왔다. 화면은 전투복에 옮겨붙은 불을 끄느라 정신없이 몸부림치는 전경을 확대해 보여주었다. '지금 우리 사회에는 죽음을 선동하는 어둠의 세력이 있다'라고 주장하는 어느 대학 총장의 단호한 얼굴과 '죽음의 굿판을 걷어치워라'라고 일갈하는 시인의 얼굴이 교차 편집되어 흘러나왔다. 5월 8일 전국민족민주운동연합 소속 운동가 김기설의 분신 이후 수없이 반복해서 봐야 했던 화면이었다. 그들의 언어가 뱀처럼 화면 밖으로 기어 나와 목을 조르는 것 같았다. 석구가 갑자기 텔레비전을 껐다. 그는 나직이 안녕히 주무시라고 인사를 건네고 제 방으로 건너갔다. 석구 모가 조금 어색하게 하품하더니 시골 사람들은 원래 일찍 자고 해가 뜨기도 전에 일어나 밭으로 나간다며 전등 스위치를 껐다. 나는 석구가 없는 방에서 그날 처음 만난 석구 모와 나란히 누웠다. 잠이 올 리가 없었지만, 석구 모가 신경 쓰지 않게 잠든 척 숨을 고르게 쉬려고 애썼다. 석구 모의 숨소리는 나긋했다. 밤하늘이 흐려서 달빛도 새어 들지 않았다. 방 안은 온통 까맸다. 눈을 뜨고 있어도 옆에 누운 석구 모는 모를 것이었다. 나는 숨소리를 고르게 내려고 애쓰며 눈을 뜨고 어둠을 응시했다. 그제야 내가 어떤 무례를 범하고 있는지 실감이 났다. 그때 석구 모가 끙 하고 뒤척이는가 싶더니 한숨인 듯 탄식인 듯 한마디 했다.

그런데 꽃이 진 게 꽃의 잘못은 아니잖아요?

다음 날 눈을 떴을 때 석구 모는 일찌감치 밭으로 나간 뒤였다. 석구 모의 이부자리는 말끔히 개어져 있었다. 서둘러 이불을 개고 마루로 나가자 내가 일어나길 기다리고 있었던지 석구가 자리에서 벌떡 일어났다. 마루에 조각보가 덮인 밥상이 놓여 있었다.

아침 먹고 제가 터미널까지 바래다드릴게요.

석구가 보자기를 들치자 흰쌀밥과 미역국이 한쌍씩 마주 보게 놓여 있었다. 석구 모는 동이 트기도 전에 일어나 하나도 반갑지 않을 아들의 학교 선배를 위해 밥상을 차려놓고 노동하러 갔구나. 목이 턱 막혔다. 석구에게 왜 휴학계를 냈냐거나 언제쯤 돌아올 생각이냐는 질문 같은 건 목구멍 밖으로 끄집어낼 수 없었다. 그저 고단한 사람이 차린 밥상을 그대로 물릴 수 없다는 생각으로 꾸역꾸역 밥을 먹었다. 석구와 버스를 한번 갈아타고 시외버스터미널에 도착했다. 석구가 서울 가는 표를 끊어 내 손에 쥐여주었다. 그리고 터미널 매점에서 캔커피를 사서 건넸다. 우리는 말없이 대합실에 앉아 버스를 기다렸다. 마침내 출발시간이 되어 버스에 오르려는데 석구가 말했다.

고추밭 일만 거들고 올라갈게요.

나는 그저 고개를 끄덕였다. 석구가 눈을 내리깔고 덧붙였다.

기다려주세요.

버스가 출발하고 터미널을 빠져나가는 동안 창밖으로 멀어지는 석구의 모습을 바라보면서 나는 생각했다. 꽃이 진 게 꽃의 잘못이 아니라면, 꽃이 또 필 때까지 몇번이고 기다릴 수도 있지 않겠냐고.

시외버스터미널은 30년 전 그 자리에서 시 외곽 쪽으로 옮겨 있었다. 버스를 갈아탈 자신이 없어서 미리 알아본 전화번호로 콜택시를 불렀다. 기사는 석구의 고향집까지 30분 정도 걸린다고 했다. 나는 행여 기사가 말이라도 시킬세라 양쪽 귀에 이어폰을 끼고 좌석 등받이에 기대 눈을 감았다. 택시가 출발한 지 얼마 되지 않았을 때 전화가 걸려왔다. 경기도 지역번호였다. 사모님, 금싸라기 땅이 나와서 연락드렸습니다. 알짜배기 주상복합 매물이 나왔어요. 경기도 지역번호로 시작하는 전화는 주로 부동

산 투자를 권했다. 서울 지역번호는 대출이나 보험 가입을 권유했다. 고객님, 당장 암에 걸려도 이상하지 않은 나이시잖아요. 낯선 목소리가 협박과 회유를 섞어 말했다. 그들의 무례와 절박함을 상대하기가 버거워서 언제부턴가 낯선 번호는 받지 않고 통화거절 버튼을 눌렀다. 그들은 늘 미래를 걸고 나를 설득하려 들었다. 미래를 위해 부동산에 투자하고 미래를 위해 암 보험을 들라고. 그러지 않으면 나의 미래는 빈곤과 질병으로 불행할 것이라고. 그들은 나의 현재와 과거에는 눈곱만큼도 관심이 없었다. 오직 미래, 안락하고 다행해야 하는 나의 미래만을 언급했다. 온갖 전문용어와 통계수치를 곁들여 속사포처럼 쏟아내는 그들의 말은 결국 한마디로 요약할 수 있었다. 어쩌려고 그렇게 살아요? 그렇게 대책 없이 살면 어떡해요? 대책이라니. 대책은 미래를 도모하는 말. 내겐 미래가 없었다. 석구와 해준에게서 떨어져 나와(아니다, 그들이 먼저 내게서 떨어져 나갔다) 혼자 살면서 나는 미래를 완전히 부정했다. 숨이 쉬어지지 않아 무작정 걷기 시작했을 때 그 무수한 발걸음 끝에 도달한 결론이 하나 있다면 바로 그것이었다. 미래는 없다. 없음이야말로 미래의 본질이다. 삶은 계속 현재를 밟아 과거를 양산하는 일이다. 그러나 낯선 목소리들은 계속해서 미래를 속삭였다. 미래의 안녕을 위해 시간과 돈과 에너지를 투자하라고. 나는 빨간색 통화거절 버튼을 누르며 속으로 대꾸했다. 나는 거부한다. 투자를, 안녕을, 미래를.

그러나 전화는 끈질겼다. 통화거절 버튼을 누르는 족족 다시 전화를 걸어왔다. 차라리 그냥 전화를 받고 거부 의사를 확실히 밝히는 게 낫겠다고 생각했다. 전화를 받자 상대방이 살짝 짜증을 섞어 말했다.

만년필 AS 건으로 연락드렸습니다.

만년필이라니? 잠시 멍해졌지만 이내 내 손으로 직접 만년필을 포장해 경기도의 한 주소지로 발송했던 게 기억났다. 석구가 생일 선물로 주었던 만년필의 뚜껑이 도무지 열리지 않아 품질보증서에 깨알 같은 글씨로 적힌 수리센터에 수리를 맡긴 게 보름 전이었다. 남자는 왜 이제야 전화를 받냐고 말하지는 않았지만, 말한 것과 다름없는 원망을 담아 빠르게 용건을 전달했다.

만년필 뚜껑이 열리지 않는 건 배럴, 그러니까 몸통 안에서 잉크가 말라붙어서일 때가 많아요. 그래서 따뜻한 물에 24시간 넘게 담가놓았는데도 열리지 않네요. 아무래도 뚜껑과 배럴이 접착제 같은 걸로 단단히 붙어버린 모양인데, 혹시 배럴에 금이 가서 수리를 받은 적이 있습니까?

아니요.

이상하네요. 아무튼, 지금으로선 뚜껑을 부숴서 열어보는 방법밖에 없습니다. 그렇게라도 열어볼까요?

그 방법밖에 없다면 그렇게 해야겠죠.

그럼 동의하신 걸로 알고 뚜껑을 깨보겠습니다. 그 안의 사정부터 확인해보고 다시 연락드릴게요. 배럴 상태가 괜찮으면 뚜껑만 다른 부품으로 교체해드릴 수 있거든요.

예, 그렇게 해주세요.

남자는 곧바로 전화를 끊었다. 만년필의 사정이라니. 석구의 손처럼 따뜻하고 새의 등뼈처럼 가벼웠던 만년필에게 어떤 사정이 생긴 걸까. 새로 낸 넓은 국도를 달리던 택시가 익숙한 옛 도로로 들어섰을 때 아까 그 번호로 다시 전화가 걸려왔다. 남자는 서둘러 용건을 쏟아냈다.

아, 사정이 별로 좋지 않아요, 고객님. 뚜껑을 깨뜨려봤는데 배럴에 세로로 길게 금이 가 있더라고요. 거기 붙어 있던 접착제가 녹았다가 굳었는지 뚜껑과 단단히 붙어 있었어요. 그래서 뚜껑이 꼼짝도 하지 않았던 거고요. 아무래도 과거에 한번 수리를 받은 흔적이 있는데, 정말 수리를 맡긴 적이 없습니까?

남자의 말투는 흡사 취조와도 같았다. 새 제품을 선물받았고 한번도 수리를 맡긴 적이 없다는 내 말에 남자는 들릴락 말락 한숨을 쉬었다.

뭐, 어쨌든 만년필 사정은 그렇습니다. 뚜껑은 깨졌고 (당신이 깨뜨렸지) 배럴도 쪼개졌고(당신이 쪼갰잖아) 남은 건 펜촉뿐이네요. 어떻게 할까요?

어떻게 할 수 있죠?

마침 저희에게 같은 모델의 뚜껑과 배럴이 있어요. 새것은 아니고요. 다른 제품을 수리하다 나온 중고 부품이라고 보시면 됩니다. 그런데 고객님 것과 같은 색깔은 아니에요. 검정뿐인데, 그걸로라도 갈아 끼워 보내드릴까요?

살짝 열어놓은 택시 창문 틈으로 초봄 들판의 두엄 냄새가 몰려들었다. 나는 누군가 부지런히 일구어놓은 들판의 검은 흙을 잠시 바라보았다.

그런데, 그걸 같은 만년필이라고 말할 수 있을까요?

남자는 잠시 침묵했다. 그걸 왜 자기한테 묻느냐고 생각하고 있을 것이다.

선택은 고객님 몫이고 저희야 의뢰받은 대로 일할 뿐이죠.

다른 선택지가 있을까요?

망가진 잔해를 그대로 조립해 보내드리는 방법이 있죠. 폐기물과 다름없지만, 일종의 기념으로요.

그리고요?

그리고 펜촉만 보내드리는 방법이 있겠네요. 살펴보니

펜촉은 아주 멀쩡해요. 사용감도 별로 없고, 또 금 도장 제품이라 튼튼하기도 하고요. 누가 뭐래도 펜촉은 만년필의 심장 아닙니까?

결국, 쓸모가 있지만 내 것이 아닌 만년필과 내 것이지만 쓸모없는 만년필(혹은 만년필의 심장) 중 하나를 고르는 일이었다. 나는 조금만 더 생각해보고 다시 연락하겠다고 말하고 전화를 끊었다. 택시는 어느새 석구의 고향 집으로 들어가는 골목 앞에 도착해 있었다. 익숙한 담장 너머로 한껏 붉은 것이 보였다. 석구와 나이가 같은 자목련이 꽃을 잔뜩 매달고 우뚝 솟아 있었다.

*

애니의 장래희망은 탐정이었다. 애니는 소머즈나 원더우먼처럼 풍성한 긴머리를 휘날리며 범인을 잡는 사람이 되고 싶다고 했다.

왜 경찰이 되지 않고?

시옷의 물음에 애니는 간단히 대답했다.

경찰 옷은 안 예쁘잖아.

애니는 시옷을 데리고 탐정놀이를 했다. 그날 탐정놀이는 방송국에서부터 시작되었다. 애니는 입단 시험에 통과해서 시옷과 함께 방송국에 다녔다. 노래자랑 특집방송에도 나갈 예정이었다. 지휘자 선생님은 합창곡을 새로 배우려면 시간이 모자란다고 걱정했지만, 노래자랑 프로그램 피디가 특집방송 합창단에 애니 같은 '꽃'이 필요하다고 선생님을 설득했다는 말을 나중에 애니 엄마에게 들었다. 애니 엄마는 선생님에게 시옷을 안다고 말하지 않았거나 말할 필요를 느끼지 못한 모양이었고, 눈치가 빠른 애니는 시옷이 합창단에서 사내자식으로 통하는 걸 첫날에 바로 알아채고 집으로 돌아가는 버스 안에서 시옷의 귀에 대고 속삭였다. 뛰어난 탐정은 입이 무거운 법이지.

날이 좋았다. 5월은 계절의 여왕이잖아. 애니는 시옷보다 아는 게 많았다. 시옷에게 5월은 그저 방송에 나가 무사히 솔로를 불러야 하는 달이었다. 버스정류장 앞 담장에 붉은 장미가 피어 있었다. 애니는 장미 덩굴을 따라 걷자고 했다.

장미도 보고 탐정놀이도 하고, 일석이조잖아.

여기서 집까지 걸어가자고?

응, 걷다가 수상한 사람을 만나면 미행도 하고. 남은 버스비로 학교 앞에서 국화빵도 사 먹자.

다리가 아플 텐데?

그럼 그때 버스를 타면 되지.

두 사람은 버스정류장을 지나쳐 계속 걸었다. 걸어서 집으로 돌아가는 건 처음이라 시옷은 긴장했지만 애니는 길을 잘 아는 사람처럼 앞서갔다. 시옷은 언제나 애니의 조수였다.

뛰어난 탐정 옆에는 항상 훌륭한 조수가 있어.

뛰어난 탐정은 어떤 탐정인데?

시옷이 묻자 애니는 담벼락에 붙은 작은 벽보를 가리켰다. 도화지보다 조금 큰 종이에 사람들 얼굴이 나란히 인쇄되어 있었다. '지명수배범 명단', 벽보 맨 위에 굵직한 글씨가 보였다. 사진은 인쇄 상태가 좋지 않았다. 전부 남자 어른이었는데 둥근 얼굴 네모난 얼굴 정도만 구별할 수 있었다. 각 얼굴 아래 '폭력' '사기' '강도' '절도' 등의 죄목이 달려 있었다. 맨 아랫줄의 한 남자는 다른 얼굴보다 조금 앳되어 보였는데, 그 아래에는 '불법' '집회' '시위' '선동' '학생회장' 같이 시옷에겐 한없이 낯선 단어가 쓰여 있었다. 벽보 맨 아래에는 무엇보다 크고 선명한 빨간색 글씨로 '범죄 신고 112 간첩 신고 113'이라고, 신고 포상금의 액수와 함께 적혀 있었다.

뛰어난 탐정은 저 사람들을 잡아서 오천만원을 받는 사람이지.

애니가 살짝 고개를 치켜들고 뽐내듯 말했다. 오천만원

이라니. 시옷은 그게 어느 정도의 금액인지 헤아릴 수조차 없었다. 버스 요금이 오십원, 합창단복이 오천원인데 오천만원은 버스를 몇번 타고 합창단복을 몇벌 살 수 있는 돈일까? 이것은 나눗셈의 영역이었고 시옷은 산수를 잘 못했다. 시옷은 잘 모르는 영역을 욕심낼 수는 없다고 생각했다. 그러나 애니는 반드시 뛰어난 탐정이 되어 오천만원을 벌겠다고 큰소리쳤다.

오천만원으로 뭘 하려고?

애니는 예상하지 못한 질문이라는 듯 눈을 깜박이며 시옷을 보았다. 그러곤 한참 후에 대답했다.

꼭 뭘 해야 해? 그런 큰돈은 가지고만 있어도 좋을 거야.

시옷은 언제나 좋은 장난감을 양보하는 애니가 오천만원을 벌게 되면 더도 말고 딱 오천원만 주면 좋겠다고 생각했다. 딱 오천원, 노래자랑 특집방송에 출연해 3분 30초 동안 「고향의 봄」을 떳떳하게 부를 수 있게 해줄 금액만 줬으면.

애니는 담벼락에 붙은 지명수배범의 얼굴을 하나씩 골똘히 쳐다보았다.

잘 외워둬. 저 얼굴 중 하나를 오늘 만날지도 몰라.

애니는 얼굴들을 외운 뒤 중앙동 쪽으로 향했다.

평범한 아이들처럼 보여야 해.

평범한 아이들이 어떤 건데?

탐정 같지 않은 아이들이지. 방과 후 피아노 학원에 가
거나 동네 놀이터에 가는 아이들처럼 평범하게 길을 걷다
가 아까 외운 얼굴들과 비슷한 사람이 보이면 그때부터
미행이 시작되는 거야.

곧바로 신고하지 않고?

증거가 없잖아. 수상한 사람을 끝까지 쫓아가 증거를 확
보한 다음에 경찰서에 가는 거야. 그래야 실수하지 않지.

애니는 수상한 사람들은 언제나 티가 난다고 주장했다.
여름인데 긴소매 옷을 입은 사람. 남자인데 머리가 긴 사
람. 여자인데 담배를 피우는 사람. 노인인데 허리가 굽지
않은 사람. 화창한 날씨에 울면서 걸어가는 사람. 비가 오
는데 우산이 없는 사람. 그렇게 조금씩 특이한 사람들을
발견하면 운이 좋은 거라고 했다.

남들과 조금이라도 다른 사람은 사연이 있기 마련이
거든.

사연이라는 말에 시옷은 괜히 속이 켕겼다. 애니는 늘
내키는 대로 한 사람을 찍은 다음 약간의 거리를 두고 그
를 따라갔다. 그렇게 낯선 동네, 낯선 골목에 접어들었다
가 그 사람이 어느 집으로 들어가면 그 앞에서 잠시 수상
한 기척이라도 들리나 귀를 세웠다가 별일 없으면 교실

에서 몰래 주워 온 분필 토막을 꺼내 그 집 담벼락에 작게 가위표를 그렸다.

무슨 표시야?

수상한 집이니 계속 지켜봐야 한다는 표시.

그러나 애니가 가위표를 그린 집에 다시 찾아간 적은 없었다.

애니와 시옷은 익숙한 중앙동 거리에 들어섰을 때부터 매운 냄새를 맡았다. 둘은 번갈아가며 재채기했다. 누가 공중에 고춧가루를 뿌려놓은 것 같았다. 시옷은 낯선 공기에 벌써 겁을 먹기 시작했지만, 애니는 씩씩하게 앞장서 걸었다.

오, 오늘은 공기부터 수상해. 예감이 좋아.

애니는 자꾸만 주춤거리는 시옷의 손을 잡아끌었다. 극장이 모여 있는 거리가 나왔다. 아빠가 시옷을 데리고 「킹콩」이나 「메리 포핀스」를 보여주었던 극장도 보였다. 동시상영. 절찬리 상영. 개봉박두. 시옷은 머리 위 간판에 쓰인 커다란 글자를 속으로 읽으며 애니를 따라갔다. 애니가 시옷을 제 쪽으로 바짝 끌어당기더니 속삭였다.

수상한 사람을 발견했어. 미행 시작이다, 조수.

애니가 고갯짓으로 가리킨 앞쪽에 한 남자가 걷고 있었다. 상상력이 풍부한 애니였지만 이번에 애니가 가리킨 남자는 시옷의 눈에도 제법 수상쩍어 보였다. 입은 옷도 드라마 「113 수사본부」에서 간첩들이 많이 입는 낙타색 트렌치코트였고 무엇보다 검은색 선글라스를 쓰고 있었다. 또 목적지를 향해 곧바로 걷는 게 아니라 자꾸만 여기저기를 흘끔거렸다. 애니와 시옷은 남자와 일정한 거리를 두고 걷는 속도를 조절하며 뒤를 밟았다. 최대한 평범한 아이들처럼 보이게 애쓰면서. 남자는 건물마다 흘깃거리며 거리를 통과하더니 잠시 후 품에서 묵직해 보이는 검은 물건을 꺼내 입에 가져다 댔다. 남자 쪽에서 아빠가 라디오 주파수를 맞출 때 들렸던 지지직거리는 소리가 들려왔다. 드라마에서 봤던 무전기였다. 애니가 안 그래도 큰 눈을 더욱 크게 뜨고 시옷을 보았다.

(간첩이다!)

(간첩이야!)

애니가 문득 걸음을 멈추었다. 시옷은 뛰어난 탐정 애니가 눈앞의 간첩을 어떻게 처리할지 기대감을 품고 애니와 남자를 번갈아 보았다. 남자가 걸음을 멈추고 무전기에 대고 뭐라 뭐라 길게 말했다. 애니가 갑자기 몸을 돌려 왔던 길로 돌아가기 시작했다. 시옷은 애니를 따라잡느라 종종걸음을 치며 속닥였다.

신고하러 가는 거야?

그러나 애니는 시옷의 말을 못 들은 사람처럼 앞만 보고 빠르게 걸었다. 잔뜩 굳은 애니의 얼굴을 보고 시옷은 깨달았다. 애니는 겁을 먹었구나. 뛰어난 탐정 애니가 진짜 간첩을 보고 겁을 먹었다. 시옷은 애니를 따라 걸음을 서둘렀다. 극장가 초입으로 돌아갔을 때 저만치서 와아아! 함성이 들렸다. 애니와 시옷은 반사적으로 걸음을 멈추었다. 거리 입구에서 한 무리의 사람들이 우르르 달려왔다. 무리 뒤쪽에서 탕! 탕! 하는 폭음이 들렸고 군복 비슷한 옷을 입은 남자들이 몽둥이와 네모난 방패를 들고 나타났다. 9시 뉴스에서 본 전경이었다. 언젠가 시옷이 물었을 때 아빠가 말했었다. 경찰은 도둑을 잡고 군인은 나라를 지키고 전경은 데모꾼을 잡는다고. 데모꾼이 뭐냐고 묻자 아빠가 뉴스 화면을 가리켰다. 화면 속에서 대학생 수백명이 서로 팔짱을 끼고 무리를 지어 넓은 자동차도로를 걷고 있었다. 그들은 뭐라고 큰 소리로 외치기도 했고 주먹을 쥔 팔을 공중에 휘두르기도 했다. 데모꾼은 거칠고 야만적으로 보였다. 극장가 초입에 갑자기 나타난 무리는 뉴스에서 본 데모꾼들 같았다. 그 뒤를 전경들이 쫓고 있었다. 전경들은 장총처럼 생긴 것을 하늘에 대고 탕 탕 쏘았고, 거기서 고춧가루보다 훨씬 매운 가루가 뿌옇게 흩어졌다. 애니와 시옷은 데모꾼들 사이에 휩쓸렸다. 어쩔 수 없이 뒤를 돌아 데모꾼들과 같은 방향으로 뛰었다. 탕! 탕! 소리와 저벅저벅 군홧발 소리가 뒤를 바짝 쫓아왔다. 애니와 시옷은 데모꾼들 사이에 끼어 어른들의 몸 말고는 주위에 아무것도 보이지 않았다. 흘낏 돌아본 애니의 얼굴이 무서울 정도로 하얗게 질려 있었다. 시옷은 애니의 손을 잡으려고 팔을 뻗었다. 순간 애니가 시옷의 시야에서 사라졌다. 애니가 있던 자리에 어른들의 몸 몇개가 순식간에 쌓였다. 사람이 넘어졌어! 어린애가 깔렸어! 질서! 질서! 잠깐만요! 사방에서 데모꾼들의 고함이 들려왔다. 한 대학생 언니가 소머즈처럼 괴력을 발휘해 애니의 몸을 깔고 넘어진 사람들을 마구 밀어냈다. 애니가 넘어진 자리를 중심으로 동그랗게 빈자리가 생겼다. 대학생 언니는 개구리처럼 엎어져 꼼짝도 하지 않는 애니를 일으켰다. 애! 괜찮니? 괜찮아? 애니는 눈을 뜨지 않았다. 시옷은 못 박힌 듯 서서 온몸을 덜덜 떨었다. 애니가 백지장 같은 얼굴로 눈을 뜨지 않아 너무 무서웠다. 아까 목격한 간첩보다 훨씬 무서웠다. 누가 뒤쪽에서 시옷의 어깨를 와락 잡았다. 시옷은 악! 하고 비명을 질렀다.

꼬맹이, 여기서 뭐 해?

제비다방 남자였다. 남자는 데모꾼들 사이에서 나타났다. 남자가 쓰러져 있는 애니를 보고 사태를 파악했는지 대학생 언니에게서 애니를 뺏다시피 안아 들고 달리기 시작했다. 시옷도 무작정 남자 뒤를 따라 달렸다. 대학생 언니도 몸을 일으켜 달리기 시작했다. 시옷은 남자를 놓치지 않으려고 죽을힘을 다해 달렸다. 그때 대학생 언니의 비명이 들렸다. 잠깐 뒤를 돌아보니 전경이 언니의 머리채를 붙잡고 질질 끌고 가고 있었다. 괴력을 발휘해 애니를 구했던 언니가 전경 손에 머리채를 붙잡힌 채 속절없이 끌려가고 있었다. 언니의 비명이 극장가를 처참하게 흔들었다. 달리는 동안에도 시옷의 다리가 덜덜 떨렸다. 시옷은 흐느끼면서도 남자를 놓치지 않으려고, 아니 대학생 언니처럼 전경에게 질질 끌려가지 않으려고 정신없이 달렸다.

제비다방 남자는 데모꾼들과 같은 쪽으로 달리는가 싶더니 어느 좁은 골목길로 방향을 틀었다. 골목이라기보다는 사람이 다닐 것 같지 않은 건물과 건물 사이 좁은 통로였다. 남자는 애니를 세워 안고 좁은 통로를 빠져나갔다. 남자는 미로 같은 길을 요리조리 통과했다. 그러다가 뒤돌아봐 시옷이 제대로 따라오는지 확인하고 달리는 속도를 조금 줄였다. 시옷은 숨을 몰아쉬며 남자의 뒤통수만보고 계속 달렸다. 미로가 끝나자 자동차가 오가는 큰 도로가 보였다. 중앙동 한복판, 아빠와 함께 와본 적 있는 낯익은 거리였다. 남자는 큰길에 면한 어느 건물로 쑥 들어가 가파른 계단을 올라 2층으로 갔다. 남자가 바로 오른쪽의 유리문을 열고 들어가자 문에 달린 종이 쩽그랑 경쾌한 소리를 내며 울렸다. 시옷은 남자 뒤를 따라 유리문을 통과하면서 문 바로 옆에 걸린 길쭉한 세로 간판을 알아보았다. 제비다방이었다.

제비다방 마담이 놀란 얼굴로 다가와 남자에게 다방 안쪽의 길쭉한 소파를 가리켰다. 남자가 애니를 푹신한 소파에 눕혔다. 마담이 병원으로 가야지 애를 여기로 데려오면 어떡하냐고 남자를 나무랐다. 남자가 애니의 뺨을 가볍게 두드리며 애니를 깨우는 사이 마담이 주방에서 찬물에 적신 수건을 가지고 와 애니의 뺨에 문질렀다. 애! 일어나봐! 애! 두 사람이 한참 동안 애니를 두드리고 문지르고 하자 애니가 눈을 떴다. 애니가 제비다방 남자와 마담을 번갈아 쳐다보았다. 아무 표정 없던 애니의 얼굴에 서서히 겁이 실리더니 애니가 벌떡 윗몸을 일으켰다. 시옷이 애니 쪽으로 다가갔다. 애니가 시옷을 바라보았다. 그러곤 갑자기 큰 소리로 울음을 터뜨렸다. 마담이 애니를 안고 등을 토닥여주었다.

어디 아픈 데는 없니? 어디가 아픈지 말해봐.

애니는 마담의 말을 못 들은 사람처럼 큰 소리로 악을

쓰며 울었다. 제비다방 남자가 시옷에게 애니의 집 전화
번호를 아느냐고 물었다. 시옷은 고개를 끄덕이고 남자를
따라 전화기 쪽으로 갔다. 남자가 전화를 마치고 얼마 되
지 않아 애니 엄마와 아빠가 제비다방 문을 열고 들이닥
쳤다. 두 사람은 요란하게 다방 안을 가로질러 애니에게
뛰어왔고, 왔을 때처럼 순식간에 애니를 안고 사라졌다.
뼈가 부러진 곳은 없는지 머리를 다치지는 않았는지 병원
에 가봐야 한다고 했다. 애니 엄마와 아빠는 시옷을 알아
보지도 못했다. 오직 애니만 보였을 것이다.

　애니네가 사라지자 어수선했던 다방 안이 적막해졌다.
마담이 드문드문 앉아 있던 손님들에게 일일이 다가가 소
란을 피워서 죄송하다고 사과했다. 카운터로 돌아온 마담
이 엉거주춤 서 있는 시옷을 보았다. 시옷도 아주 오랜만
에 마담과 제대로 마주 보았다. 마담은 그새 볼살이 패었
고 더 나이 들어 보였다. 시옷을 보는 마담의 얼굴은 예전
처럼 무척 다정하지는 않았지만, 그렇다고 시옷을 미워하
는 얼굴도 아니었다. 이쯤에서 마담에게 인사하고 집으로
돌아가야 했다. 오늘 고마웠습니다, 안녕히 계세요,라고
말해야 한다는 걸 알았다. 머릿속으로 인사말을 준비하고
마담에게 고개를 숙였다. 그리고 말했다.

　우리 아빠가 돈을 갚지 않아서 미안합니다.

시옷이 고개를 들었을 때 마담이 한없이 슬픈 표정으로 시옷을 내려다보고 있었다. 옆에 서 있던 제비다방 남자가 헛! 하고 웃었다. 마담에게 미안한 마음은 시옷의 진심이었다.

*

석구는 집 안에 없었다. 대문은 열려 있었다. 석구 모는 2년 전 이 집에서 자다가 조용히 숨을 거둘 때까지 평생 대문을 잠근 적이 없다고 했다. 처음 석구를 찾아 이 집에 찾아왔던 이후로 집은 몇차례 수리와 단장을 거듭했다. 석구가 내려와 또 손을 본 덕분인지 화단에 엉망으로 웃자랐던 풀도 깨끗이 정리되었고 집 뒤쪽 텃밭의 검은 흙도 말끔하게 일궈져 있었다. 석구는 고향집에 내려온 후 올해 첫 농사에 기대가 컸다. 석구 모가 쓰던 안방에 석구의 물건이 놓여 있었다. 어머니의 방을 쓰기로 한 모양이었다. 방 안에 희미하게 석구의 냄새가 떠돌았다. 석구는 어디에 있을까? 정말로 죽어버렸을까?

죽어버려.

해준이 만든 가족 단톡방에 결국 나 혼자 남았다. 석구가 나가기 직전 내가 보낸 마지막 메시지였다.

죽어버려.

보름 동안 잠잠했던 단톡방이 대선 결과가 확정되자 요란해졌다. 아주 늦은 시간이었다.

우린 망했어.

해준과 석구는 그 시간까지 개표방송을 보고 있었다.

완전히 망했어.

두 사람은 이모티콘 없이 대화를 나누었는데, 그래서인 지 지난번보다 웃음기가 싹 사라진 듯한 정색의 분위기가 느껴졌다. 두 사람은 한참 동안 나라를 걱정했다. 그러다 가 해준이 불쑥 내게 물었다.

엄마는 누구 찍었어?

갑작스러운 질문이 추궁 같았다. 나는 어쩐지 불쾌해졌 고 대답하지 않으려다가 한참 만에 메시지를 보냈다.

엄마가 찍고 싶은 사람 찍었어.

설마, 기어이 3번을 찍은 거야?

해준은 노골적으로 나를 원망했다.

엄마 싫어!

어린 해준에게서 가장 많이 들은 말이었다. 해준은 아주 어렸을 때부터 나를 싫어했고 그 싫음을 정확하게 표현했 다. 이유는 다양했다. 유치원 재롱잔치에 오지 않아서, 초 등학교 학부모총회에 아빠만 보내서, 학교에서 돌아오면 엄마는 없고 늘 아빠가 맞아주어서. 해준을 키운 사람은 석구였다. 석구는 육아휴직을 하고 해준을 돌봤고, 복직 후에도 주 양육자 역할을 맡았다. 해준이 초등학교에 들어가면서 혼자 지내야 하는 시간이 늘어나자 석구는 퇴직을 하고 육아와 가사노동을 전담했다. 만약 나와 석구의 역할이 바뀌었다면, 내가 해준을 키우고 가사노동을 도맡고 유치원 재롱잔치나 학부모총회를 챙기고 석구가 밖에 나가 돈을 버느라 해준 옆에 없었다면 해준은 석구를 원망했을까? 그러나 나를 싫어하고 거부하는 해준에게 그런 질문을 던질 수는 없었다. 어린아이를 상대로 무슨 유치한 감정 싸움인가 싶었다. 더 크면 나아지겠지 믿었다. 어른이 되면 나를 이해하겠지, 같은 여자니까. 이런 생각도 했다. 그러나 해준은 성인이 되고 대학에 가서도 나를 향한 감정을 조금도 누그러뜨리지 않았고 이제는 대선 결과를 두고 나를 새롭게 원망하고 있었다.

엄마는 찍고 싶은 사람을 찍을 권리가 있어.

석구가 대신 말했지만, 그의 두둔이 반갑지는 않았다.

엄마, 정말 무책임하네. 엄마가 찍은 그 사람이 대통령이 될 가능성이 1도 없다는 거 엄마도 알잖아. 엄마 같은 사람들 때문에 이런 결과가 생긴 거야. 나는 뭐 진보가 싫은 줄 알아? 고귀한 이념 같은 거 모르는 줄 알아? 엄마는 늘 엄마밖에 몰라.

기시감. 97년 대선 때 불화했던 친구들에게 수없이 들었던 비난과 토씨 하나 다르지 않은 말을 20년도 더 흐른 지금 딸에게 듣고 있다니, 아득해졌다.

이제 우리나라는 망했어. 혐오 장사로 표를 얻은 사람이 대통령이 되었다고. 엄마는 고상하게 투표했겠지만, 엄마 같은 사람들이 만든 엉망인 나라에서 혐오의 표적이 되어 불안하게 살아가야 하는 사람은 바로 나야. 딸 생각을 조금이라도 했으면 엄마가 그럴 수는 없었어.

해준은 장문의 메시지를 속사포로 쏟아내더니 인사도 없이 단톡방을 나가버렸다. 현해준님이 나갔습니다. 문장이 뺨을 후려치는 것 같았다. 딸 생각을 조금이라도 했으면. 나는 해준의 생각을 조금이라도 했던가. 불쾌함이 순식간에 죄책감으로 돌변했다. 해준과의 실랑이는 언제나 죄책감의 구덩이에 빠져 허우적대는 것으로 끝났다.

이 방은 어떻게 할까?

한참 후 석구가 메시지를 보냈다.

해준이도 없는데, 우리 동시에 나갈까?

아니, 아직 할 말이 남았어.

석구가 물음표 세개를 머리 위에 띄우고 갸우뚱거리는 곰 이모티콘을 보냈다.

사과해.

또 그 소리야?

사과해.

말했잖아. 사과할 수 없다고.

왜?

널 사랑하지 않아서 미안하다고 사과해? 그걸 원해?

응, 원해.

당신은 자존심도 없어?

생각지 못한 공격이었다. 공격에는 공격으로 맞서야
했다.

너야말로 자존심 때문에 추한 욕망을 사랑으로 포장했
잖아. 잊었어? 네가 한 건 사랑이 아니라 성폭력이었어.

석구는 한참을 말이 없었다.

내가 어떻게 하길 바라? 그냥 죽어줄까?

그런 수동공격은 지긋지긋했다.

죽어버려.

이 메시지를 마지막으로 읽고 석구는 단톡방을 나가버
렸다.

그냥 콱 죽어버려.

나는 나 혼자 남은 단톡방에 아무도 보지 않을 메시지
를 보냈다.

얼마 후 해준이 전화를 걸어왔다. 해준이 먼저 전화를 거는 일은 좀처럼 없었으므로 나는 당황해 핸드폰 화면에 뜬 해준의 이름을 물끄러미 바라보았다. 봄꽃이 피기 시작한 천변길을 따라 걷던 중이었다. 걸음을 멈추고 가까운 벤치를 찾아가 앉았다. 그리고 나도 모르게 호흡을 한번 고르고 전화를 받았다.

엄마! 아빠가 연락이 안 돼요. 전화도 안 받고 카톡도 안 읽어요. 무슨 일이 생긴 것 같아 너무 걱정돼요. 마지막으로 통화했을 때 아빠 말투가 좀 불안했거든요. 엄마가 시골집에 가보면 안 돼요? 제발 부탁드려요.

해준의 목소리는 절박했다. 나는 일단 해준을 달래고 당장 석구가 있는 곳에 가보겠다고 약속했다. 전화를 끊고 곧바로 석구에게 전화를 걸었지만, 전화기가 꺼져 있다는 안내 음성만 흘러나왔다. 천변길에서 도로로 올라와 택시를 잡아타고 오피스텔로 돌아갔다. 그리고 간단히 짐을 싸서 버스터미널로 향했다. 터미널까지 가는 택시 안에서 계속 석구에게 전화를 걸었지만, 핸드폰은 여전히 꺼져 있었다. 죽어버려. 단톡방에 남긴 마지막 말이 마음에 걸렸다. 그러나 석구가 정말로 죽어버렸으리라는 생각은 들지 않았다. 이렇게 급히 터미널로 가고 있는 건 순전히 해준 때문임을 알았다. 엄마는 엄마밖에 모른다고, 나를 원망하는 해준 때문이었다. 정신과에서 비상용으로 받은 항불안제를 지갑 동전 칸에 챙겼다. 급하면 삼킬 게 있다는 사실을 확인하듯 가방 속에 손을 넣어 지갑을 꼭 쥐어보았다. 시외버스가 서울 톨게이트를 빠져나갈 무렵에야 불안하게 뛰던 심장이 조금 가라앉았고 해준이 난생처음으로 내게 깍듯한 존댓말을 썼다는 사실을 깨달았다.

검은 우물 속에 잠겨 있었다. 저 위에 둥근 하늘이 보였다. 하늘 한쪽이 붉게 젖어갔다. 곧 붉은 기운이 우물 속으로 뚝뚝 떨어졌다. 핏덩이 같은 얼룩이 떨어지며 어깨를 때렸다. 우물 안이 붉어졌다. 핏덩이가 꽃잎이 되어 둥둥 떠올랐다. 목련은 역시 자목련. 꽃잎이 모두 떨어지고 저 위 하늘은 다시 온전한 원이 되었다. 꽃이 진 게 꽃의 잘못은 아니잖아요? 아니! 그건 꽃의 잘못이야! 나는 둥근 하늘에 대고 소리쳤다. 당신 잘못이야! 사과해! 누가 내 어깨를 거칠게 흔들었다. 핏덩이가 꽃잎으로 떠올라 맴도는 우물 속에서 나는 속절없이 흔들렸다. 놔줘. 아파.
눈을 떴을 때 석구가 보였다. 석구가 어이없다는 얼굴로 나를 내려다보고 있었다. 아무리 기다려도 석구가 오지 않자 한동안 가라앉았던 불안이 정수리부터 온몸을 차갑게 적셨다. 한겨울 얼음 연못에 빠진 것처럼 몸속 깊이 떨리기 시작했다. 서둘러 지갑에서 항불안제를 꺼내 삼켰다. 그리고 방 안을 정신없이 맴돌며 약효가 나타나길 기다렸다. 거기까지 기억났다. 어느새 바닥에 쓰러져 잠이 든 모양이었다. 창밖이 컴컴했다. 얼마나 잠들어 있었을까? 서서히 정신이 들면서 석구가 죽지 않았다는 사실도 천천히 깨달았다.

다행이다.

나도 모르게 중얼거렸다.

네가 죽지 않아서 다행이야.

석구가 헛웃음을 지었다.

죽어버리라며.

안 되겠어, 네가 죽으면.

왜?

네가 죽으면 해준이 슬플 테니까.

주머니에서 핸드폰을 꺼내 해준의 번호를 눌렀다. 통화 연결음을 확인하고 석구에게 핸드폰을 건넸다. 석구가 핸드폰을 받아 들고 방 밖으로 나갔다. 문틈으로 해준아, 아빠야, 하는 석구의 다정한 목소리가 들렸다. 다행이다. 나는 생각했다. 다행인가? 다행일 것이다. 그런데 대체 행이 얼마나 있어야 다행인 걸까?

*

애니는 갈비뼈에 금이 갔다고 했다. 날이 저물고 나서야 병원에서 집으로 돌아온 애니 엄마가 시옷의 엄마에게 전화를 걸어 말해주었다. 애니는 당분간 합창단 연습에 나갈 수 없다고 했다. 의사가 호흡이 중요한 노래는 갈비뼈에 무리라고 했단다. 애니는 가슴에 처치를 하는 내내 큰 소리로 울부짖다가 지금은 진통제와 진정제를 먹고 잠들었다고 했다. 시옷은 애니가 보고 싶었지만, 가슴에 붕대를 감고 여기저기 멍이 든 애니는 보고 싶지 않았다. 자기가 아는 사람 중 가장 예쁜 사람인 애니가 망가진 모습을 볼 자신이 없었다.

엄마가 전화를 끊고 시옷을 불렀다. 일어나보라고 했다. 엄마는 시옷의 몸 여기저기를 만져보고 눌러보았다.

아파?

(절레절레)

여기는?

(절레절레)

엄마는 시옷의 셔츠를 들춰서 배와 등을 확인해보고 바지를 걷어 종아리를 살펴보았다.

멍든 데 없어?

(절레절레)

넘어지지 않았어?

(절레절레)

엄마가 시옷의 몸에서 손을 떼고 숨을 내쉬었다.

다행이다.

아랫배가 팽팽하게 당겨서 잠에서 깨어났다. 방 안은
컴컴했고 옆자리에 누운 엄마의 숨소리는 고단하고도 일
정했다. 시옷은 방 뒷문을 열고 뒷마루로 나갔다. 뒷마루
끝에 화장실이 있었다. 소변을 보고 화장실에서 나오는데
바로 옆 응접실로 통하는 뒷문 안에서 기타 소리가 작게
들렸다. 제비다방 남자가 늦게 돌아온 모양이었다. 한밤
중에 기타를 치다니. 엄마가 알면 또 화를 낼 것이다. 그러
나 기타 소리는 문 바로 앞에서 귀를 기울여야 겨우 들릴
정도였기에 사실 안방에서 잠든 엄마가 기타 소리에 깰
일은 없었다. 그러자 이상하게 마음이 놓였고 지금이야말
로 엄마 눈을 피해 제비다방 남자 옆에 갈 기회라는 생각
이 들었다. 시옷에겐 핑곗거리도 있었다. 아까 애니를 구
해줘서 고마웠다고 말할 참이었다. 시옷은 엄마에게 들리
지 않도록 문손잡이를 아주 천천히 돌려 응접실 뒷문을
열었다. 문을 조금 열자 틈새로 기타 소리가 더 크게 들렸

다. 응접실 안은 전등을 켜지 않아 어두웠다. 그러나 커튼이 반쯤 열려 있어 그 틈으로 달빛이 제법 환하게 비쳐 들었다. 희붐한 빛 속에 두 사람의 윤곽이 보였다. 한 사람은 바닥에 앉아 소파에 등을 붙인 채 기타를 연주하고 또 한 사람은 그 사람의 어깨에 머리를 기대고 있었다. 윤곽만 봐도 두 사람은 서로 좋아했다. 시옷은 처음 들어보는 선율과 달빛과 다정하게 포개진 두 머리에 빠져들었다. 기타 소리에 간혹 흥얼거림이 끼어들었다. 기타를 치는 사람은 제비다방 남자였다. 노래를 흥얼거리는 사람도 그일까? 아니면 그의 어깨에 머리를 기대고 편안히 휴식하는 또다른 사람일까? 그때 갑자기 빛이 터졌다. 응접실 천장의 샹들리에가 폭죽처럼 켜졌다. 기타 연주가 그쳤다. 두 머리가 떨어졌다. 머리를 기댔던 사람이 눈부신지 팔을 들어 얼굴을 가렸다. 제비다방 남자는 놀란 눈으로 시옷 쪽을 보았다.

당장 내 집에서 나가.

시옷 바로 뒤에 엄마가 서 있었다. 엄마의 손이 전등 스위치 위에 올라가 있었다. 엄마는 잠옷 바람으로 부들부들 떨었다. 추워서 떠는 건 아닌 것 같았다. 제비다방 남자가 천천히 몸을 일으켰고 옆의 남자는 팔로 얼굴을 가린 채 몸을 뒤로 돌렸다. 제비다방 남자가 엄마에게 다가오며 말했다.

친구에게 사정이 생겨서 당분간 머물 곳이 필요합니다. 양해 부탁드립니다.

제비다방 남자는 응접실을 차지한 이래 처음으로 불량하지 않은 말투로 말했다.

더러워.

엄마의 말에 제비다방 남자가 걸음을 멈추었다. 남자의 얼굴이 금방이라도 울음을 터뜨릴 것처럼 일그러졌다. 엄마는 남자를 세워두고 불도 켜둔 채로 시옷의 손목을 잡아채 안방으로 끌고 갔다. 엄마의 떨림이 시옷의 손목을 통해 옮겨와 어린 몸을 마구 흔들었다. 시옷은 뒤늦게 재채기를 터뜨렸다. 두 남자 주위에 매캐한 냄새가 고여 있었다. 그날 오후 극장가에서 처음 맡았던 냄새였다.

3부

다친 봄은 오래 울었으나

머리 긁어봐.

밥상 맞은편에서 엄마가 말했다. 시옷은 오른손의 숟가락질을 멈추지도 않고 왼손만 대충 들어 뒤통수를 긁었다. 이제 시옷은 오른손으로 국을 떠먹거나 젓가락질을 하면서도 왼손으로 머리를 긁을 수 있다. 엄마는 벌써 며칠째 밥상머리에서 시옷에게 머리를 긁어보라고 요구했고 시옷은 건성건성 구는 것처럼 보여도 일부러 뒤통수에서도 가장 아래쪽을 골라 긁었다. 심사가 뒤틀리면 아예 대놓고 목덜미를 긁었다. 시옷이 뒤통수 아래쪽을 긁을 때마다 엄마는 눈빛이 크게 흔들렸고 곧 울 것 같은 표정으로 숟가락을 내려놓았다. 그즈음 엄마의 감정은 도무지 종잡을 수 없이 요동쳤고 시옷은 그런 엄마가 미웠다.

머리 한번 긁어봐.

엄마가 처음 이렇게 말했을 때 시옷은 어리둥절하게 오

른손을 천천히 들어 정수리 한가운데를 살짝 긁었더랬다. 엄마는 불안한 표정을 감추지 못하고 시옷의 손이 향하는 곳을 눈으로 집요하게 쫓았다. 시옷의 손이 정수리 바로 위를 맴돌다 이마 쪽으로 내려가면 엄마의 얼굴에 잠시 빛이 들었고 뒤통수에 가까워지면 단박에 어두워졌다.

앞쪽을 긁을수록 기다리는 사람이 빨리 돌아온단다.

엄마의 아리송한 요구의 의미를 알려준 사람은 할머니였다. 영이 맑은 아이에게 머리를 긁어보라고 시킨 다음 아이가 이마에 가까운 자리를 긁을수록 기다리는 사람이 빨리 돌아온다고 믿는 일종의 점술이라고. 시옷이 정수리 뒤쪽을 긁을 때마다 엄마가 숟가락을 딱 내려놓고 이부자리에 드러눕는 일이 반복되자 보다 못한 할머니가 몰래 정답을 알려주었다. 할머니는 시옷과 단둘이 부엌에서 밥상을 치우면서 누가 들을세라 나직이 속삭였다.

이마 쪽을 긁어. 그래야 네 아빠도 빨리 돌아오고 네 엄마 맘도 편해진다.

진짜요? 내가 이마를 긁으면 진짜로 아빠가 돌아와요?

할머니는 김칫국물이 묻은 밥상을 행주로 훔치다가 손을 멈추고 물끄러미 시옷을 보았다. 할머니도 밥상머리에서의 엄마처럼 눈빛이 흔들렸다. 이윽고 할머니가 고개를 떨구고 행주질을 마저 하며 말했다.

죽은 사람 소원도 들어준다는데 산 사람 소원 하나 못 들어주겠냐? 게다가 네 엄마는 산 사람 두 몫이지 않으냐?

다음 날 아침 엄마가 또 머리 긁어봐, 했을 때 시옷은 보란 듯이 뒤통수 한가운데를 벅벅 긁었다. 엄마가 소리나게 숟가락을 내려놓았다. 할머니가 흐느끼듯 한숨을 토해냈다. 나무 관세음보살. 시옷은 엄마가 바라는 것을 주고 싶지 않았다.

더러워.

엄마의 그 말이 한밤중 응접실에 내던져졌을 때 그전까지 기타 선율과 흥얼거림으로 안온했던 공기는 차갑게 얼어붙었고 불량하면서도 늘 당당했던 제비다방 남자는 초라하게 찌그러들었다. 다음 날 일찍 눈을 뜨자마자 시옷은 잠옷 바람으로 응접실 문부터 열어보았지만 남자는 보이지 않았다. 벽에 기댄 채 축 늘어져 있던 남자의 국방색 배낭도, 남자가 소중하게 보듬어 안고 연주했던 기타도 사라졌다. 남자의 어깨에 머리를 다정히 기대고 있던 친구라는 남자도 없었다. 제비다방 남자는 어떤 흔적도 남기지 않았다. 남자가 머무는 동안 응접실에 자연스럽게 배어들었던 담배 냄새도, 전날 밤 시옷의 재채기를 일으켰던 매캐한 최루가스 냄새도 감쪽같이 사라졌다. 남자는 정말로 응접실에 머물렀던 걸까? 혹시 이 모든 게 미욱한 시옷의 착각이나 꿈은 아니었을까? 아니다. 시옷은 남자와 함께 가만가만 불러보았던 「고향의 봄」을 똑똑히 기억했다. 그의 길쭉한 손가락이 은회색 기타 줄을 튕길 때의 은근한 반동을 목격했다. 사내자식이 제법이네, 하고 하얀 담배 연기를 푸슬푸슬 피워 올리며 웃을 때 살짝 기우는 입 모양을 보았다. 남자는 분명히 시옷의 곁에 존재했다.

먹이가 곧 나야. 높이 살고 싶으면 높은 것을 먹어.

할머니 눈에는 '영 불량해 뵈고' 엄마 눈에는 '더러웠지만' 시옷에겐 이런 말짱한 말도 해줄 줄 알았던 남자가 이제 없었다. 시옷은 빈 응접실의 싸늘한 공기를 노려보며 엄마를 용서하지 않겠다고 생각했다. 아빠가 사라지고 엄마와 할머니가 각자의 불행과 시름에 빠져 시옷을 모른 척했을 때 함께 노래를 듣고 노래를 불러준 유일한 사람이 제비다방 남자였다. 그런 남자를 엄마가 쫓아냈다. 제비다방 마담의 돈을 갚지 않고 도망친 사람은 아빠였고 남자는 '제 어머니가 엿차 팔아 모은 눈물겨운 돈'을 돌려받으려고 했을 뿐인데, 엄마는 남자를 추악한 악당 보듯 했다. 그래놓고 인제 와서 자꾸 시옷에게 머리를 긁어보라고 하다니. 아빠가 얼마나 빨리 돌아오느냐가 오직 시옷의 손길에 달렸다는 듯 모든 책임을 시옷에게 떠넘기고 있지 않은가. 엄마가 밉고 아빠가 원망스러웠다.

머리 한번 긁어봐.

엄마가 요구할 때마다 시웃은 뒤통수 쪽을 긁어댔다. 엄마는 노여운 눈길로 시웃을 내려다보았다. 마치 시웃이 집에 돌아오려는 아빠의 길목을 일부러 막고 있다는 듯이. 밥상 위에서 시웃과 엄마의 시선이 얽히며 불꽃을 튀겼다. 할머니의 한탄이 뒤늦은 연기처럼 피어올랐다.

아이고, 나무 관세음보살.

토요일 오후, 엄마가 시웃에게 애니네 집에 병문안을 다녀오라고 했다. 애니가 다친 지도 일주일이나 지나 있었다. 엄마와 조용히 불화하느라 시웃은 그동안 애니를 까맣게 잊고 지냈다. 그날 데모꾼 밑에 깔린 애니를 구해준 사람은 어느 용감한 대학생 언니였고 쫓아오는 전경을 피해 기절한 애니를 안고 뛰어준 사람은 제비다방 남자였다. 그 사실을 떠올리자 엄마가 새롭게 미워졌다. 시웃은 눈을 살짝 내리깔고 입을 비죽이 내미는 것으로 원망을 표현해보았지만, 엄마는 그저 자기 할 말만 했다.

병문안은 빈손으로 가는 게 아니야. 이거라도 가져가.

엄마는 화단에 핀 붉은 모란을 이파리와 함께 잘라 꽃다발을 만들어주었다. 꽃봉오리가 조금 벌어진 모란은 소담해 보였다. 모란은 아빠가 가장 아끼는 꽃이었다. 빗쟁이가 되어 사라지기 전 아빠는 봄마다 모란이 피기를 기다렸고 꽃이 피면 친구들을 불러 마당 평상에서 늦도록 술을 마셨다. 집 안팎의 등을 모두 밝혀 환해진 마당에 모란이 붉게 도드라졌고 남자 어른들의 호탕한 웃음소리가 밤공기를 흔들었다. 그런 밤은 늦도록 자러 가지 않아도 엄마한테 혼나지 않았고 부엌에 맛있는 음식이 잔뜩 쌓여 있어서 좋았다. 올해 모란은 아빠 없이 혼자 피었다. 아무도 모란에 눈길을 주지 않았다. 엄마는 아빠가 빨리 돌아오길 바라며 매일 시옷에게 머리를 긁어보라고 닦달하면서 아빠가 가장 아끼던 모란을 다섯송이나 댕강 잘라 꽃다발을 만들었다.

애니보다 애니 엄마가 더 모란을 반겼다. 애니는 침대 머리에 등을 기대고 앉아 있었다. 프릴이 잔뜩 달린 하얀색 잠옷을 입은 애니는 「알프스의 소녀 하이디」의 클라라처럼 파리했다. 애니 엄마는 유리 화병에 모란을 꽂아 애니의 책상에 올려놓고는 쿠키와 오렌지주스를 쟁반에 받쳐 가져다주었다. 애니 엄마가 방문을 닫고 나가자마자 애니는 순식간에 창백한 클라라에서 명랑한 하이디로 변신했다.

왜 이제 왔어? 심심해서 죽는 줄 알았잖아!

애니는 처음 입이 트인 사람처럼 일주일 동안의 이야

기를 쉬지 않고 쏟아냈다. 병원에 가 엑스레이를 찍고 진료를 받는 동안 무서워 죽는 줄 알았다고, 아니 그전에 사람들 밑에 깔렸을 때 눈앞은 깜깜하고 온몸이 짜부라지는 느낌이 들어서 이제 꼼짝없이 죽는구나 싶었다고 했다. 평소에는 학교 가기 싫어 죽는 줄 알았는데 일주일이나 결석하고 집에 가만히 있으려니 지루해 죽을 것 같다고도 했다. 애니는 죽는다는 말을 많이 썼다. 시옷은 그날 데모하는 사람들에 휩쓸리기 직전, 낙타색 트렌치코트를 입고 무전기를 들었던 '진짜 간첩'을 보자 애니가 겁을 먹고 얼어붙었던 순간을 떠올렸다. 장래희망이 탐정이고 늘 시옷보다 씩씩하게 앞서 걸어갔던 애니도 사실은 겁쟁이였던 걸까? 시옷은 자기보다 키가 한뼘이나 더 큰 애니가 한참 어린 동생처럼 느껴졌다. 시옷은 애니를 와락 끌어안았다.

많이 아팠어?

응, 아파 죽는 줄 알았어.

무서웠어?

응, 무서워 죽는 줄 알았어.

이제 괜찮아. 내가 왔으니까.

응. 근데 있잖아.

어.

나, 아프다.

시옷은 화들짝 놀라 애니를 놓아주었다. 애니는 깔깔 웃으며 남은 이야기를 마저 들려주었다. 일주일 동안 엄마 아빠를 졸라 얻은 인형과 장난감을 자랑했고 병문안을 와준 반 친구들 이야기도 했다. 「캔디」의 테리우스를 닮은 반장 남자애가 장미 꽃다발을 들고 병문안을 왔다고 말할 때는 시옷의 어깨를 괜히 툭툭 쳤다. 시옷은 엄마가 들려 보낸 모란 꽃다발이 부끄러웠다. 분명 꽃집에서 비싼 값을 치르고 사 왔을 장미 꽃다발은 고급스러웠을 것이다. 시옷은 풀이 죽었지만, 애니는 그런 시옷의 마음을 조금도 눈치채지 못한 것 같았다.

아 참! 보여줄 게 있어.

지금껏 새 장난감과 인형을 실컷 보여줘놓고 뭘 또 보여준다는 말인지. 방금까지 어린 동생처럼 안쓰러웠던 애니가 순식간에 욕심쟁이 큰언니로 보였다. 애니는 한껏 들떠서는 시옷에게 당장 옷장을 열어보라고 했다. 아무리 환자라지만 침대에 가만히 앉아 이래라저래라 하는 애니가 이제 못된 공주님 같고 시옷은 구박받는 시녀 같았다. 시옷은 입을 부루퉁하게 내밀고 마지못해 애니의 옷장을 열었다. 화려한 드레스가 가득한 애니의 큼직한 옷장 맨 앞쪽에 감색 세일러복이 단정하게 걸려 있었다. 방송국 어린이합창단 단복이었다.

그거 이리 가져와봐.

시웃은 옷걸이째 단복을 꺼내어 들고 애니 곁으로 갔
다. 애니의 새하얀 침대보 위에 내려놓은 감색 단복은 근
사해 보였다. 애니는 지금은 합창단 연습에 나갈 수 없지
만 가정의 달 특집방송 녹화 당일에는 이 단복을 입고 방
송국에 가 노래할 거라고 말했다.

연습을 못 했는데, 괜찮겠어?

시웃의 물음에 애니는 코끝을 살짝 찡그리며 웃었다.

입만 벙긋벙긋할 거야. 엄마가 그러는데 무대 맨 앞에
세워준다고 약속했대.

누가?

프로그램 피디 아저씨가.

시웃은 그런 말도 안 되는 약속을 한 사람이 지휘자 선
생님이 아니라서 다행이라고 생각했다. 감색 세일러복을
입고 무대 맨 앞에 서서 방긋방긋 웃으며 노래하는(아니,
노래하는 시늉을 하는) 애니는 정말 예쁠 것이다. 애니는
감색 단복에 잘 어울리는 빨간색 리본을 머리에 달고 고
개를 살짝씩 까딱이면서 노래하겠지. 하지만 그날 시웃도
애니 옆에서 맑은 목소리로 「고향의 봄」 2절 솔로를 부를
것이다. 시웃이 사랑하는 애니의 얼굴과 지휘자 선생님이
사랑하는 시웃의 목소리가 함께 전파를 타고 온 도시에

퍼질 것이다. 꼭 그렇게 될 것이다.

너도 단복 샀어?

애니가 물었다. 시옷은 시무룩하게 고개를 저었다. 엄마는 시옷만 보면 머리를 긁어보라고 하면서도 단복을 살 오천원은 주지 않았다. 매일 방송국에 다녀올 차비 백 원을 줄 때도 땅이 꺼지게 한숨을 쉬었다. 돈이 있는데도 일부러 안 주는 게 아니란 걸 아니까 엄마를 원망할 수는 없었지만, 특집방송 녹화일이 다가올수록 끝내 단복을 구하지 못할까봐 막막했다. 어쩌다 단복 이야기를 꺼내도 엄마는 못 들은 척했고 할머니는 나무 관세음보살만 찾았다.

근데 너, 남자 단복을 입어야 하는 거 아냐?

애니가 갑자기 생각난 듯 물었다. 시옷도 단복을 구해야 한다는 생각만 했지 남자 단복을 입어야 한다는 생각은 미처 하지 못했다. 방송국 어린이합창단에서 시옷은 '빈소년합창단에 들어가도 손색없는 미성의 소유자'이자 '맑은 소년'으로 통했다. 막막했던 마음 한 귀퉁이가 툭 터지며 눈물이 쏟아졌다. 밖에서 애니 엄마와 아빠가 들을까봐 한껏 숨을 죽였는데도 울음은 점점 격해질 뿐이었다. 애니가 어쩔 줄 몰라하며 시옷을 향해 손을 뻗었지만 가슴에 붕대를 감은 채로는 시옷을 맘껏 안아줄 수도, 눈물을 닦아줄 수도 없었다. 애니의 눈시울에도 눈물이 그렁그렁 차올랐다. 애니는 울지 마, 울지 마, 하면서 저도 같이 울었다.

울음이 잦아들자 애니가 시옷에게 책상 첫번째 서랍을 열어보라고 했다. 깔끔하게 정리된 서랍 속에 애니가 말한 분홍색 보석상자가 있었다. 상자 안에는 애니가 문방구에서 사 모은 알록달록한 플라스틱 반지와 목걸이가 가득했다. 애니가 시키는 대로 장신구를 쏟아내니 밑바닥에 두번 접은 천원짜리 지폐가 보였다. 모두 삼천원이었다.

너 가져.

온갖 복잡한 감정이 한꺼번에 몰려왔다. 큰돈이 생겼다는 기쁨부터 시옷네가 가난해졌다는 것을 애니도 알고 있구나 싶은 초라함, 그래도 아직 이천원이나 모자란다는 막막함, 애니 엄마가 알면 어쩌나 하는 두려움, 엄마가 알면 당장 돌려주라고 할 텐데 싶은 야속함까지 모두 억센 손아귀가 되어 시옷의 작은 몸을 사정없이 흔들었다. 시옷은 어지러워 눈을 질끈 감았다.

이천원도 구해볼게. 요즘 엄마 아빠가 내 말은 거의 다 들어주거든.

욕망이 자존심을 이겼다. 시옷은 오른손에 지폐 석장을 꼭 쥔 채로 애니에게 바짝 다가가 말했다.

녹화 날까지는 꼭 구해야 해!

*

마웨: 아유, 그 돈 내가 주고 싶네.

고슴: 그땐 오천원이 얼마나 큰돈이었던 거예요?

도치: 검색해보니 1980년에 짜장면이 오백원 정도였대요. 오천원이면 짜장면 열그릇 값이네요.

마웨: 내가 그 시절로 돌아갈 수 있으면 저 애기 만나서 오천원 주고 싶어. 애가 짠하잖아. 짜장면 열그릇이 문제야? 백그릇도 사줄 수 있어.

고슴: 그럼 지금 시옷님한테 짜장면 백그릇 사주시면 되겠네요. 저는 옆에서 짬뽕 한그릇만 먹을게요.

도치: 저는 탕수육이요.

마웨: 거, 시옷님 일기나 마저 들읍시다.

*

특집방송 녹화를 일주일 앞둔 날 비상계엄령이 선포되었다. 시옷이 국민교육헌장만큼 어려운 '비상계엄령'이라는 단어를 똑똑히 기억하는 건 그 말을 텔레비전 뉴스에서도 엄마의 입에서도 여러번 들었기 때문이었다. 일요일이었다. 늦은 아침을 먹고 할머니 방에 느긋하게 엎드려 철 지난 만화잡지를 뒤적이고 있는데(아빠가 사라진 후 시옷에게 매달 새로운 만화잡지를 사주는 사람은 없었다) 엄마가 미닫이문을 드르륵 거칠게 열고 들이닥치더니 다짜고짜 시옷을 잡아 일으켰다.

따라와.

시옷은 쭈뼛거리며 엄마를 따라 안방으로 갔다. 방 한가운데 엄마가 책상 대신 사용하는 작은 밥상 위에 물에 불어 귀퉁이가 찢어진 천원짜리 지폐 석장이 놓여 있었다. 시옷의 심장이 입 밖으로 튀어나올 것 같았다.

이 돈 어디서 났어?

바지 주머니에 꼭꼭 숨겨 넣고 다니던 걸(가장 안전한 장소라고 생각했다) 옷을 갈아입으면서 깜박 잊고 그대로 넣어둔 채 빨래통에 던져 넣은 모양이었다.

어서 말하지 못해?

시옷은 고집스럽게 입을 꾹 다물었다. 시옷은 그 순간에도 오직 저 찢어진 돈으로도 단복을 살 수 있을까와 엄마의 밥상에 놓인 저 돈을 어떻게 되찾을 수 있을까만 생각했다.

너 설마…… 훔쳤니?

엄마의 말투에 경멸이 뚝뚝 묻어났다. 시옷은 아랫입술을 꾹 깨물고 엄마를 노려보았다.

이게 어디서 못된 것만 배워서!

엄마가 다급히 주위를 둘러보더니 전화기 옆에 놓인 먼지떨이를 집어 들었다.

이리 와.

시옷은 엄마 말을 무시하고 움직이지 않았다. 엄마가 먼지떨이를 거꾸로 쥐더니 무릎걸음으로 달려와 손잡이 쪽으로 시옷을 때리기 시작했다. 가느다란 대나무 막대가 한껏 휘어지며 시옷의 종아리와 허벅지에 무분별하게 닿았다.

말해! 이 돈! 어디서! 훔쳤어!

엄마는 매질 한번에 단어 하나씩을 강조하며 시옷을 때렸다. 다리에 불이 붙는 것 같았지만 시옷은 입술을 더 세게 깨물고 울음을 참았다. 엄마의 악다구니가 점점 커졌다. 밖에서 들으면 시옷이 엄마를 때리는 줄 알았을 것이다. 시옷은 울지도 않고 소리도 지르지 않겠다고, 그러는 순간 엄마에게 지고 말 거라고 다짐하고 또 다짐했다. 엄마는 숫제 비명을 지르며 울부짖었다. 안방 문이 드르륵 열리며 할머니가 뛰어 들어왔다.

아이고! 관세음보살!

할머니는 엄마 손에서 먼지떨이를 뺏어 멀리 던져버리고 동시에 바닥으로 쓰러지는 시옷을 감싸 안았다.

아이고, 우세스러워라. 이게 무슨 일이냐그래.

엄마는 아직 분이 풀리지 않았는지 어깨를 격하게 들썩이며 씨근거렸다. 엄마의 얼굴은 눈물과 콧물로 엉망이었다.

얘가 글쎄 돈을 훔쳤어요!

아니야!

시옷이 처음으로 입을 열었다.

안 훔쳤어!

할머니와 엄마가 더 해명해보라는 듯 동시에 시옷을 보았다.

애니가 줬어.

거짓말하지 마! 애니가 뭣 때문에 이렇게 큰돈을 줘? 너, 설마, 애니네 집에서 훔쳤니?

관세음보살!

아니야! 애니가 줬어!

애니가 왜?

애니가…… 합창단복 사라고……

순간 셋 다 각기 다른 표정으로 입을 다물었다. 시옷은 말을 맺지 못하고 아랫입술을 다시 깨물었고, 할머니는 두 눈을 질끈 감았으며, 엄마는…… 엄마는 얼굴 근육 전체를 씰룩이며 떨었다. 방 안에는 잠시 세 사람의 숨소리만 들렸다. 이윽고 엄마가 천천히 전화기 쪽으로 가 수화기를 들었다. 드르륵. 드르르륵. 드륵. 드르르르륵. 다이얼 돌아가는 소리가 크게 울렸다. 상대가 전화를 받길 기다리는 동안 엄마는 할머니 품에 안긴 시옷을 싸늘한 눈빛으로 바라보았다.

지휘자 선생님? 여기 교동입니다.

시옷은 할머니 품에서 풀쩍 튀어 오를 만큼 놀랐지만, 엄마는 여전히 시옷을 뚫어지게 바라보며 통화를 이어갔다.

죄송하지만, 앞으로 저희 아이, 합창단에 못 보냅니다. 선생님도 뉴스 보셨죠? 비상계엄령이 선포되었잖아요. 세상이 너무 험해서 아이를 밖으로 내보낼 수가 없어요. 지난번에도 방송국에서 집으로 돌아오는 길에 시위대를 만나 크게 다칠 뻔했어요. 예, 압니다. 아니요, 녹화도 못합니다. 아이가 많이 놀랐어요. 아직 어린 나이잖아요. 선생님이 이해해주세요. 예. 그럼 전화 끊겠습니다.

엄마는 수화기를 내려놓는 순간에도 시옷을 향한 시선을 풀지 않았다. 격하게 오르내리던 엄마의 어깨가 잠잠해졌다. 그때 시옷은 깨달았다. 엄마는 지금 시옷에게 징벌을 가하고 있다고. 시옷이 소중히 여기는 걸 정확히 파악하고 그걸 빼앗으려 한다고. 시옷은 할머니 품에서 벗어나 벌떡 일어났다. 다리가 아파 잠시 휘청였지만, 곧 자세를 펴고 엄마를 똑바로 내려다보았다. 주저앉은 엄마의 배가 유난히 불룩해 보였다. 시옷은 엄마와 엄마의 배를 번갈아 노려보았다. 그리고 밥상 위에 처참한 꼴로 놓여 있는 천원짜리 지폐 석장을 바라보았다. 그제야 날카로운 통증이 종아리를 후벼팠다. 시옷은 온 힘을 다해 목구멍을 열고 소리쳤다.

엄마 미워! 죽어버려!

관세음보살!

시옷은 두 여자를 방 안에 두고 밖으로 뛰쳐나갔다.

*

딸들은 왜 그렇게 엄마를 미워할까요?

마웨가 진심으로 궁금한 얼굴로 내게 물었지만, 그건 내가 더 궁금해하는 문제였으므로 아무 말도 하지 않았다. 은근히 집요한 데가 있는 마웨가 이번에는 림자에게 물었다.

선생님, 아니 림자님도 엄마를 미워합니까? 우리 집에도 나이 마흔이 다 되었는데 맨날 제 엄마랑 죽어라 싸우는 딸년이 하나 있거든요.

림자가 웃지 않고 대답했다.

엄마와 딸 사이에는 한 몸이었던 시절부터 주고받아온 수많은 물질과 감정이 있어요. 너무 가까워서 오히려 쉽게 파악되지 않는 관계의 지형도가 펼쳐지지요. 그 복잡한 관계를 단순한 한마디로 표현하려다보니 오히려 갈등과 불화가 도드라지는 게 아닐까요? 수많은 관계 중 왜 엄마와 딸의 관계만 유난히 정답고 살뜰해야 하는지 저는 그게 더 이해가 안 돼요.

마웨는 여전히 모르겠다는 듯 고개를 절레절레 흔들더니 기어이 고슴에게도 물었다.

고슴님이 말해봐요. 요즘 젊은 딸들도 엄마와 사이가 안 좋습니까?

고슴이 시큰둥하게 대답했다.

엄마가 없어서 모르겠네요. 아, 제가 말 안 했던가요? 저 보육원 출신이잖아요.

*

시웃은 학교가 파한 후 집으로 가지 않고 곧바로 방송국으로 향했다. 차비가 없어서 걸어가기로 했다. 집에 가면 엄마는 차비를 주기는커녕 집 밖으로 못 나가게 막을 게 분명했다. 애니와 함께 방송국에서 집으로 걸어온 적이 있으니까 거꾸로 방향을 잡아 가면 될 것 같았다. 녹화까지 일주일도 남지 않았으므로 연습에 빠질 수는 없었다. 2절 솔로를 부르기로 한 시옷이 녹화에 빠진다면 지휘자 선생님의 실망이 이만저만이 아닐 것이다. 시옷은 무슨 일이 있어도 맑은 목소리로 노래를 부르고 다정한 지휘자 선생님을 흡족하게 하고 싶었다.

도로 표지판을 찾아보며 방송국 방향으로 걷는 동안 시옷은 혼자 묻고 혼자 대답하는 수수께끼 놀이를 했다. 엄마는 왜 지휘자 선생님한테 전화했을까? 시옷을 벌주려고. 엄마는 왜 비상계엄령 핑계를 댔을까? 합창단복 사줄 오천원이 없어서라고 솔직하게 말하면 쪽팔리니까. 엄마는 왜 시옷을 벌주려는 걸까? 시옷이 미우니까. 엄마는 왜 시옷이 미울까? 이 질문은 답이 곧바로 떠오르지 않았다. 시옷은 중앙동 한복판을 지나고 있었다. 오른쪽에 제비다방 건물이 보였다. 시옷은 2층 창문에 하나씩 붙은 '제' '비' '다' '방' 네 글자를 쳐다보았다. 엄마는 왜 시옷이 미울까? 시옷이 제비다방 남자를 좋아해서. 엄마는 왜 제비다방 남자를 싫어할까? 제비다방 남자 때문에 아빠가 사라져서. 아니다. 제비다방 남자 때문에 아빠가 사라진 게 아니다. 아빠가 사라지는 바람에 제비다방 남자가 돈을 받으러 찾아온 것이다. 다시 물어보자. 엄마는 왜 제비다방 남자를 싫어할까? 제비다방 남자가 응접실을 차지해서 아빠가 맘 편히 집으로 돌아올 수 없으니까. 엄마는 왜 아빠를 기다릴까? 역시 대답이 쉽게 떠오르지 않는다. 엄마는 왜 폭폭한 마음으로 아빠를 기다리는가? 배 속 아기 때문에? 그럼 왜 아빠는 엄마 배 속에 아기가 생겼는데도 집으로 돌아오지 않을까? 시옷이 이마를 긁지 않고 일부러 이마에서 가장 먼 목덜미를 긁어대서? 그런 주제에 노래 욕심이나 부려서? 결국, 모든 게 시옷 때문인가? 시옷 때문에 아빠가 돌아오지 않고, 아빠가 돌아오지 않아 엄마는 불행하며, 엄마는 불행해서 시옷을 그토록 미워하는가? 아기 동생이 생겼으니까 엄마에겐 더이상 시옷이 필요하지 않은 걸까? 울음이 나올 것 같았지만 꾹 눌러 참았다. 울면 진다. 시옷은 엄마에게 지고 싶지 않았다.

스튜디오 문을 열고 들어서자 피아노 앞에 앉아 있던 지휘자 선생님이 벌떡 일어나 시옷을 향해 달려왔다. 선생님이 시옷의 어깨를 와락 붙잡고 말했다.

네가 올 줄 알았다.

(끄덕끄덕)

선생님은 네가 올 거라고 믿었어. 너는 씩씩하고 용감

한 녀석이니까.

지휘자 선생님은 눈자위가 빨개질 정도로 시옷을 반겼다. 시옷이 단원들 사이에 가서 서자 옆자리 여자애가 시옷을 보고 빙그레 웃어주었다. 그날 선생님은 그 어느 때보다 격정적으로 피아노를 쳤고 단원들의 노랫소리도 우렁찼다. 시옷은 지휘자 선생님의 말처럼 '씩씩하고 용감한 녀석'이 되어 2절 솔로를 힘차게 불렀다.

연습을 마치고 집으로 돌아가는 길에는 수수께끼 놀이를 하지 않았다. 그러기엔 시옷의 머릿속이 온통 단복 걱정뿐이었다. 애니가 약속한 이천원을 구해준다고 해도 엄마에게 삼천원을 뺏겼으므로 단복을 구할 가능성은 다시 사라졌다. 눈앞에 돈이 보인다면 엄마가 의심한 대로 당장 훔치고 싶었다. 하지만 집 안 어디에도 시옷이 훔쳐낼 돈은 없었다. 할머니도 엄마도 고모나 이모가 한번씩 주고 가는 쌀과 반찬, 소소한 현금으로 겨우 버티고 있었다. 돈이 있었다면 엄마는 몰라도 할머니는 단복을 사라고 주었을 것이다.

동네에 도착했을 때는 다리가 몹시 아팠지만(방송국까지 왕복으로 걸어서 다녀온 건 처음이었다) 시옷은 집으로 곧장 가지 않고 애니네 집에 들렀다. 애니는 높이 쌓은 베개에 등을 기대고 새로 나온 만화잡지를 보고 있었다.

시옷이 방에 들어가자 애니는 만화잡지를 내팽개치고 허리를 바로 세워 앉았다. 그리고 계엄령인지 뭔지가 선포되어 거리에 군인들이 깔렸다는데 방송국에 어떻게 다녀왔는지, 특집방송 녹화는 그대로 진행하는지, 속사포처럼 질문을 쏟아냈다. 시옷은 그 모든 질문을 무시하고 불쑥 물었다.

이천원은 구했어?

애니는 무슨 소리냐는 듯 어리둥절하게 시옷을 보다가 이윽고 눈을 크게 뜨고 말했다.

아, 까먹었다! 미안.

시옷은 애니의 어깨를 와락 붙잡고 말했다.

녹화가 며칠 안 남았어!

그리고 전날 엄마에게 삼천원을 들키고 얻어맞은 일이며 엄마가 지휘자 선생님에게 전화를 걸어 시옷은 합창단에서 빠지겠다고 말한 일까지 좀 전의 애니보다 더 빠르게 말을 쏟아냈다. 애니는 그 어여쁜 눈을 동그랗게 뜨고 물었다.

많이 아팠어?

시옷은 바지를 걷고 종아리를 보여주었다. 붉은 기가 돌았던 피멍이 어느새 보라색으로 변해 있었다. 애니가 손바닥으로 입을 틀어막으며 놀랐다. 애니는 엄마 아빠한테 맞아본 적이 한번도 없었을 것이다. 애니는 애니 엄마 아빠에겐 눈에 넣어도 아프지 않을 금지옥엽이었으니까 (물론 시옷도 이전까지는 엄마 아빠에게 한번도 맞아본 적이 없었다. 시옷은 애니만큼 소중한 금지옥엽은 아니었지만 구박받는 천덕꾸러기도 아니었다). 애니의 눈에 눈물이 그렁그렁 차올랐다. 애니가 앉은 자세 그대로 양팔을 벌렸다. 시옷이 얼떨떨하게 안기자 애니가 시옷의 몸을 꼭 끌어안고 속삭였다.

무슨 일이 있어도 내가 단복을 구해줄 거야.

애니가 포옹을 풀고 새끼손가락을 내밀었다. 시옷은 애니의 손가락에 제 새끼손가락을 걸었다.

약속해.

약속해.

그날 밤 시옷은 마구 비명을 지르며 깨어났다. 누가 불에 달군 칼로 종아리를 깊숙이 찌르고 있었다. 아니, 무딘 도끼날로 종아리 살을 뚝 베어내고 있었다. 다리! 내 다리! 시옷은 잠결에도 정확히 오른쪽 다리를 가리키며 울부짖었다. 누군가 시옷의 발목을 붙잡았다. 엄마였다. 엄마가 발길질하는 시옷의 다리를 잡고 오른쪽 발목을 앞쪽으로 홱 꺾었다. 발목이 부러졌다고 생각한 순간 신기하게도 방금까지 종아리를 쥐어짜던 통증이 물러났다. 시옷은 어리둥절하게 실눈을 뜨고 희붐한 새벽빛에 드러난 엄마의 실루엣을 쳐다보았다.

쥐가 났어. 이제 괜찮으니까 다시 자.

엄마가 일어나더니 뒷문을 열고 나갔다. 화장실에 다녀오려는 모양이었다. 시옷은 다리를 난도질당하는 것만 같았던 통증을 떠올리며 흠칫 몸을 떨었다. 엄마에게 얻어맞고 피멍이 든 다리로 방송국까지 왕복으로 걸어 다녀왔으니 다리에 쥐가 나는 것도 당연했다. 앞으로 며칠은 더 방송국까지 걸어가야 하는데 밤마다 쥐가 나면 어쩌나 무서웠다. 그 끔찍한 통증을 다시는 느끼고 싶지 않았다. 베개에 얼굴을 묻고 스르르 다시 잠이 들려는데 종아리에 뭔가 닿았다. 그것은 축축하고 따뜻했다. 고개를 돌려보니 엄마가 따뜻한 물에 적신 수건으로 시옷의 종아리를 감싸고 가만가만 주무르고 있었다. 엄마의 손길이 닿는 자리마다 처음엔 욱신거리다가 이내 묘하게 시원해졌다.

얼른 자. 눈 감고.

엄마의 목소리가 낮게 잠겨 있었다. 시옷은 늦도록 이어지는 엄마의 손길을 느끼며 다시 까무룩 잠이 들었다.

배우기도 전에 아는 노래가 있다. 들자마자 나는 이 노래를 알았다. 보육원에서도 따로 배운 적이 없는 노래를 이미 기억하고 있었다. 나는 이 노래가 얼굴도 모르는 내 엄마에게서 왔다고 믿는다.

일기를 낭독하는 고슴의 목소리는 평소보다 조금 높고 청아했다. 어느새 봄의 한복판을 지나고 있었다. 지난가을 연희방글스튜디오 홈페이지에서 보았던 정원의 꽃나무들이 차례차례 피었다 지더니 지금은 담장 밑의 모란과 작약이 탐스러운 봉오리를 열기 시작했다. 곧 담장 위를 기어가는 덩굴장미에도 진분홍 장미꽃이 다글다글 피어날 예정이었다. 이제 날이 저물기 전에는 제법 더워서 정원으로 향하는 통유리창을 처음으로 활짝 열어둔 채 수업을 했다. 맑고 높은 고슴의 목소리가 열린 창을 넘어 연희동의 봄 정원으로 퍼져나갔다.

사람들은 가끔 나를 버린 엄마가 밉지 않으냐고 묻는다. 믿기지 않겠지만 살면서 단 한번도 엄마를 원망해본 적 없다. 초등학교 고학년이 되면서 사춘기가 시작되었고 매일 속에서 뭔가가 부글부글 끓어 넘쳤다. 내겐 후원자들이 선물한 비싼 핸드폰과 심지어 노트북까지 있었지만 (내 짝은 그런 내가 부러워 자기도 보육원에서 살고 싶다는 철딱서니 없는 소리를 하곤 했다) 나는 순전히 호기심으로 학교 앞 문방구에서 만원짜리 샤프를 훔쳤다. 당연히 들킬 줄 알았고 들키면 어떤 일이 벌어질지 궁금했다. 내게 늘 다정했던 담임선생님이(자주 내 손을 잡고 하나님께 기도를 올렸다) 역시 너는 보육원 출신이라 어쩔 수 없다고 눈에 띄게 실망할지, 적당히 엄하고 그런대로 친절한 보육원 원장선생님이 화를 참지 못하고 매를 들지, 그런 것들이 궁금했다. 담임선생님은 실망하는 대신 내 손을 잡고 더 자주 기도했고 그러면서 가끔은 눈물을 흘리기도 했다. 원장선생님은 '보육원 출신이라 어쩔 수 없다'라는 말을 들어서는 안 된다며 앞으로 갖고 싶은 물건이 생기면 언제든지 말하라고 했다. 물건을 훔치다 들켰어도 크게 달라지는 일은 없었다. 쪽팔려서 그 문방구에 다시 못 가고 훨씬 먼 문방구로 돌아가야 했던 점 빼고 내 삶은 더 나빠지지 않았다. 그때 처음 엄마가 있었다면 어땠을까 생각해보았다. 엄마라면 눈물이 쏙 빠지게 혼내지 않았을까? 너 같은 애 낳아서 창피하다고 매를 들었을까? 아니면, 엄마가 무능해 샤프 하나도 못 사줘서 이런 사달이 났다고 내 손을 잡고 서럽게 울었을까? 어느 쪽이든 엄마였다면 담임선생님이나 원장선생님처럼 산뜻하고 우아하게 반응하지는 못했을 것이다. 엄마가 없어서 생긴 편견일지도 모르지만 내가 생각하는 엄마란 그렇게 질척거리는 감정을 품고 살아가는 존재 같았으니까. 내가 살면서 엄마를 한번도 원망해본 적이 없는 까닭은 엄마가 나를 버린 게 아니라고 믿기 때문이다. 사람들은 보육원 출신이라고 하면 무조건 엄마에게 버림받았을 거라고 단정한다. 그렇지 않다고, 내 엄마는 나를 버린 게 아니라 뺏겼을 수도 있고 무엇보다 나를 살리기 위해 이런 선택을 했을지 모른다고 말하면 사람들은 참 긍정적이고 착하다며 나를 칭찬한다. 누구도 내 엄마의 사정 같은 걸 짐작하지 않는다. 내가 혹시 모를 가능성을 이리저리 짐작해보는 것은 내가 긍정적이어서도 착해서도 아니다. 그 노래 때문이다. 분명 처음 듣는데도 이미 알고 있었던 노래, 나는 그 노래가 내 엄마에게서 온 노래라고 생각했다. 아기에게 오래도록 각인될 만큼 한 시절 노래를 반복해서 불러주었던 사람이라면, 행여 사정이 생겨 아이를 직접 키울 형편이 못되었더라도 적어도 아기를 쓰레기통에 버리듯 버리진 않았을 거라는 믿음이 내겐 있다. 그게 내가 얼굴도 이름도 모르는 엄마를 사랑하진 않아도 원망하지 않는 단 하나의 이유이다.

   고슴이 잠시 낭독을 멈추었다. 아무도 말하지 않았다.
고슴이 가만히 목을 가다듬더니 갑자기 노래를 한곡 불러
도 되겠냐고 말하곤 겸연쩍은 듯 하하 웃었다. 다들 크게
고개를 끄덕이는 것으로 대답을 대신했다. 잠시 후 고슴
의 노래가 봄밤의 공기를 일렁이며 지나갔다.

   엄마가 섬 그늘에 굴 따러 가면
   아기가 혼자 남아 집을 보다가
   바다가 불러주는 자장노래에
   팔 베고 스르르르 잠이 듭니다

   아기는 잠을 곤히 자고 있지만
   갈매기 울음소리 맘이 설레어
   다 못 찬 굴 바구니 머리에 이고
   엄마는 모랫길을 달려옵니다

                    *

특집방송 녹화일 아침에 눈을 뜨자마자 시옷은 이제

다 끝났다고 생각했다. 전날 오후 마지막 연습을 마치고 지휘자 선생님은 단원들을 세워놓고 말했었다.

다들 수고 많았다. 드디어 내일 우리는 실전에 나설 것이다. 오전 10시까지 각자 단복을 입고 말끔한 모습으로 오길 바란다. 두달 가까이 연습해온 우리의 실력을 보여주자. 알았나?

지휘자 선생님은 전투에 나서는 사령관처럼 비장하게 말했고 단원들도 그에 맞춰 힘차게 예! 하고 대답했지만, 시옷은 '단복'이라는 말에 숨이 턱 막혀버렸다. 스튜디오 밖으로 나가는 시옷을 지휘자 선생님이 불러 세웠다. 선생님은 시옷을 처음 만났을 때처럼 허리를 숙이고 시옷의 양어깨를 가만히 붙잡았다. 선생님의 다정한 눈빛이 시옷의 눈에 닿았다.

우리 맑은 소년, 내일 잘해보자.

시옷은 그 말이 '나를 실망시키지 마라'와 같은 말임을 알았다. 시옷이 집으로 돌아와 엄마 눈치를 봐가며 저녁을 먹고, 바로 옆 도시에서 '폭도'들이 난동을 피우고 있다는 소식을 9시 뉴스에서 흘려듣고, 엄마의 채근에 씻고 잠자리에 들 때까지도 애니에게서는 아무런 연락이 없었다. 무슨 일이 있어도 단복을 구해주겠다던 애니는 이번에도 약속을 깜박 잊은 걸까? 시옷은 늦도록 뒤척이다 눈물을 매단 채로 잠들었고 아침에 눈을 뜨자마자 다 끝났다는 생각에 가슴이 무겁게 짓눌렸다. 할머니가 아침상을 들고 왔지만, 모래 한줌을 집어삼킨 것처럼 목구멍까지 깔깔했다. 시옷은 입맛이 없다고 말하고 그대로 누워 있었다. 할머니가 굶으면 힘 빠진다고 두번 세번 다그치자 엄마가 딱 잘라 말했다.

놔두세요. 한끼 굶는다고 안 죽어요.

시옷은 엄마가 미웠지만, 그쪽을 노려볼 힘도 없어서 그저 윗목에 길게 누워 천장을 쳐다보았다. 미색 천장 여기저기 누런 얼룩이 보였다. 어떤 것은 기와지붕에 물이 새면서 생긴 얼룩이었고 어떤 것은 쥐 오줌 자국이었다. 집에 있을 적 아빠는 직접 지붕에 올라가 비 새는 구멍을 막았고 천장 위로 쥐들이 우다다다 뛰어다니는 소리가 들리면 집 안 곳곳에 쥐약을 놓았다. 아빠가 사라진 집은 빠르게 허술해졌다. 시옷은 무책임하게 사라진 아빠를 원망했다가 약속을 지키지 않은 애니를 원망했다가 지휘자 선생님의 기대 어린 눈빛을 떠올리고 한숨을 푹 내쉬었다. 이제, 정말, 다, 끝났다.

초인종이 울렸다. 일요일 아침 일찍 시옷의 집에 찾아올 만한 사람은 없었다. 엄마가 일어나 마루로 나갔다. 엄마가 도어 폰을 누르는 소리, 딸깍하고 대문이 열리는 소리가 연달아 들렸다. 시옷은 어떤 기대감도 없이 천장의 얼룩 수를 세기 시작했다. 하나. 둘. 셋. 저 큼직한 눈사람 모양 얼룩은 하나로 세야 할까, 둘로 세야 할까. 엄마가 열 어놓고 나간 문틈으로 애니 엄마의 목소리가 들렸다. 시옷은 벌떡 일어나 마루로 나갔다. 시옷을 보자마자 애니 엄마가 난처한 표정으로 말했다.

우리 애니가 지금 당장 너를 데려오라고 울고불고 난 리다. 미안해서 어쩌니?

애니가 드디어 신호를 보냈다! 애니 엄마가 엄마에게 사정하듯 말했다.

일요일 아침부터 정말 죄송해요. 애니가 다친 후로 부 쩍 어리광이 늘었는데 오늘은 막무가내네요. 애들 밥은 제가 챙겨 먹일게요.

시옷은 얼른 옷을 갈아입고 애니네 집으로 갔다. 애니 는 용케 오천원을 구한 걸까? 지금이라도 방송국 의상실 에 가면 단복을 살 수 있겠지? 방송국까지 걸어가면 리허 설에 지각할지도 모르니 애니한테 차비로 백원만 더 빌 려달라고 해야겠다. 이런 생각으로 머릿속이 바빠서 시옷 은 애니네 집 거실에서 파자마 바람으로 신문을 보고 있 는 애니 아빠한테 제대로 인사도 못하고 애니 방으로 들 어갔다. 애니는 그새 몸을 움직이기가 나아졌는지 침대에서 나와 책상 앞 의자에 앉아 있었다. 시옷이 들어가자 애니가 다가와 시옷을 와락 끌어안았다.

약속 못 지켜서 미안해!

시옷은 깜짝 놀라 애니를 살짝 밀어냈다.

오천원 못 구했어?

응.

애니가 시무룩하게 대답했다. 시옷의 기대감이 와르르 무너졌다. 시옷은 땅속으로 꺼지듯 애니의 침대에 무너져 내렸다.

하지만 좋은 생각이 떠올랐어.

애니가 시옷의 팔을 붙잡아 일으켰다.

너는 오늘 카메라 앞에서 아주 멋지게 「고향의 봄」을 부르게 될 거야.

애니 엄마는 아침마다 애니를 거울 앞에 앉혀놓고 촘촘한 빗으로 머리를 빗겨준다고 했다. 늘 부러워 했던 그자리에 오늘은 시옷이 앉았다. 시옷은 애니의 타원형 거울에 비친 자신의 모습을 물끄러미 바라보았다. 애니의 감색 단복은 시옷의 몸에 헐렁하게 컸다. 어깨가 평소보다 넓어 보였고 처음 입어본 주름치마도 어색하기만 했다. 하지만 애니는 시옷에게 자기 단복을 입혀놓고 예쁘다! 예뻐! 연거푸 탄성을 질렀다. 시옷은 애니의 칭찬이 과장임을 알았다. 시옷의 눈에 자신은 누나 옷을 훔쳐 입은 사내아이 같았다.

손님, 원하는 스타일이라도 있으세요? 혜은이처럼 해드릴까요, 이은하처럼 해드릴까요?

애니의 능청에 시옷은 비로소 긴장을 풀고 웃었다. 애니는 진짜 미용사처럼 진지한 눈빛으로 거울에 비친 시옷을 바라보았다. 두 사람의 시선이 거울 속에서 만났다.

나한테 맡겨. 최고의 하루로 만들어줄 테니까.

애니는 촘촘한 머리빗으로 시옷의 짧은 머리를 빗기기 시작했다. 반곱슬인 시옷의 머리는 애니의 말을 잘 들었다. 애니가 책상 서랍에서 해바라기 모양 머리핀을 가져와 앞머리에 꽂아주었다. 핀을 꽂으니 조금은 여자아이처럼 보였지만 애니는 그런 시옷이 여전히 만족스럽지 않다는 듯 미간을 찌푸렸다.

아무래도 안 되겠어.

애니가 서랍에서 상자 하나를 꺼내 왔다. 상자 안에 각기 다른 모양의 립스틱이 세개 들어 있었다.

엄마가 쓰던 거야.

애니는 립스틱을 하나씩 열어 시옷의 얼굴에 가까이 가져다 대고 어느 색깔이 어울릴지 가늠해보았다. 빨간색, 분홍색, 다홍색 립스틱이 차례차례 시옷의 얼굴 옆으로 다가왔다가 멀어졌다.

그래, 이거야.

애니는 짤따란 토막만 남은 빨간색 립스틱을 끝까지 밀어 올리고 시옷의 입술에 바르기 시작했다. 시옷의 입술이 빨간색으로 번들거렸다. 시옷이 보기엔 영 어색했지만, 애니는 자꾸 예쁘다, 예쁘다, 하면서 립스틱을 칠했다. 시옷의 입술이 점점 크게 부풀어 오르는 것처럼 보였다.

다 됐어. 일어나봐.

시옷은 애니가 시키는 대로 의자에서 일어나 한바퀴 빙그르르 돌아보았다. 주름치마가 살짝 부풀었다.

완벽해! 오늘은 네가 주인공이야!

애니가 다가와 양손으로 시옷의 뺨을 감쌌다. 애니의 커다란 눈망울이 시옷의 코앞에 다가왔다.

잊지 마. 오늘 너는 세상에서 가장 아름다운 목소리로 노래하는 거야. 알겠지?

(끄덕끄덕)

약속해.

(끄덕끄덕)

애니가 준 동전으로 버스를 타고 정류장 앞에 내릴 때

만 해도, 아니 방송국까지 긴 언덕길을 올라가는 동안에
도 시옷은 자신이 있었다. 애니의 말대로 자신이 오늘의
주인공이라고, 세상에서 가장 아름다운 목소리로 노래할
거라고 되뇌었다. 하지만 총 든 군인 두 사람이 지키고 서
있는 방송국 정문을 지나 본관 유리 출입문에 비친 자신
의 모습을 보자 자신감이 물거품처럼 사라져버렸다. 시옷
의 심장이 무섭게 날뛰기 시작했다. 유리에 비친 모습은
시옷의 눈으로 봐도 너무 이상했다. 아니, 기괴했다. 장난
꾸러기 사내 녀석이 누나 옷을 훔쳐 입고 엄마 화장품까
지 몰래 바르고 나온 것 같았다. 시옷은 출입문 앞에서 한
참을 망설였다. 문 너머로 안내데스크 위에 걸린 벽시계
가 보였다. 리허설 시간이 다 되었다. 시옷은 눈을 질끈 감
고 출입문을 밀었다.

　그날 시옷을 본 지휘자 선생님의 표정이 정확히 무엇
이었는지 제대로 이름 붙일 수 있게 된 것은 한참 후의 일
이다. 지휘자 선생님은 놀란 얼굴로 시옷의 치마를, 앞머
리에 꽂은 커다란 꽃핀을, 그리고 붉게 칠한 입술을 번갈
아 쳐다보았다. 선생님의 얼굴이 천천히 일그러졌다. 그
표정의 이름은 경악이었다. 선생님은 아무 말도 못하고
그저 시옷을 보기만 했다. 벌써 무대 위에 올라가 리허설
을 준비하던 단원들 사이에 술렁임이 지나갔다. 시옷에게

가장 먼저 말을 건 사람은 노래자랑 프로그램 작가였다.

어머, 얘! 너 왜 이러고 왔어?

시옷은 작가가 아니라 지휘자 선생님을 보고 말했다.

나는 남자가 아니에요.

너, 여자애였어?

이번에도 시옷은 작가의 질문에 지휘자 선생님을 쳐다보며 고개를 끄덕였다. 다리가 후들거렸다. 지휘자 선생님의 표정이 바뀌었다. 이제 어른이 된 시옷은 두번째 표정의 이름도 정확히 안다. 경악, 다음은 혐오였다. 선생님은 혐오가 가득한 얼굴로 시옷을 노려보았다. 그것은 제비다방 남자를 보던 엄마의 표정과 비슷했다. 지휘자 선생님이 와락 달려들어 시옷의 어깨를 붙잡았다. 평소처럼 다정한 손길이 아니었다. 선생님은 분노하고 있었다. 시옷은 어깨가 아팠다.

네가. 감히. 나를.

선생님은 말을 끝맺지도 못하고 부들부들 떨더니 갑자기 몸을 돌려 피아노 쪽으로 가버렸다. 지휘자 선생님과 피디와 작가가 피아노 옆에 모여 뭔가를 의논했다. 피디와 작가는 이따금 시옷 쪽을 흘끔거렸지만, 지휘자 선생님은 눈길 한번을 주지 않았다. 시옷은 다리가 후들거리고 속울음이 비어져 나왔지만 아랫입술을 꾹 깨물고 참았다. 여기서 울면 정말로 끝장이다. 혀끝에서 립스틱의 인공적인 맛이 났다. 잠시 후 지휘자 선생님이 무대로 다가가 6학년 소프라노 언니를 불렀다. 언니는 선생님을 따라 피아노 옆에 가서 섰다. 지휘자 선생님이 언니에게 뭐라고 묻자 소프라노 언니가 시옷 쪽을 한번 흘낏 보고는 선생님에게 힘주어 고개를 끄덕였다. 두 사람이 나누는 이야기를 시옷은 들을 수 없었지만 들은 것처럼 선명하게 이해했다. 소프라노 언니가 피아노 반주에 맞추어 「고향의 봄」 2절 솔로를 부르기 시작했다. 언니의 깊고 풍성한 목소리가 동굴 같은 스튜디오 안에 가득 차올랐다. 작가가 시옷에게 다가와 말했다.

넌 그만 집에 가도 돼.

시옷은 작가를 밀쳐내고 순식간에 피아노 옆으로 달려가 건반 위를 우아하게 움직이는 지휘자 선생님의 손을 붙잡았다.

내가 솔로예요. 내가 노래할 거예요.

소프라노 언니의 노래가 끊겼다. 시옷을 보는 지휘자 선생님의 표정이 또 한차례 바뀌었다. 그것의 이름은 경멸이었다. 선생님은 시옷의 손을 천천히 뜯어내며 차갑게 말했다.

이거 놔라. 더럽구나.

경비 아저씨가 들어와 어린 시옷의 몸을 단박에 들어 올려 스튜디오 밖으로 끌어낼 때까지 얼마나 오래 피아노 옆에서 난동을 피웠는지 시옷은 정확히 기억할 수 없다. 그저 '더럽구나'라는 지휘자 선생님의 말이 신호였다는 것, 간간이 작가와 피디가 시옷을 붙잡아보려 했다는 것 정도만 기억한다. 어느 순간부터 동굴 같은 스튜디오 안에 시옷이 악쓰는 소리만 울렸고, 언제 바닥에 드러누웠는지 눈을 감았다 뜰 때마다 천장에 매달린 커다란 조명이 쏟아질 듯 위협적으로 보였다. 도리질을 치다가 찢어진 악보 조각이 바닥에 흩어진 걸 봤을 때는 목이 아프도록 비명을 질러대는 와중에도 이제 정말 모든 게 끝났다는 생각이 의식 언저리에서 고개를 쳐들었다. 곧 시야에 들어온 경비 아저씨가 드러누운 시옷을 가볍게 안아 들더니 그대로 스튜디오 밖으로 나갔다. 스튜디오 문이 닫히는 둔탁한 소리를 듣자마자 시옷은 악쓰기를 멈추었다. 경비 아저씨가 본관 출입문 바로 앞에 시옷을 내려놓고 말했다.

쪼끄만 녀석이 커서 뭐가 되려고 벌써부터 난동을 부리냐?

시옷은 바닥에 발이 닿자마자 다시 스튜디오 쪽으로

내달렸지만, 금세 경비 아저씨에게 붙들렸다.

이놈, 저기 군인 아저씨들 안 보이냐? 쥐도 새도 모르게 끌려가고 싶으냐?

시옷은 군인이 무섭지 않았다. 그들은 시옷이 모르는 영역이었다. 그 순간 시옷에게 가장 무서운 것은 지휘자 선생님이었다. 시옷이 여자아이라는 것을 알자마자, 아니 사내아이가 아니라는 것을 알자마자(그 둘은 엄연히 다르다) 180도 바뀌어버린 선생님의 태도였다. 어제만 해도 기대를 가득 담은 눈빛으로 시옷을 바라보았던 선생님이 오늘은 경악과 혐오와 경멸을 담아 시옷을 노려볼 수 있다는 사실이 믿기지 않았다. 시옷에게 달라진 건 없었다. 시옷은 여전히 맑은 소리로 노래할 수 있었다. 주름치마를 입고 머리핀을 꽂고 입술을 붉게 칠한 것을 변신이라고 말할 수 있을까? 그건 변신이라기보다 매일 옷을 갈아 입는 것처럼 사소한 변화가 아니던가. 그토록 사소한 것들이 커다란 너울이 되어 시옷의 모든 것을 휩쓸어버릴 수 있다니, 시옷은 도무지 이해할 수 없었다. 처음부터 시옷의 성별을 오해한 건 자신이면서 지휘자 선생님은 왜 마치 시옷이 비겁한 거짓말을 하고 사기를 친 것처럼 분노하고 배신감에 치를 떠는지. 어린 시옷의 머리로는 도저히 풀 수 없는 거대한 수수께끼였다.

등 뒤에서 출입문이 무겁게 닫히는 소리가 들렸다(시옷은 등이 떠밀리며 세계의 언저리로 쫓겨나는 것 같았던 그 느낌을 오래오래 기억하게 된다). 눈물은 더이상 나오지 않았다. 얼마나 악을 썼는지 유리 조각을 삼킨 것처럼 목이 아팠다. 시옷은 뒤를 돌아 유리문에 자신의 모습을 비춰 보았다. 처음 방송국에 도착했을 때보다 훨씬 더 기괴하게 일그러진 아이가 거기 있었다. 머리카락은 엉망으로 헝클어졌고 애니가 꽂아준 머리핀은 금방이라도 떨어질 듯 간신히 매달려 있었다. 한쪽으로 홱 돌아간 주름치마는 먼지가 묻어 더러웠다. 입술 주위에 빨간색 립스틱이 잔뜩 번졌고 얼마나 울었는지 눈이 통통 부어 있었다. 두 뺨에 눈물과 콧물이 얼룩져 있었다. 시옷은 손등으로 입술을 닦아보았지만, 립스틱 자국이 더 흉하게 번질 뿐이었다. 소매 끝으로 문질러도 말끔히 닦이지 않았다. 시옷은 체념하고 인제 그만 돌아가기로 했다. 애니가 기다리는 동네로, 아무도 반기지 않을 집으로. 정문을 지나가는데 총을 든 군인들이 철모 아래로 시옷을 흘끔거렸다. 시옷은 버스정류장을 그대로 지나쳐 내처 걸었다. 주머니에 애니가 빌려준 차비가 있었지만 집에 서둘러 갈 필요는 없었다. 시옷은 그냥 걸었다. 급할 것 없이 천천히 걷고 또 걸었다. 곳곳에 군인들이 보였다. 그들은 총을 든 채 커

다란 건물마다 문밖을 지키고 서 있었다. 저들은 누구로
부터 건물을 지키고 있는 걸까? 뉴스에서 보았던 폭도들
로부터? 화면 속의 폭도들은 공공기관 건물을 점령하고
불을 질렀고 경찰을 향해 총을 쏘았다. 오늘 지휘자 선생
님과 합창단원들에게 시옷도 폭도로 보였을 것이다. 폭도
란 난폭하게 난동을 부리는 사람일 테니까. 그렇게 생각
하자 새롭게 눈물이 쏟아졌다. 스튜디오 안에서 다 울었
다고 생각했는데, 또 눈물이 나왔다. 아까는 억울했고 지
금은 서러웠다. 시옷은 사내아이가 아니라서 노래를 뺏겼
다. 시옷은 노래를 잃고 잔뜩 잠긴 목으로 억억 울며 걸었
다. 5월의 한복판을 울며 걷는 시옷에게 아무도 말을 걸지
않았다. (시옷이 노래를 뺏기고만 그즈음 바로 옆 도시에
서 무고한 시민 수백명이 계엄군의 총탄에 목숨을 잃었다
는 사실을 알게 된 것은 꼭 10년 후의 일이다. 스무살 시
옷은 대학 선배들이 보여준 광주항쟁 당시의 사진과 영
상을 보고 열살 때 자신을 떠올렸다. 지척에서 아무 죄 없
는 이들이 계엄군의 폭력에 쓰러지고 폭도로 몰리는 억
울한 누명을 썼는데 자신은 고작 노래 하나 뺏겼다고 세
상을 다 잃은 사람처럼 울었다니, 스무살 시옷은 열살 시
옷의 철없음에 경악했다. 그리고 10년 만에 생각을 고쳐
먹었다. 노래를 뺏기고 억울해했던 어린 자신이 부끄러워

더는 노래를 부를 수가 없다고. 다시는 노래하지 않겠다고. 열살 시옷은 노래를 잃었고 스무살 시옷은 노래를 버렸다.)

*

아, 그만 좀 울어요.

짜증이 가득 실린 고슴의 한마디를 듣고서야 나는 내가 울고 있음을 깨달았다. 방금까지 내가 써 온 일기를 읽고 있었는데 어느새 가쁜 숨을 몰아쉬며 흐느끼고 있었다. 내 어깨를 살짝 감싸 안고 등을 쓸어내리는 사람은 림자 같았다. 강의실 안에는 과호흡으로 헉헉대는 내 숨소리만 들렸다. 낭독 도중에 발작이라도 일으킨 걸까. 정신이 서서히 돌아왔지만, 가슴과 어깨는 저 혼자 격렬히 오르내렸다.

숨을 들이마시고 천천히 내뱉어보세요.

림자가 하나 둘 셋, 들이마시고 하나 둘 셋 넷 다섯, 내쉬라고 옆에서 가만가만 숫자를 세어주었다. 하나 둘 셋, 들이마시고 하나 둘 셋 넷 다섯, 내쉬고. 내 몸이 커다란 파이프가 되어 힘겹게 숨을 토해냈다.

잘하고 있어요. 혹시 약 가진 거 있어요?

림자가 혹시 껌 가진 거 있냐고 묻는 것처럼 아무렇지 않게 물었다. 나는 언제부턴가 지갑 동전 칸에 늘 챙겨 다니는 비상용 항불안제를 떠올렸다. 내가 고개를 끄덕이자 림자가 강의실 구석의 정수기에서 찬물을 한 컵 받아 왔다. 내가 손을 바르르 떨며 약봉지를 찢고 살구색 알약을 삼키는 동안 고슴과 도치와 마웨가 말없이 그러나 골똘히 나를 지켜보고 있다는 사실을 의식하지 않을 수가 없었다.

수업이 끝나자마자 가장 먼저 스튜디오 밖으로 나갔다. 너무 창피해 한시라도 빨리 사람들 곁에서 멀어지고 싶었다.

당신의 삶을 써보세요. 쓰면 만나고 만나면 비로소 헤어질 수 있습니다.

일기쓰기교실의 홍보 문구가 떠올랐다. 지난가을부터 일기를 쓰기 시작했는데 두 계절이 지나도록 여전히 일기 속의 나를 놓아주지 못하는 내가 너무 한심했다. 놓아주기는커녕 기어이 일기 속의 나에게 압도당해 다른 수강생들 앞에서 발작을 일으키고 말았다. 바닥을 보여주었다는 생각이 얼굴에 뜨겁게 달군 돌을 던졌다. 열살에 노래를 뺏기고 스무살에 노래를 버렸다고 해놓고 쉰살이 넘어서도 여전히 그 순간에서 한발짝도 벗어나지 못했다니, 수치스러워 얼굴을 어디에 묻어버리고 싶었다.

언니!

누가 등을 찰싹 때리며 말을 걸었다. 화들짝 놀라 돌아보니 고슴이 숨을 헐떡이며 서 있었다. 언니라니, 나는 고슴이 나를 다른 사람과 착각했나 싶어 주위를 둘러보기까지 했다.

언니라고 불러도 되죠?

늘 단도직입적으로 하고 싶은 말을 다 하는 고슴답게 거침이 없었다. 나는 얼떨떨하게 고개를 끄덕였다.

아까는 미안했어요.

나는 무슨 말이냐고 눈으로 물었다.

아까, 언니 막 우는데 그만 울라고 짜증 낸 거요.

아, 그거. 괜찮아요.

나는 괜찮지 않았지만 빨리 고슴에게서 벗어나고 싶어서 괜찮다고 했다. 그러나 고슴은 나를 놓아줄 마음이 없어 보였다. 이제 고슴은 스스럼없이 내 팔에 팔짱을 끼고 무작정 앞으로 걸어가며 말했다.

어른이 어린애처럼 엉엉 우니까, 막 겁이 나더라고요. 언니 정병 있는 거 알았으면 안 그랬을 거예요. 미안해요.

정병?

정신병이요.

숨이 턱 막혔다. 매일 항불안제와 항우울제를 먹지 않

으면 살 수 없으니 정신병이 맞지 싶은데도 고슴이 아무렇지 않게 말하는 '정병'이라는 말이 마음을 쓱 베고 지나갔다.

괜찮아요(그러니까 빨리 꺼져줘).

언니! 오늘 기분도 거지 같은데 술 한잔 사줄래요?

예?

맥주 딱 한잔만 사주세요. 방금 애인이랑 싸워서 딱 죽고 싶거든요.

도치님이랑 싸웠어요?

에이, 수업도 끝났는데 무슨 도치님. 그리고 말 놓으세요. 내 이름은 김수현이에요. 아무 특징 없는 흔한 이름이죠. 도친지 도둑놈인지 그 새끼는 이재민. 걔 이름도 뭐 별거 없어요. 보육원 출신이 다 그렇죠, 뭐.

내가 당혹스러운 표정을 지었는지 고슴이 내 팔을 찰싹 때리며 말했다.

에이, 농담이에요. 보육원 출신만 할 수 있는 농담이요. 말은 이렇게 해도 막 기죽고 그러지 않으니까 걱정 마세요.

딱 한잔만 마시자는 약속이 지켜지지 않을 줄은 알았지만 1차로 간 술집에서 소주를 두병이나 마시고 2차로 노래방까지 오게 될 줄은 전혀 예상하지 못했다. 고슴은 소주 두병을 거의 혼자 다 마셔놓고 얼굴색 하나 변하지 않았다. 소주 한잔을 천천히 한시간 넘게 마신 내 얼굴만 새빨개졌다. 고슴은 소주를 마시는 내내 도치, 아니 이재민의 험담을 했다. 동갑인 주제에 공부 좀 잘해서 조금 좋은 대학에 다닌다고 애인을 철모르는 애새끼 취급한다, 무슨 말을 못하게 일일이 지적하며 가르치려든다, 지난주에도 왜 보육원 출신인 걸 밝혔느냐, 왜 과제에 도둑질 이야기를 써서 보육원 출신을 향한 편견을 키웠느냐 밤새도록 잔소리를 하더라…… 듣다보니 고슴은 내게 짜증 낸 것을 사과하기 위해서가 아니라 애인과 싸운 다음 속풀이를 하기 위해서 나를 붙잡았던 게 분명해 보였다. 소주 두병을 다 마시도록 줄기차게 이재민을 욕했으면서 아직 분이 풀리지 않는다며 고슴은 노래방에 가자고 했다. 살면서 노래방에 한번도 가보지 않았다는 내 말을 고슴은 믿지 않았다. 고슴은 이번 달 생활비가 뚝 떨어졌다고 술값도 내가 내게 하더니 노래방비까지 떠넘기고 자기는 카운터 옆 냉장고에서 캔맥주 세개를 꺼내 들고 룸 안으로 들어갔다. 처음 들어가본 노래방은 텔레비전에서 봐왔던 모습과 똑같아서 별로 낯설지 않았지만 고슴이 무슨 조종기처럼 생긴 큼직한 리모컨을 주며 노래를 예약하라고 했을 때는 뭘 어떻게 해야 할지 전혀 알 수가 없었다. 노래를 부르고 싶지도 않았다. 리모컨을 다시 돌려주자 고슴은 두번 권하지 않고 혼자 리모컨을 척척 눌러가며 여러곡을 예약했다. 귀가 먹먹하게 느껴지는 노래방 안에 큰 소리로 반주가 시작되었다. 고슴은 캔맥주를 따서 한모금 길게 들이켜고 노래를 시작했다. 몸이 저절로 흔들릴 만큼 신나고 빠른 곡이었다. 고슴이 노래방 기계 앞으로 나가 쿵쿵 뛰며 노래를 부르다가 어느새 탬버린을 가져와 내 손에 쥐여주었다. 나는 왜 이러고 있나 싶으면서도 고슴이 부르는 노래에 맞춰 성실하게 탬버린을 흔들었다. 쟁쟁 공기를 울리는 스피커의 진동과 공간에 밴 희미한 담배 냄새 같은 것을 감각하며 고슴이 평소와는 전혀 다른 말투로 담담하게 진술했던 일기들을 떠올렸다. 그곳이 어딘지 몰라도 자꾸 말을 달리자고 외치며 노래하는 저 김수현은 감정의 동요 없이 담백하게 써 내려간 일기 속 고슴과 같은 사람일까. 두 사람은 어느 문장에서 비로소 마주치고 헤어졌을까. 아니, 애초에 만나기는 했을까.

아, 숨차. 화장실 좀 다녀올 테니 다음 노래는 언니가 불러요.

세곡이나 연달아 부른 고슴이 숨을 헐떡이며 선 채로 맥주를 벌컥벌컥 들이켜더니 핸드폰만 챙겨 들고 룸 밖으로 나갔다. 고슴이 예약해둔 노래의 전주가 시작되었다. 나는 피식 웃을 수밖에 없었다. 노래방 기계 화면에 푸른

들판의 이미지가 뜨고 익숙한 곡조가 흘러나왔다. 「고향의 봄」이었다. 나는 마이크를 들지 않고 소리도 내지 않고 그저 입 모양으로만 가만가만 「고향의 봄」을 불렀다. 간주가 들리고 2절이 시작되었을 때 잠시 위기의 순간이 있었지만, 억울하지도 서럽지도 않게 담담한 얼굴로 2절을 마저 불렀다. 어느새 목구멍 밖으로 천천히 걸어 나온 시옷의 목소리를 나는 똑똑히 알아들을 수 있었다.

「고향의 봄」을 끝으로 더이상 노래가 나오지 않았다. 예약곡도 고슴도 없는 룸 안이 무섭게 고요해졌다. 미러볼이 혼자 천천히 돌아가며 흰색 벽에 알록달록한 빛 조각을 뿌렸다. 아무리 기다려도 고슴은 오지 않았다. 핸드폰을 꺼내 시간을 확인해보니 자정이 지나 있었다. 적요가 길어졌다. 5월의 봄밤 난생처음 와본 노래방 안에서 난데없이 나를 덮쳐온 어떤 마음을 이기지 못하고 나는 석구에게 전화를 걸었다. 석구는 통화연결음이 울리자마자 전화를 받았다. 원래 밤잠이 없는 석구가 불안한 음성으로 이 시간에 무슨 일이냐고 물었다. 나는 석구가 놀랄까봐 빨리 용건부터 말했다.

내가 해준이에게 노래를 불러준 적이 있어?

석구는 그게 헤어진 전남편에게 한밤중에 전화를 걸 만큼 중요한 문제냐고 웃음기를 섞어 물었다.

나한테는 중요한 문제야. 내가 정말로 해준이에게 노래를 불러준 적이 없어? 도무지 기억이 나지 않아. 말해봐. 내가 그렇게 형편없는 엄마였니?

석구는 잠시 침묵했다. 나는 석구가 전화를 끊었을까봐 석구야, 하고 불러보았다. 석구가 다정한 음성으로 응, 하고 대답했다. 그리고 조금 기다렸다가 말했다.

있어.

있어?

응. 해준이 태어난 날.

내가 해준이를 낳은 날?

응. 간호사가 나한테 해준이를 안겨주고 병실로 보냈어. 우린 같이 네가 분만 후 처치를 받고 올 때까지 기다렸어. 그런데 아직 눈도 못 뜬 해준이가 계속 에에에 울더라고. 나는 태어난 지 몇분 되지 않은 아기가 부서질 것만 같아 손을 댈 수 없고 젖을 줄 수도 없어서 쩔쩔맸지. 그때 네가 간호사 부축을 받으며 어기적거리는 걸음으로 병실로 들어왔어. 그리고 아기 옆에 누웠지. 내가 아기가 계속 운다고, 어쩌면 좋으냐고 하니까 간호사가 원래 그러는 거라고, 아직 젖을 먹이기도 이르니 우선 울게 놔두라고 말하고 나가더라고. 내가 어쩔 줄 몰라 병실을 오락가락하는데 네가 해준이 쪽으로 돌아눕더니 그 작은 가슴을 토닥이며 노래를 불렀어.

　내가? 정말?

　응.

　무슨 노래?

　엄마가 섬 그늘에, 하는 노래 있잖아. 은근히 서글픈 노래인데 네가 그 노래를 참 달콤하게 부르더라. 나도 네가 노래하는 걸 그날 처음 들었어.

　기억나지 않아.

　내가 기억해. 네가 그 노래를 2절까지 천천히 부르며 해준이를 토닥이자 신기하게도 해준이가 울음을 멈추고 다시 잠들었어. 신비스럽고도 아름다운 장면이었는데, 나는 그때 좀 질투를 했던 것 같아. 나는 그날 해준이를 처음 만났는데 너와 해준이는 내가 모르는 어떤 시간을 공유했던 게 분명해 보였거든.

　다행이다.

　뭐가?

　해준이에게 노래를 불러준 적이 있어서.

　왜? 해준이가 또 뭐라고 해?

　아니. 기억해줘서 고마워.

　나는 전화를 끊었다. 아직 고슴은 오지 않았다. 나는 고슴이 했던 대로 노래방 리모컨을 꾹꾹 눌러 「섬집 아기」

를 검색했다. 그리고 고슴이 화장실에서 돌아오는 대로 그 노래를 시작할 수 있게 예약해두었다.

*

시옷은 경계에 서 있다. 나는 그 선을 알아본다. 꿈속은 밤이다. 캄캄한 공간에 오직 시옷과 시옷 앞을 가로지르는 선만이 있다. 내 의식은 꿈속의 시옷을 멀리서 바라볼 뿐 경계 앞에 선 시옷의 마음과 생각은 조금도 알지 못한다. 그렇다면 내 꿈에 찾아온 시옷은 40년 전 저 문턱 앞에 서봤던 어린 나와 같은 사람이 아니다. 나는 시옷이 어디에 서 있는지 안다. 꿈속에 빛을 조금 보태보자. 희붐하게 빛이 새어들며 시옷 앞에 문이 하나 드러난다. 가장자리부터 녹이 슬어가는 청록색 철제 대문이다. 대문은 처음 페인트를 칠했을 때의 허술한 붓 자국을 그대로 간직하고 있다. 시옷은 아직 모르겠지만 나는 저 청록색 문 너머에 무엇이 있는지 안다. 지붕 대신 평평한 옥상이 있는 작은 단층집. 그 좁은 공간에 방 두개와 작은 거실, 부엌 하나를 쓰는 가구와 부엌 딸린 단칸방을 쓰는 또다른 가구가 산다. 손바닥만 한 마당과 수돗가, 실외 변소는(이 공간은 도무지 '화장실'이라는 이름이 어울리지 않는다)

두 가구가 공동으로 사용한다. 집은 야산 바로 아래 서 있어서 언제나 응달이다. 폭우라도 쏟아지면 야산의 흙이 무너져 집을 덮칠까봐 조바심을 쳐야 한다. 재래식 변소에서 사시사철 악취가 풍기고 여름이면 암모니아가 올라와 눈을 제대로 뜰 수도 없다. 음식물 쓰레기를 조금만 허술하게 관리하면 당장에 굵직한 지네가 꼬인다. 좁은 옥상의 빨랫줄엔 자그마치 여덟명분의 빨래가 널린다. 시옷은 이제 저 문 너머에서 살게 될 것이다. 모든 것이 바뀌어버린 생활에 적응하느라 한동안 어지러울 것이다. 변소에 다녀올 때마다 토악질을 할 것이고 욕조가 없어서 좁은 부엌에 고무대야를 끌어다놓고 목욕을 할 것이다. 예전의 절반도 안 되는 안방에서 아빠 엄마가 아기 동생의 옹알이에 기쁨의 탄성을 지르는 동안 두 사람이 누우면 딱 맞는 작은방에서 할머니의 쓸쓸한 독경 소리를 자장가 삼아 도무지 찾아오지 않는 잠을 하염없이 기다릴 것이다. 시옷은 그 집에서 기다림을 배울 것이다. 그러나 기다리는 대상의 실체가 없기에 그 기다림은 영원할 것이다. 아빠가 돌아오고 아기 동생이 태어나지만, 시옷은 늘 집 안에 어느 한 자리가 비어 있음을 느끼고 자꾸만 누군가를 기다릴 것이다. 봄이면 엄마 심부름으로 빨래를 널러 옥상에 올라갔다가 문득 해 지는 방향을 바라보며 막무가 내로 흘러가는 시간을 붙잡아보려 할 것이다. 옥상 난간에 걸터앉아 있으면 기우뚱하게 자라는 야산의 산벚나무에서 검붉은 열매가 후드득 떨어지며 시옷의 정수리를 때리기도 할 것이다. 앗. 열매의 충격으로 기다림에서 깨어나면 문득 저 아래 시멘트 바닥의 단단함을 가늠하며 까마득한 추락을 상상해보기도 할 것이다.

나는 꿈속의 시옷이 저 문턱을 넘어가지 않았으면 좋겠다. 이대로 몸을 돌려 다른 곳으로 훨훨 날아가버렸으면 좋겠다. 하릴없는 바람인 걸 알지만 시옷이 내 꿈 밖으로 도망쳤으면 좋겠다. 그러나 시옷은, 아직 아무것도 모르는 시옷은 심호흡을 한번 하고 청록색 대문을 힘주어 민다. 문은 끼이익 비명을 지르면서도 잘도 열린다.

넘어가지 마.

시옷이 내 말을 알아들었나? 꿈속의 시옷이 고개를 돌려 나를 본다. 순간 나는 깨닫는다. 시옷은 문턱 너머에 무엇이 있는지 전부 알고 있다고. 알면서도 기어이 저 경계를 넘어가려 한다고.

넘어가지 마.

나는 사정한다. 시옷은 나를 보고 웃는다. 그 웃음이 말한다. 더는 기다리고 있을 수만은 없다고. 이제 다른 이야기로 넘어갈 때라고. 저 너머에 어떤 음험한 세계가 아가리를 벌리고 있을지라도 우리는 기꺼이 경계를 넘어야 한다고. 세계는 언제나 그런 식으로 통과하는 법이라고. 어린 시옷이 제법 어른스럽게 말한다. 손을 뻗어보지만, 시옷은 잡히지 않는다. 시옷은 멀리서 내게 인사하고 문턱을 넘어간다. 그 순간 이야기는 다음 장으로 넘어간다.

*

시옷은 낯선 곳에서 잠을 깼다. 눈을 뜨자마자 보인 천장은 여기저기 누런 얼룩이 진 시옷의 집 천장이 아니었다. 이 천장은 깨끗했다. 코끝에 닿는 냄새도 낯설었다. 왈칵 겁이 났다. 시옷은 눈을 몇차례 깜박이며 정신을 차려보았다. 그리고 기억해냈다. 이곳은 시옷의 집이 아니라, 엄마와 둘이 잠시 신세를 지러 온 큰이모의 아파트라는 것을.

시옷이 맨날 목덜미를 긁어대도 아빠는 결국 집에 돌아왔다. 시옷에겐 한없이 잔인했던 봄이 지나가고 순서대로 여름이 찾아왔을 때 아빠도 이제 자신의 차례라는 듯 대문을 넘어 성큼성큼 마당으로 들어섰다. 할머니와 엄마는 아빠의 등장을 미리 알고 있었던 것처럼 덤덤하게 아빠를 맞았다. 시옷만 놀라 아! 하고 비명을 질렀다. 아빠

가 시옷을 끌어안고 번쩍 위로 들어 올렸다. 시옷의 세계
가 기우뚱했다.

　우리 딸, 그새 쑥 컸네. 쌀가마니보다 무거워졌어.

　흰소리부터 하는 걸 보니 진짜 아빠가 맞는 것 같았다.
할머니는 밥부터 차려야겠다며 서둘러 부엌으로 들어갔
고 엄마는 아빠가 내려놓은 짐가방을 들고 안방으로 들어
갔다. 마당에 아빠와 시옷만 남았다.

　아빠 보고 싶었어?

　(끄덕끄덕)

　아빠 보니까 좋아?

　(끄덕끄덕)

　좋은데 왜 울어?

　시옷의 눈물을 닦아주면서 아빠도 울었다. 시옷은 아빠
가 갑자기 들이닥쳐 놀라서 울었고, 아빠 생각만큼 아빠
를 간절히 보고 싶어하지 않았던 게 미안해서 울었다. 아
빠는 시옷을 한번 더 꽉 끌어안고 마당에 내려주었다.

　시옷은 아빠가 돌아오면 모든 게 예전과 같아질 거라
고 믿었다. 엄마는 다시 다정해지고, 할머니는 한숨을 쉬
지 않으며, 아빠는 시옷만의 유쾌하고 호탕한 아빠가 되
어 매달 신간 만화잡지를 사주고 함께 자전거를 타고 극
장에 가 재미있는 영화를 보여줄 거라고. 그러나 아빠가

돌아온 후 집 안은 어지러운 속도로 예전과 달라졌다. 엄마는 무서울 만큼 배가 커지면서 신경질과 짜증이 늘어갔고 할머니는 방바닥이 꺼질 정도로 무겁게 한숨을 쉬어댔으며 아빠는 뭘 해도 잔뜩 기가 죽어 있었다. 시옷을 따돌리고 어른들끼리만 숙덕거리다가 조용히 다투기를 반복하더니 언제부턴가 이사 준비를 시작했다. 조상 대대로 살면서 아빠도 태어나고 시옷도 태어났던 이 집을 팔고 급한 빚부터 해결하기로 했다는 것은 어른들이 수군거리는 걸 조각조각 엿듣고 알았다. 누구도 이런 이야기를 시옷의 눈을 들여다보며 진지하게 해주지 않았다. 시옷은 그림자처럼 집 곳곳에 숨어서 어른들이 흘리는 이야기 조각을 주워듣고 자신의 앞날을 예측했다. 시옷네는 도시에서 가장 집값이 싼 동네로 이사하기로 했다. 철둑 너머 할머니네 집보다 한참 더 멀리 가야 나오는 그 동네는 하수구 같은 개울이 있고 조금만 더 들어가면 공동묘지가 나온다고 했다. 묘지에는 한국전쟁 때 세상을 떠난 군인과 경찰 들이 묻혀 있어서 군경묘지라고도 부른다고 했다(애니가 알면 그 커다란 눈을 더 크게 뜨고 물을 것이다. 묘지 옆이라니, 무서워서 어떻게 살아? 그러나 그곳엔 묘지를 떠도는 귀신보다 먹고사는 일이 훨씬 무섭다는 사실을 아는 사람들이 산다는 걸 시옷은 얼마 지나지 않아 알게 된다).

　이사할 집이 정해지자 어른들은 빠른 속도로 짐을 싸기 시작했다. 가져갈 수 없는 대부분의 짐을 팔거나 버렸다. 워낙 크고 오래 살았던 집이라 정리할 물건이 많았다. 다락방에서, 방마다 딸린 벽장에서, 부엌에 딸린 곁방에서, 또 뒷마당 창고에서 시옷이 처음 보는 물건들이 끝없이 쏟아져 나왔다. 대부분이 조상 대대로 써온 옛 물건이었다. 개다리소반이 잔뜩 나왔고 사극에서나 보았던 나무 궤짝과 작은 장롱도 여럿 있었다. 한자가 가득한 누런 옛날 책과 종이로 만든 우산, 누가 썼는지 모를 갓도 나왔다. 애니 아빠가 골동품상을 데려와 괜찮은 물건들은 좋은 값에 팔아주었다. 나머지는 고물상에 헐값으로 넘겼다. 오래된 물건들만 버리고 가는 게 아니었다. 옷장에 걸린 아빠의 양복과 엄마의 양장 들도 거의 다 정리했다. 아빠가 아꼈던 응접실의 책들도 전부 팔았다. 수레를 끌고 온 고물상 아저씨가 노끈으로 묶어놓은 책들을 즉석에서 무게를 달아 현금으로 바꿔주었다. 책이 가득 실리자 아저씨의 수레바퀴가 한껏 짜부라들었다. 제비다방 남자가 시옷에게 읽어주었던 백과사전도 모두 수레에 실렸다. 시옷이 좋아했던 안데르센 동화 전집도 한데 묶여 나갔다. 누구도 시옷에게 저 책들을 팔아도 되겠냐고 묻지 않았다. 대단히 서운하지는 않았다. 그때쯤 시옷도 많은 것을 체념한 상태였으니까. 가족 중 누구도 자신이 아끼는 물건을 따로 챙기지 않았다. 할머니는 시집올 때 해 왔다는 소중한 유기그릇을 고물상에 넘겼고 엄마도 큰맘 먹고 산 본차이나 그릇 세트를 절반 넘게 버렸다. 미색 바탕에 노란 테두리가 둘러진 그 그릇을 시옷은 계란 그릇이라고 불렀다. 계란 그릇이 처음 집에 들어왔을 때를 시옷은 똑똑히 기억했다. 그릇 파는 아저씨가 수레 가득 그릇을 싣고 오면 동네에서 가장 넓은 시옷의 집 마당이 임시 상점이 되었다. 동네 여자들이 잔뜩 몰려와 그릇을 구경했다. 아저씨는 동그란 접시 하나를 번쩍 들고 이 접시는 영국에서 디자인했고 독일 현지 기술로 구웠으며 프랑스 코스요리에 맞춤하게 세트로 제작했다고 자랑했다. 무엇보다 장점은 아무리 내던져도 절대 깨지지 않는 강인함이라며 시옷의 집 토방에 접시를 냅다 던져버렸다. 쨍그랑! 소리가 날카롭게 울렸다. 동네 여자들이 헉하고 숨을 들이쉬었다. 그러나 아저씨 말대로 접시는 깨지지 않았다. 누군가 짝짝짝 박수를 쳤다. 아저씨는 묘기를 선보이는 서커스 단원처럼 각기 다른 크기의 접시를 연달아 토방에 내동댕이쳤다. 놀랍게도 그릇은 한장도 깨지지 않았다. 여자들이 앞다투어 그릇 세트를 샀다. 엄마도 애니 엄마도 구성품이 가장 많은 세트를 샀다. 동네 여자들이 전부 집으로 돌아가자 아저씨는 마당을 내주어서 고맙다며 엄마에게 찻주전자 하나를 선물로 주었다. 엄마는 그 찻주전자를 아껴 썼다. 영국 귀족들이 홍차를 담아 마신다는 그 우아한 주전자를 시옷도 욕심냈지만 엄마는 다른 건 몰라도 그 찻주전자만은 혼자 썼다. 며칠 후 시옷은 그릇 파는 아저씨를 우연히 만났다. 골목에는 아저씨와 시옷뿐이었다. 그런데 아저씨의 수레가 돌부리에 걸렸는지 갑자기 한쪽으로 훅 기울었고 수레 가득 실려 있던 그릇이 와르르 쏟아졌다. 시옷은 눈앞에서 접시 수백장이 한꺼번에 산산조각 나는 순간을 목격했다. 방금까지 온전한 그릇이었던 것들이 순식간에 쓸모없는 파편이 되어 골목 한가운데 쌓였다. 아저씨보다 시옷이 더 당황했다. 아저씨가 신나게 내동댕이쳤던 접시는 하나도 깨지지 않았는데 수레가 기울면서 한쪽으로 쏟아진 그릇들은 전부 사금파리가 되어버렸다. 아저씨가 난처한 얼굴로 시옷을 보았다. 시옷은 아저씨의 시선에 붙들려 꼼짝도 할 수 없었다. 어마어마한 비밀을 혼자 목도한 것 같았다. 그때 아저씨가 가만히 손을 들더니 검지를 세워 자기 입술에 가져다 댔다. 쉿! 시옷은 아저씨가 무슨 말을 하고 싶어하는지 알아들었다. 쉿! 시옷도 검지를 들어 입술에 댔다. 엄청난 비밀을 간직한 엄마의 소중한 찻주전자도 고물상 수레에 실렸다.

응접실 짐을 정리하는 날, 아빠의 전축을 들어낸 자리에서 세모난 플라스틱 조각을 발견했다. 시옷은 누가 보기 전에 그 조각을 얼른 발로 밟아 감추었다가 몰래 집어 주머니에 넣었다. 제비다방 남자의 물건이었다. 남자는 그것을 손가락 사이에 쥐고 기타 줄을 튕겼다(그런 물건을 기타 피크라고 부른다는 것을 시옷은 대학에 가서 알게 된다). 시옷은 주머니에 손을 넣고 그 매끄러운 플라스틱 조각을 매만지면서 가끔 제비다방 남자를 생각했다. 아빠는 제비다방 마담의 빚을 갚았을까? 제비다방 남자는 여전히 매캐한 최루가스 냄새를 묻히고 다닐까? 설마 애니가 보여준 지명수배범 전단의 범죄자들처럼 경찰에게 쫓기며 컴컴한 곳을 헤매고 다니는 건 아니겠지? 좀처럼 답이 없는 질문이 떠오를 때마다 시옷은 남자의 플라스틱 조각을 닳도록 어루만졌다.

용달차를 불러 군경묘지 옆으로 이사하는 날 엄마와 시옷은 큰이모 집에 갔다. 아침저녁으로 손발과 얼굴이 퉁퉁 부어 걷기도 힘들어하는 임신부에게 이사 일은 무리였다. 아빠와 할머니가 친척들을 불러 짐을 옮기고 정리하는 며칠 동안 엄마와 시옷은 큰이모 집에서 신세를 지기로 했다. 큰이모 집은 지은 지 얼마 되지 않은 5층 아파트였다. 엄마와 시옷이 들어서자 이모는 엄마를 끌어안고 울음을 터뜨렸다. 엄마보다 한참 나이가 많은 큰이모는 엄마에겐 엄마 같은 존재였다. 큰이모는 시옷이 보는 앞에서 대놓고 엄마를 아기 취급했다. 틈만 나면 침대에 누워 쉬라고 했고 밥때가 되면 얼굴이 많이 축났다며 자꾸 고기반찬을 엄마 숟가락 위에 올려주었다. 큰이모는 엄마의 불행을 한탄하다가 어김없이 아빠와 할머니를 원망하는 것으로 이야기를 끝맺었다. 아빠야 그렇다 치고 할머니 욕은 왜 하냐고 시옷이 쏘아붙였더니 큰이모가 호탕하게 웃으며 시옷의 머리를 쓰다듬었다.

누가 최씨 핏줄 아니랄까봐, 편드는 거냐?

이모가 반달 모양으로 자른 복숭아를 포크에 찍어 시옷에게 건네며 덧붙였다.

근데, 너 그거 아냐? 네가 편드는 너네 할머니는 최씨 아니다?

시옷은 깜짝 놀랐지만 아무렇지 않은 척 복숭아를 씹었다.

나도 알아요. 할머니도 최씨 아니고 우리 엄마도 최씨 아니에요. 나랑 아빠만 최씨예요.

아이고, 우리 애기 똑소리 나네. 누나 노릇 잘하겠다.

시옷의 심장이 연달아 떨어지는 것 같았다. 할머니와

엄마가 자신과 다른 성씨라는 사실을 새삼스럽게 지적당하고 놀란 가슴이 큰이모의 '누나 노릇'이라는 말에 연거푸 날뛰었다. 엄마의 저 불룩한 배 속에 남자 아기가 들어 있다는 말인가? 큰이모는 그걸 어떻게 알았을까? 엄마가 알려주었을까? 그렇다면 엄마는 왜 시옷이 아닌 큰이모에게만 엄청난 비밀을 들려주었을까? 엄마와 시옷은 성이 다르고 엄마와 큰이모는 성이 같아서? 좋겠다. 시옷은 속으로 말했다. 정말로 시옷이 누나가 될 예정이라면 아기 동생은 시옷에겐 없는 어떤 것을 가지고 태어날 것이다. 그 아이는 시옷처럼 사내아이가 아니라는 이유만으로 노래를 뺏길 일은 없을 것이다. 좋겠다. 이번에도 시옷은 속으로만 말했다. 좋겠다. 여러번 말했더니 좀 쓸쓸해졌다. 어디에도 시옷의 편은 없는 것 같았다. 누구는 시옷과 성씨가 달라서, 누구는 시옷과 성별이 달라서 시옷의 마음을 헤아려주지 않았다.

엄마는 큰이모 집에서 내리 잠만 잤다. 밥때가 되어 큰이모가 깨우면 겨우 몇술 뜨는 시늉만 하고 다시 이불 속으로 들어갔다. 그동안 맘고생이 얼마나 심했으면 친정에 와서 저렇게 죽은 듯이 잠만 자겠냐고, 큰이모는 끌탕을 했다. 책도 없고 장난감도 없고 함께 놀 또래도 없는 큰이모 집에서 시옷은 종일 심심했다. 애니가 보고 싶었다. 이

모와 이모부 단둘이 사는 아파트는 세간도 별로 없어 구경할 물건조차 없었다. 시옷이 심심하다고 몸부림을 치자 큰이모가 좋은 생각이 떠올랐다며 낡은 사진첩을 한권 가져다주었다. 아무 곳이나 펼치자 거기 엄마의 결혼식 사진이 있었다. 흑백사진 속에서 젊은 엄마와 아빠가 웨딩드레스와 양복을 입고 긴장한 얼굴로 앞을 응시하고 있었다. 다른 사진들 속에 놀랍도록 젊은 할머니와 이모들, 고모들의 모습도 보였다. 사진첩을 앞쪽으로 넘길수록 엄마가 시간을 거슬러 오르며 점점 젊어졌다. 시옷은 교복을 입은 한 소녀의 사진과 마주쳤다. 소녀가 입은 교복은 방송국 어린이합창단복과 비슷한 세일러복이었다. 소녀는 두꺼운 책 한권을 무릎에 얹어놓고 초롱초롱한 눈망울로 카메라를 응시했다. 시옷은 그 소녀가 엄마란 걸 알았고 동시에 엄마란 걸 믿을 수가 없었다. 사진들 속에서 소녀는 불행이라곤 조금도 알지 못하는 얼굴로 천진하게 웃었다. 소녀는 한껏 사랑받고 있었다. 소녀의 미래는 온통 행복으로 도배된 것처럼 보였다. 미래를 향해 반짝이는 소녀의 눈빛을 보고 어느 누가 감히 불행을 점치겠는가? 시옷은 다시 교복 입은 소녀의 사진으로 돌아갔다. 소녀의 골똘한 눈빛에 점점 노여움이 묻어났다. 소녀가 시옷을 노려보았다. 전부 너 때문이야. 소녀가 시옷의 허벅지를 꼬집으며 말했다. 너만 아니었어도. 시옷은 얼른 사진첩을 덮었다. 오직 행복만 누리길 축원받으며 자란 소녀의 미래가 고작 자신이라는 걸 알아서 시옷은 두려웠다. 엄마가 자신을 왜 미워하는지 전부 이해한 것 같아서 시옷은 떨었다.

*

엄마, 전화 연결이 안 돼서 음성메시지 남겨. 일부러 안 받는 건 아니라고 믿어. 엄마 요즘 컨디션이 별로라고 아빠한테 들었는데, 어디 많이 아픈 건 아니지? 생각해보면 엄마랑 나, 불필요한 싸움에 시간을 허비했던 것 같아. 내가 원했던 건 그저 '평범한' 엄마였는데, 엄마는 늘 어려운 사람이었거든. 나보다 일이 더 중요하고, 내가 있는 집보다 일이 있는 직장이 훨씬 소중한 사람. 난 그게 서운했어. 언젠가 엄마가 출근 시간에 늦는다고 30분 동안 나 혼자 유치원 버스를 기다리게 했잖아. 꽤 추운 날로 기억해. 아파트 진입로 옆에 꼼짝없이 서서 오가는 차들을 바라보면서 생각했어. 나는 보호받아야 하는 어린아이인데, 언제라도 달리는 자동차 사이로 뛰어들 수 있고 나쁜 사람한테 유괴당할 수도 있는데, 엄마는 고작 회사에 30분 늦지 않는 게 나보다 훨씬 중요해서 어린 나를 춥고 무서운 길바닥에 혼자 세워두고 가버렸구나. 너무 서러웠어. 나를 최우선으로 사랑하지 않는 엄마가 미웠어. 버스가 도착할 시간이 가까워지자 다른 아이들이 엄마나 할머니 손을 잡고 하나둘 정류장으로 나왔어. 나는 혼자 서 있는 내가 창피했어. 다른 아줌마들이 아빠는 어디에 가고 혼자 서 있냐고 물었어. 생각해보면 그때 나를 주로 보살피던 사람은 아빠였는데, 그날도 아빠한테 급한 일이 생겨서 엄마가 대신 나를 챙겼던 건데, 나는 엄마부터 원망했어. 유치원에 아빠와 오는 사람은 나뿐이었거든. 나는 내가, 우리 가족이 정상이 아니라고 생각했던 것 같아. 정상이 아닌 것은 부끄러운 일이라고 말이야. 지금도 엄마를 떠올리면 가슴이 답답하고 아득해져. 우리 사이엔 아직 풀어야 할 실타래가 많지. 그래도 엄마가 다른 '평범한' 엄마들과 다르다며 원망했던 건 미안하게 생각해. 평범이나 정상 같은 말들을 내가 오해했어. 그런 게 있을 리가 없잖아.

엄마. 나 다음 학기부터 독일에서 공부하게 됐어. 우선 2년 정도 머물 거야. 일이 잘 풀리면 그곳에서 석사 과정까지 밟을지도 몰라. 오래전부터 바라고 욕심냈던 길인데 이제야 한걸음 디디게 되었어. 연락을 받고 기뻐하는 와중에 이상하게 엄마 생각이 먼저 나더라. 지난번에 엄마는 늘 엄마밖에 모른다고 모진 말 했던 게 마음에 걸렸어. 그리고 내게 기쁜 소식을 듣고 엄마도 조금 기뻐해주면 좋겠다고 생각했어. 이러면 나도 나밖에 모르는 건가? 엄마, 우리 만나서 이야기하자. 나 맛있는 거 사줘. 또 전화할게. 그때는 꼭 내 전화 받아줘.

*

시옷은 엄마와 함께 새집으로 향했다. 큰이모가 택시비를 쥐여주었지만, 엄마는 길이 좁은 동네라 택시가 가지 않을 거라며 큰이모 모르게 걸어서 갔다. 시옷도 앞으로 학교까지 먼 길을 걸어 다녀야 하니 미리 길을 익혀두는 게 좋다고 했다. 시옷과 엄마는 예전 동네에서 철둑을 건너 '철둑 너머 동네' 깊숙이 들어갔다. 구불구불한 골목을 몇군데나 지나자 하수구 같은 개울이 시작되었다. 여름이라 고약한 냄새를 풍겼다. 개울 양옆으로 낮게 엎드린 작은 집들이 다닥다닥 붙어 있었다. 엄마 말대로 개울을 끼고 걷는 길은 포장도 안 된 좁은 흙길이었다. 택시는커녕 수레가 지나가기에도 어려워 보였다. 할머니와 아빠는 짐을 어떻게 날랐을까? 악취를 피해 코를 감싸 쥐고 입으로만 숨을 쉬었더니 금세 숨이 차올랐다. 엄마도 내내 씨근거리며 걸었다. 가끔 야트막한 시멘트 담장 안쪽에서 악다구니를 쓰는 소리가 들려왔다(싸움이 흔한 동네였다. 시웃은 이후로도 오랫동안 얼굴도 모르는 이웃의 고함과 비명을 들으며 이 흙길을 지나다닐 것이다). 큰 소리가 들릴 때마다 시웃보다 엄마가 더 깜짝깜짝 놀라며 배를 어루만졌다.

이윽고 두 사람은 청록색 철제 대문 앞에 도착했다. 시멘트 계단 두칸을 올라야 대문을 통과할 수 있었다. 대문 위에 주황색 꽃이 잔뜩 피어 있었다.

능소화구나.

엄마가 한숨 돌리듯 나직하게 말했다. 나팔처럼 생긴 주황색 꽃을 줄줄이 매단 덩굴나무가 철제 대문 위에 화관처럼 얹혀 있었다. 시웃은 새집의 첫인상이 태양과 같은 색깔의 예쁜 꽃이라는 사실에 마음을 놓았다.

다행이다.

시웃의 마음을 읽었는지 엄마도 더 묻지 않고 덧붙였다.

다행이네.

그때 청록색 문이 벌컥 열리며 누가 앞으로 쏟아졌다(그건 정말 '쏟아졌다'라고 말할 수밖에 없는 동작이고 장면이었다). 그 뒤로 웬 여자의 고함이 이어졌다.

신발 찾아오기 전에는 집에 돌아올 생각도 하지 말아,

빌어먹을 새끼야.

대문에서 쏟아진 남자애가 시옷 앞으로 굴러떨어진 것과 동시에 열린 문틈으로 구정물이 쏟아졌다. 엄마와 시옷은 미처 피할 새 없이 구정물을 뒤집어썼다. 여자가 빈 바가지를 들고 대문 밖으로 나왔다가 엄마와 시옷을 보았다. 여자는 억! 하고 목 졸린 소리를 냈다. 남자애가 천천히 몸을 일으켰다. 시옷은 남자애를 알아보았다. 4학년이 시작되자마자 담임선생님한테 불려 나가 교탁 위에서 때가 잔뜩 낀 배를 드러내야 했던 눈이 아름다운 그 아이였다. 여자 뒤로 아빠와 할머니가 나타났다. 할머니가 관세음보살을 외치며 입고 있던 앞치마를 벗어 엄마와 시옷의 얼굴을 닦았다.

사람이 서 있는 줄 몰랐지. 기척이라도 하지, 어쩜 좋아.

여자가 말을 더듬으며 변명을 늘어놓기 시작했다. 순간 엄마가 흙바닥에 털썩 주저앉아 긴 울음을 토해냈다. 아빠와 할머니가 엄마를 붙잡아 일으켜 집 안으로 데려가는 동안에도 엄마는 푸념 같은 울음을 그치지 않았다. 바가지 든 여자도 뭐라 뭐라 중얼거리며 뒤를 따라갔다. 대문 앞에는 눈이 아름다운 아이와 시옷만 남았다. 두 사람은 한동안 서로를 바라보았다. 시옷은 코끝을 찌르는 시큼한 냄새가 구정물을 뒤집어쓴 자신의 몸에서 나는 것인지 바로 옆 개울에서 올라오는 것인지 알 수 없었다. 이 동네에 살려면 새로 배워야 할 게 많아 보였다. 이 동네와 이 집에 관해서라면 눈이 아름다운 저 아이가 자신보다 아는 게 많을 것 같았다.

안녕.

시옷이 말했다. 시옷은 서로 인사를 주고받은 다음 자연스럽게 집과 동네에 관해 물어야겠다고 생각하며 남자애의 인사를 기다렸다. 눈이 아름다운 아이는 표정 한번 바꾸지 않고 튀 소리를 내며 침을 뱉었다. 하얀 거품이 낀 침 뭉치가 시옷의 발치에 떨어졌다. 시옷은 흠칫 놀라 뒤로 물러났다. 남자애는 그대로 몸을 돌려 시옷이 걸어온 방향으로 뛰어갔다.

안녕.

시옷은 남자애의 뒤통수에 대고 한번 더 말했다. 대문 앞에 시옷 혼자 남았다. 시옷은 살짝 열린 대문을 쳐다보았다. 대문 위를 지나가는 청록색 페인트 자국을, 사자 머리 모양 문고리를, 앞머리처럼 늘어진 능소화 줄기 하나를, 집 뒤로 살짝 드러난 야산의 둥근 등을 차례차례 보았다. 여름방학이 시작된 지 일주일이 넘었지만, 이 문턱을 넘어가야 비로소 여름이 시작될 것 같았다. 시옷은 숨을 한번 들이마시고 대문을 밀었다. 끼이익 소리가 났다. 그

소리를 새집의 인사말로 여기며 시옷은 경계 너머로 성큼 한발을 내디뎠다.

4부

봄이 봄을 옮겨붙였다

시옷의 옛집에는 이름이 있었다. 온양집. 따뜻할 온(溫)에 볕 양(陽). 까마득한 옛날 시옷은 만난 적도 없는 어느 할머니가 온양이라는 곳에서 시집을 왔을 때부터 그 집은 할머니의 호칭과 같은 온양댁 혹은 온양집이 되었다. 시옷은 아빠가 중국집에 전화를 걸어 '온양집에 짜장면 세 그릇하고 탕수육 하나요' 하고 주문하는 걸 듣고 자랐고 어쩌다 길에서 만난 어른들로부터 '네가 온양집 손녀딸이로구나' 하는 소리를 곧잘 들었다. 원래 온양이라는 지명은 온천이 있는 곳이라는 뜻이지만 집안 어른들은 온양집을 문자 그대로 볕이 따사로운 집으로 해석하길 즐겼다. 남쪽을 향해 자리 잡은 집은 과연 볕이 너그러웠다. 시옷의 기억에 엄마는 자주 이불 홑청을 벗겨 빨아 햇볕에 말렸고 시옷은 햇빛이 어른거리는 새하얀 홑청 사이를 넘나들며 놀았다. 애써 빨아놓은 천에 먼지 묻는다고 할머니가 한마디 하면 시옷은 화단에서 아끼는 꽃나무를 돌보는 아빠 품에 숨어들어 입술을 삐죽거렸다. 장독대에 올라가 큼직한 항아리 하나하나를 공들여 닦던 할머니의 백발에 햇빛이 쨍하게 되튀던 모습이나 빨랫줄 가득 널린 홑이불이 눈이 부실 만큼 하얗게 펄럭이던 걸 생각하면 그곳은 빛이 넉넉한 시간이자 공간이었다. 햇볕을 누리는 일이 얼마나 큰 호사인지 시옷은 온양집을 잃고 나서야 알았다.

새로 이사 온 군경묘지 근처의 집은 응달집이라고 부르기로 했다. 온양집이라는 이름과 달리 응달집은 오직 시옷만 알고 시옷만 (속으로) 부르는 이름이었다. 합의되지 않은 이름은 불리지 않으며 그러므로 이름이 될 수 없다는 사실을 그때의 시옷은 알지 못했다. 응달집에는 시옷네뿐 아니라 눈이 아름다운(그러나 시옷의 발치에 침을 뱉는 것으로 인사를 대신한) 아이와 그애의 누나, 그리고 시옷과 엄마에게 구정물을 끼었으며 화려하게 등장한 그애의 엄마까지 함께 살았으므로 그 집의 이름을 정하려면 여럿의 동의가 필요했다. 시옷은 번거로움을 자처할 만큼의 힘도 마음도 없었기에 응달집이라는 이름을 혼자 짓고 혼자 불렀다. 온양집이 따사로운 햇볕의 집이라면 응달집은 말 그대로 그늘이 고인 집이었다. 야산 바로 밑에 자리 잡은 집은 늘 산 그림자에 갇혀 있었고 마당이라고 부르기에도 옹색한 손바닥만 한 땅으로는 집의 그림자가 드리웠다. 빨래라도 말리려면 옥상에 올라가야 했는데 그마저 절반은 야산에서 자라는 나무 그림자에 가려졌다. 그야말로 그늘이 흥건한 집이었다.

시옷은 응달집에 살면서 처음으로 그늘의 색을 어떻게 칠할지 골몰했다. 여름방학 숙제로 방학 동안 한 일을 수채화로 그려 가야 했는데 시옷이 한 일이라곤 이사밖에 없었으므로 하얀 도화지에 온양집과 응달집을 나란히 그리기로 했다. 시옷은 새집의 좁은 거실에 도화지와 수채화물감, 팔레트, 붓, 물통을 늘어놓고 먼저 연필로 밑그림부터 그렸다. 도화지 왼쪽에 시옷이 태어나고 10년을 자란 온양집이, 오른쪽에 시옷이 이사 온 지 보름도 안 된 응달집이 생겨났다. 시옷은 밑그림을 내려다보며 각 집의 색깔을 고민했다. 햇볕의 색이라면 마당 가득 널려 있던 이불 홑청의 백색이 떠올랐지만, 그늘의 색은 쉽게 떠오르지 않았다. 시옷이 생각하는 그늘은 검은색에 한없이 가까우면서도, 투명했다. 온양집이 투명한 백색이라면 응달집은 투명한 흑색이었다. 하지만 투명한 백색은 도화지와 같은 색이므로 칠할 필요가 없었고 투명한 흑색은 24색 물감 세트 안에 존재하지 않았으므로 칠하고 싶어도 칠할 수가 없었다. 현실에서는 가능한 색이 왜 도화지 속에는 존재할 수 없는지 시옷은 답답했다. 당장 집 뒤꼍으로만 나가도 속이 투명하게 비쳐 보이는 물 같은 흑색을 볼 수 있는데 말이다. 웅달집으로 이사 오기 전에도 시옷은 꿈속에서 투명한 흑색 웅덩이에 빠져 허우적거린 적이 있었다. 그 이상한 웅덩이는 본 적 없는 우물 속이기도 했고 가본 적 없는 심해이기도 했는데, 그곳에서 한참을 허우적거리다 참았던 숨을 몰아쉬며 요란하게 깨어나면 곁에서 함께 잠을 깨버린 어른이(엄마일 때도 할머니일 때도 있었다) '크느라 그런 게지'라며 이마의 식은땀을 훔쳐주었다. 아니, 시옷은 꿈 밖에서도 투명한 흑색을 만난 적이 있다. 그것은 그늘이나 꿈속의 웅덩이 같은 게 아니었다.

시옷은 아주 어렸을 적부터 할머니, 할아버지, 엄마, 아빠, 시옷으로 이루어진 다섯 식구가 어쩌다 한자리에 모여 있게 되면 늘 어깨 뒤쪽이 신경 쓰였다. 하나부터 열까지 숫자 세는 법을 배운 이후로 시옷은 식구들이 한방에 있으면 버릇처럼 하나, 둘, 셋 하고 속으로 사람 수를 세어보았다. 그 수는 늘 다섯으로 끝이 났고 시옷의 식구는 모두 다섯명이 맞았는데도 시옷은 어쩐지 있어야 할 사람 하나가 빠졌다는 생각을 떨칠 수가 없었다. 다섯명 사이

에 끼지 못한 누군가가 시옷의 어깨 뒤에서 쓸쓸한 얼굴
을 쑥 내밀고 있을까봐 갑자기 고개를 돌려 확인해보기도
했다. 그러면 아빠는 '네 어깨에 귀신이 앉아 있다' 하고
놀렸다. 시옷이 겁을 먹고 울음을 터뜨리면 할머니는 '경
기라도 하면 어쩌려고 그러냐'며 아빠를 나무랐고 엄마
는 조용히 한숨을 쉬며 딴청을 피웠다(시옷은 엄마가 자
신을 낳은 후 두번이나 유산했다는 사실을 고등학생이 되
어서야 어른들 말을 엿듣다가 알게 되었다. 그전에는 행
여 들었더라도 무슨 말인지 이해할 수 없었을 것이다). 할
아버지가 돌아가시고 가족이 넷이 되고부터 시옷은 할머
니와 함께 잤다. 하지만 할머니 방의 모든 것이 낯설고 엄
마가 보고 싶어서 걸핏하면 한밤중에 깨어나 안방으로 숨
어들었다. 할머니 방에서 안방으로 가려면 중간에 부엌을
지나가야 했는데, 어느날 시옷은 부엌에 자기 말고 움직
이는 형체가 또 있음을 감지했다. 그것은 얼핏 사람 같은
모습으로 부엌문 뒤쪽에 오도카니 웅크리고 앉아 있었다.
시옷은 그것의 몸집이 큰 어른의 것이 아니어서 우선 안
도했다. 시옷은 안방으로 가다 말고 그것 앞에 멈춰 섰다.
그것이 미닫이문처럼 옆으로 쓱 움직였다. 그 속도가 빠
르지 않은 점도 좋았다.

　안녕.

시옷이 먼저 인사를 건넸다. 그것은 부엌 벽에 걸어놓은 소쿠리 위에 쪼그리고 앉아 있다가 시옷이 말을 걸자마자 사라져버렸다. 수줍음이 많은 걸까? 아니면 시옷이 싫은 걸까? 시옷은 다시 안방으로 향했다. 어느새 마루 끝에 그것이 서 있었다. 그것이 다시 나타나 시옷은 기뻤다.

우리, 놀까?

시옷이 다시 말을 건네자 그것이 응접실 문 너머로 사라졌다. 시옷은 안방을 그대로 지나쳐 서둘러 응접실 앞까지 갔다. 그리고 식구들이 깨지 않게 조용히 응접실 문을 열었다. 넓은 공간 특유의 싸늘한 기운이 안으로 들어서는 시옷의 몸을 휘감았다. 카펫에 들러붙은 아빠의 담배 냄새와 책장마다 빼곡히 꽂혀 있는 묵은 책 냄새도 풍겼다. 푹신한 카펫이 시옷의 발소리를 빨아들였다. 시옷은 등 뒤로 가만히 문을 닫았다. 반쯤 걷힌 커튼 틈새로 달빛이 비쳐 들었다. 어둠에 익숙해진 시옷의 눈이 응접실 안의 사물을 또렷이 알아보기 시작했다. 그것은 가장 투명한 흑색을 띠고 응접실 한가운데 서 있었다. 시옷이 바라보자 그것이 활발하게 움직이기 시작했다. 그것은 밤보다 훨씬 어두웠고 달빛보다 한결 투명했다. 그것에는 눈 코 입이 없어서 시옷은 그것의 기분을 오직 움직이는 속도로만 짐작할 수 있었다. 그러나 어느 순간 시옷은 그것과 눈을 마주쳤다고 확신했다. 신호처럼 그것이 가볍게 떠오르더니 커튼을 붙잡고 매달렸다. 그러곤 덩굴을 타고 날아다니는 정글의 타잔처럼 커튼을 타고 순식간에 샹들리에 위로 올라앉았다. 눈물 모양의 유리 장식이 서로 부딪치며 차르르 소리를 냈다. 시옷은 그 소리를 웃음으로 알아들었다. 시옷은 깃털처럼 가벼운 그것이 부러웠다. 시옷도 그네를 타듯 커튼에 매달리고 싶었다. 샹들리에 위에 올라앉아 응접실 바닥을 내려다보고 싶었다. 그것이 다시 아래로 내려오더니 묵직한 테이블의 한쪽 다리를 가볍게 들어 올려 소파 위에 걸쳤다. 순식간에 소파에서 카펫 바닥으로 떨어지는 미끄럼틀이 생겼다. 그것이 먼저 미끄럼을 타고 내려왔다. 시옷도 잠시 망설이다 조심스럽게 테이블 미끄럼틀을 타보았다. 경사가 급해 쿵 하고 엉덩방아를 찧었지만, 많이 아프지는 않았다. 아프기보다는 신이 났다. 자꾸 웃음이 나왔다. 시옷과 그것은 사이좋게 번갈아가며 테이블 미끄럼틀을 탔다. 까르르 웃음소리가 점점 커졌다. 얼마쯤 탔을까. 미끄럼틀이 시시해졌는지 그것이 순식간에 붙박이 책장 쪽으로 움직였다. 맨 아래 칸에 꽂힌 묵직한 백과사전 전집을 하나씩 빼서 바닥에 쓰러뜨렸다. 반듯하게 꽂혀 있던 책이 픽픽 쓰러지는 모습이 통쾌했다. 그것이 날쌔게 책장 맨 위 칸으로 올라가더니 백과사전보다 얇은 책을 하나씩 꺼내 던졌다. 시옷은 반사적으로 두 팔을 들어 머리를 막았다. 그러나 그것이 던진 책들은 추락하지 않고 새처럼 날갯짓하며 샹들리에 밑을 떠다녔다. 포르르, 파드득, 책의 날개가 서로 스치는 소리가 공간을 가득 메웠다. 시옷은 머리를 막았던 팔을 내리고 멍하니 책들의 비행을 올려다보았다. 그러다 책의 새를 붙잡아보려고 폴짝폴짝 뛰었다. 그것은 어느새 책장에서 샹들리에로 옮아가 거꾸로 매달린 채 그네처럼 온몸을 흔들었다. 시옷의 머리 위로 책들이 날고 그것이 까딱거렸다. 시옷은 점점 신나게 뜀을 뛰었다. 조심성 없이 깔깔댔다.

누구냐?

호통 소리와 함께 응접실 불이 켜졌다. 샹들리에가 무자비한 빛을 소나기처럼 우수수 쏟아냈다. 아빠가 등장하자 그것은 순식간에 사라졌다. 날개를 파닥거리며 날던 책들도 감쪽같이 바닥에 떨어져 있었다. 바닥은 책장에서 쏟아진 책들로 어지러웠다. 한쪽 다리만 소파 위에 덜렁 올라앉은 테이블의 모습은 괴이해 보였다. 커튼 일부가 레일에서 뜯겨 나가 있었다. 아빠는 경악에 찬 얼굴로 엉망이 된 응접실을 둘러보았다.

세상에, 이게 다 무슨 일이냐? 도깨비놀음도 아니고.

어느새 할머니와 엄마도 잠옷 바람으로 아빠 뒤에 서 있었다. 시옷은 꼼짝도 못하고 응접실 한가운데 서서 식구들의 시선을 고스란히 받았다. 아빠가 시옷 곁으로 걸어왔다. 아빠는 몽땅 비어 있는 책장 맨 위 칸을 올려다보았다.

저 위까지 어떻게 올라갔어?

아빠의 목소리에 힐난과 호기심이 반씩 섞여 있었다. 아빠는 시옷이 디디고 올라섰을 뭔가를 찾아 방 안을 둘러보았다. 응접실에는 당연히 사다리 같은 게 없었고 어린 시옷 혼자 힘으로 옮길 수 있는 가벼운 의자도 없었다. 할머니와 엄마가 바닥에 떨어진 책을 두서없이 줍기 시작했다. 책 하나 줍고 놀라고 책 하나 줍고 혀를 차느라 일이 더뎠다. 아빠는 여전히 의문을 풀지 못한 얼굴로 방 안을 샅샅이 돌아보았다. 투명한 흑색은 어디로 가버렸을까? 그것이 무사히 몸을 숨겨서 다행인 걸까? 시옷만 놔두고 혼자 도망쳤으니 섭섭해야 할까?

맨 위 칸 책은 어떻게 뺐어?

아빠가 다시 물었다. 시옷은 그것이 한 일이라고 말할 수 없었다. 무엇보다 그것을 뭐라고 불러야 할지 몰랐다. 이름이 없는 것은 정확히 가리켜 말할 수 없다는 것을 시옷은 그때 깨달았다. 시옷은 더럭 겁이 나 울음을 터뜨렸다.

뭘 잘했다고 울어?

내내 입을 다물고 책만 줍던 엄마가 쏘아붙였다. 그 순간에 온몸에 힘이 풀렸고 다리 사이로 뜨뜻한 물기가 느껴졌다. 카펫에 천천히 얼룩이 번져갔다.

내가 못 살아!

혹시 백과사전을 쌓아놓고 그 위로 올라갔냐?

엄마와 아빠가 동시에 말했다. 아빠는 제발 정답이라고 말해달라는 듯 간절한 표정으로 시옷을 보았다. 아빠도 뭔가를 겁내고 있었다. 시옷은 아빠를 구해주는 심정으로 천천히 고개를 끄덕였다.

그만 가서 자라.

아빠는 마침내 문제를 해결했다는 안도감으로 우쭐해 보이기까지 했다. 할머니는 계속 책을 주워 책장에 꽂았다. 엄마가 시옷의 손을 잡아채 욕실로 데려갔다. 시옷의 몸을 씻기고 옷을 갈아입히는 엄마의 손길이 거칠었다. 그날 남은 밤을 시옷은 안방에서 보냈다. 다음 날 할머니는 시옷의 기가 허해진 탓이라며 한약을 지어 왔다. 한동안 시옷은 엄마와 할머니가 지켜보는 가운데 쓰디쓴 한약을 삼켜야 했다. 대접을 다 비우고 쓴맛에 몸서리를 쳐도 엄마는 사탕을 주지 않았다. 그후로 시옷은 한밤중 할머니 방에서 안방으로 가는 길에 가끔 그것이 마루 끝에서 어른거리는 것을 보았다. 그것은 유혹하듯 응접실 문 앞에서 고개를 까딱거렸지만 시옷은 다시는 그것을 따라가지 않았다. 그것과 신나게 노는 것보다 어른들에게 미움받는 아이가 되지 않는 게 훨씬 중요했다.

응달집을 무슨 색으로 칠할지 고민하다 시옷은 오랜만에 그것을 떠올렸다. 그리고 그 투명한 흑색을 영영 온양집에 두고 왔다는 사실을 깨달았다. 시옷은 눈을 감고 머릿속으로 그것의 자세한 형체를 떠올려보았다. 어떻게 해도 그것의 색깔을 도화지에 옮길 수는 없었다. 시옷은 온양집과 응달집 밑그림을 지우개로 박박 지우고 그 자리에 가본 적도 없는 해수욕장을 그렸다. 거짓 그림은 오히려 그리기가 쉬웠다. 본 적 없으므로 오히려 본 것처럼 그릴 수 있었다. 모래밭은 황토색으로, 그 너머 바다는 파란색으로 칠했다. 미술시간에 배운 대로 정중앙을 피해 오른쪽에 알록달록한 파라솔을 그리고 그 아래 엄마와 아빠와 할머니와 시옷이 입을 크게 벌리고 웃는 모습을 그렸다. 식구들 앞에는 빨간색과 초록색과 검은색으로 먹음직스러운 수박을 그려 넣었다. 바다 위쪽에는 원근법에 충실하게 갈매기도 세마리 그렸다. 거짓 그림 속 가족은 마냥 즐거웠다. 엄마는 다정했고 배가 불러 있지도 않았다. 아빠는 어깨가 축 처진 기죽은 모습이 아니었다. 투명한 흑색 따위는 필요 없는 그림이었다. 여름방학이 끝나고 시옷이 '행복한 우리 가족'이라는 빤한 제목을 달아 방학숙제로 제출한 그 그림은 우수작으로 뽑혀 한동안 교실 뒤쪽 게시판에 붙어 있었다. 응달집에 함께 살게 된 눈이 아름다운 아이는 방학숙제를 하나도 해 오지 않았고 담임에게 불려 나가 손바닥을 열한대나 맞았다.

*

마웨: 시옷님 일기가 연극으로 치면 2막에 돌입한 느낌입니다.

고슴: 계절도 순식간에 봄에서 여름으로 바뀌었어요.

도치: 그런데 봄에 비해 여름은 너무 짧게 얘기하고 지나가는 게 아닐까요?

고슴: 뭐, 계절의 속도감이야 개인차가 있지 않아?

마웨: 시옷님에게 그 여름은 별로 기억나는 게 없는 모양이지요.

고슴: 아님, 기억하고 싶지 않든가요.

림자: 문학평론가 로이 파스칼은 자서전이란 연대기가 아니라 삶의 해석이라고 말했어요. 해석에는 선택적 시선이 필요하지 않을까요? 어떤 기억을 선택해 기록하느냐

에는 그 기억과 결합한 감정이 중요하게 작용할 테고요. 시옷님의 봄과 여름이 불균형하게 기록되었다면 두 계절에 대한 시옷님의 감정이 다르기 때문이겠죠. 과거를 돌아보고 떠올린 무수한 기억 조각 가운데 무엇이 유난히 반짝여 여러분의 눈길을 끄는지는 오직 자신만 알 겁니다. 그렇게 선택된 기억의 조각들이 한데 엮여 일기나 자서전이 되겠고요.

도치: 그만큼 자서전이라는 게 왜곡이나 날조로 흐르기 좋다는 말이네요.

림자: 그렇습니다. 자서전만큼 신뢰하기 어려운 글도 없지요.

고슴: 그럼 왜 써요?

마웨: 번듯하니 남에게 보여주기 좋잖아요? 저도 자서전을 한 권 완성해서 칠순 잔치 겸 출판기념회를 하는 게 소원입니다.

고슴: (입 모양으로) 구려.

림자: 자서전이 참인지 거짓인지 글쓴이 말고 다른 사람은 알 수가 없습니다. 그래서 악명 높은 독재자나 탐욕스러운 부자들이 오히려 자서전에 집착하기도 했죠.

도치: 그 사람들 자서전을 직접 쓰지도 않았잖아요. 죄다 대필이었지.

고슴: 그런 건 자서전이라고 부르지도 말아야 해.

도치: 그러니까. 대필 말고 진짜 자기가 쓴 거라고 해도 왜 자서전에 거짓말을 쓰는지 이해가 안 가요.

림자: 하지만 자서전에 거짓말의 비중이 높을수록 그 글에 다치는 사람은 글쓴이 자신이 아닐까요?

*

2학기가 시작되면서 엄마의 배는 무섭게 부풀었다. 배만이 아니라 온몸이 풍선처럼 부었다. 두배로 커진 엄마 종아리를 손가락으로 꾹 눌렀다가 떼면 살이 붉게 패어 한참이나 원 상태로 돌아오지 않았다. 엄마는 어떻게 해도 자세가 불편하다며 누워 있을 때가 많았고 시옷이 곁에서 얼쩡거리면 성가시다고 쫓아냈다. 시옷은 엄마가 누워 있는 안방에 들어가지 못하고 할머니 한 사람만으로 꽉 차는 부엌에도 가지 못해서 혼자 놀다 심심해 죽을 지경이면 옥상에 올라가 집 담벼락 밑으로 흘러가는 개울을 멍하니 바라보았다. 여름이 가을과 포개지는 계절이었다. 날이 저물면 어디선가 밥 짓는 냄새가 풍겨왔고 개울가에 오종종하게 붙은 작은 집마다 여자들이 놀러 나간 제 아이들의 이름을 불렀다. 서쪽 하늘이 온통 붉어지면 까닭 모르게 슬퍼지고 어딘가를 향해 소리를 지르고 싶어졌다. 온양집에 버리고 온 투명한 흑색이 떠올랐고 옆집 살던 애니가 보고 싶었다. 시옷은 주머니에 손을 넣어 제비다방 남자가 두고 간 플라스틱 조각을 만지작거렸다. 한참을 그러다 아래서 할머니가 시옷의 이름을 부르면 그때서야 어둑해진 옥상에서 내려왔다. 마당으로 이어지는 철계단 밑에서 왼쪽으로 꺾으면 눈이 아름다운 아이가 사는 단칸방이 나왔다. 방에 불이 켜져 있었지만 문 앞엔 뒤축이 한껏 꺾인 그 아이의 낡은 운동화뿐이었다.

할머니가 둥근 밥상을 들고 안방으로 들어갔다. 아빠가 아직 오지 않아서 밥은 세 사람 몫이었다. 그즈음 집안일은 할머니가 도맡아 했다. 아빠는 아침마다 할머니가 다려준 셔츠를 입고 나갔다가 저녁이면 땀에 젖어 후줄근해진 모습으로 돌아왔다. 아빠의 양복 바짓단과 구두에 먼지가 잔뜩 묻어 있었다. 시옷이 못 본 사이에 거실에는 책더미가 생겼다. 책이라면 온양집에서 이사 나올 때 고물상에 다 팔고 온 줄 알았는데 응달집에도 새 책이 야금야금 쌓여갔다. 그 책들은 읽으려고 산 책이 아니었다. 온양집 응접실에서 책 읽기를 즐기던 아빠는 더이상 책을 읽지 않았다. 시옷에게 책을 사다주지도 않았다. 대신 아빠는 책을 파는 사람이 되었다. 그러나 아빠의 책 파는 능력은 그리 시원치 않은지 들고 나가는 책보다 들고 돌아오는 책이 더 많았다. 식구들은 거실 구석에 늘어가는 책더미를 모른 척했다. 그중에는 시옷이 좋아할 만한 동화 전집도 있었지만, 아빠는 한번도 책을 꺼내 읽어보라 권하지 않았다. 온양집에 살 때만 해도 다달이 나오는 만화잡지를 사다주고 응접실 소파에 시옷과 나란히 앉아 안데르센의 『인어공주』를 읽어주던 아빠가 응달집의 동화 전집은 한사코 그 정체를 감추려는 듯 책등을 벽에 붙여 쌓아두었다.

시옷이 밥상 앞에 앉자마자 할머니가 작은 냄비를 올린 쟁반을 주며 옆집에 갖다주라고 했다. 시옷이 아랫입술을 비죽이 내밀고 싫은 티를 내자 엄마가 눈을 흘기며 얼른 다녀오라고 했다. 그 무렵 엄마의 얼굴엔 잿빛 기미까지 잔뜩 끼어서 시옷을 노려보는 표정이 몇배나 무서워져 있었다. 애가 맨날 찬밥만 먹어서 옳게 크겠나? 쟁반을 들고 나가려는 시옷의 등 뒤에서 혼잣말인지 질문인지 모를 할머니의 말이 들려왔다.

야.

시옷은 문밖에서 그 아이를 불렀다. 아무 대답이 없자 한번 더 소리 높여 불렀다.

야.

잠시 후 눈이 아름다운 아이가 방문을 열고 고개를 내밀었다. 문틈으로 보이는 방 안은 시옷의 집보다 좁고 어두웠다. 방 한가운데 작고 둥근 밥상이 보였다. 시옷은 아이의 밥상을 똑바로 보지 않으려고 애쓰면서 할머니가 보낸 냄비를 내밀었다. 거기 할머니가 밤새 끓인 곰탕이 담겨 있다는 것을 냄새로 알 수 있었다.

우리 할머니가 갖다주래.

시옷이 냄비를 내밀자 방문을 붙잡고 있던 아이가 주춤거리며 뒤로 물러났다. 그 틈에 시옷은 쟁반을 바닥에 내려놓았다. 저녁을 먹는 중이었는지 아이의 볼이 불룩했다.

따뜻한 국에 찬밥 말아 먹으래. 그래야 옳게 큰대.

정말로 할머니가 시켜서 하는 말인 듯 거짓말이 술술 나왔다. 그 아이가 큼직한 눈을 동그랗게 뜨고 시옷을 쳐다보았다. 시옷은 거짓말을 들킨 것 같아 얼른 뒤를 돌아 집으로 향했다.

야.

뒤에서 아이가 시옷을 불렀다. 처음 듣는 아이의 목소리는 놀랍도록 맑았다(그 아이야말로 지휘자 선생님이 찾는 맑은 소년이었다). 시옷은 걸음은 멈추지 않고 고개만 돌려 아이를 보았다.

너, 내 이름 모르냐?

시옷은 그대로 얼어붙었다. 시옷은 정말로 그 아이의 이름을 몰랐다. 4학년 때 처음 같은 반이 되었고 학년 초에 담임에게 불려 나가 반 아이들 앞에서 때가 잔뜩 낀 배를 드러내는 모욕을 당했다는 것만 알았지 그애의 이름은 알지 못했다. 1학기 내내 아이들에게 놀림을 당하고 걸핏하면 담임에게 매를 맞는 모습을 보며 은근히 안타까움을 느꼈을 뿐 그애의 이름을 궁금해하지도 않았다.

나는 네 이름을 아는데 너는 모르냐? 치사하게?

아이가 당당할수록 시옷은 큰 잘못을 저지른 것처럼 얼굴이 달아올랐다. 시옷은 도망치듯 걸음을 옮기다가 부드럽고 푹신한 어떤 것에 얼굴을 부딪쳤다. 코끝에 비릿한 꽃향기와 바깥바람 냄새가 동시에 풍겼다.

옆집에 새로 이사 온 아이구나?

눈이 아름다운 아이의 누나였다. 그 언니는 흰 블라우스에 감색 치마와 조끼로 이루어진 유니폼을 입고 출퇴근했다. 왼쪽 가슴에는 유명 화장품회사 로고가 박힌 명찰을 차고 커다란 화장품 가방을 들고 다녔다. 언니는 집집이 다니며 얼굴 마사지를 해주고 화장품을 판다고 했다. 언니의 배에서 얼굴을 떼고 위를 보니 둥근 얼굴에 박힌 반달 모양 눈이 시옷을 보고 다정하게 웃고 있었다.

우리 윤수랑 같은 반이라면서? 일요일에 놀러 와. 언니가 과자 사줄게.

등 뒤로 쾅 하고 방문 닫히는 소리가 들렸다. 언니가 눈을 동그랗게 치뜨고는 시옷을 향해 한번 더 씩 웃어주었다. 반달 모양이었던 언니의 눈이 순간 무지개 모양으로 변했다. 그애와 나이 차이가 많이 나 보여도 남매는 남매라서 눈이 서로 꼭 닮아 있었다. 시옷은 언니의 유난히 크고 검은 눈동자와 그 위에 차양처럼 드리운 풍성한 속눈썹을 쳐다보았다. 심장이 반박자 빨리 뛰었다. 늘 놀림을 받고 매를 맞는 윤수라는 아이가 처음으로 부러웠다.

윤심 언니는 매일 밤 수돗가에 나와 오래도록 얼굴을 씻었다. 수건으로 긴 머리를 감싸 올리고 치약처럼 생긴 화장품을 손바닥에 짜내어 흰 거품을 낸 다음 그것으로 얼굴을 오래 문질렀다. 세수 한번 하는 데 쓰는 비누만 여러가지였다. 윤심 언니가 플라스틱 대야에 비누와 수건을 담아 수돗가로 나오는 소리가 들리면 시옷은 얼른 밖으로 나가 알은척을 했다. 언니는 옆에 쪼그려 앉아 이것저것 물어보는 시옷을 귀찮아하지 않았다. 기분이 좋은 날엔 시옷의 손바닥에도 하얀 비누 거품을 짜주었다. 그 비누로 얼굴을 씻은 날이면 밤새 코끝에 달보드레한 향기가 어른거렸다. 하지만 언니라고 매번 다정하지는 않았다.

어떤 날엔 시옷을 보고도 그저 희미하게 웃어 보일 뿐 푸석하게 부은 얼굴을 말없이 씻고 돌아갔다. 그게 운 사람의 얼굴이라는 걸 많이 울어본 시옷은 알 수 있었다. 시옷은 저만치 떨어져 앉아 저토록 순하고 다정한 윤심 언니를 울린 사람은 얼마나 나쁜 놈일까 생각했다.

윤심 언니가 저녁마다 공들여 세수하고 아침이면 다시 곱게 화장을 한 뒤 집을 나섰다면 윤수 엄마는 언제 집을 나가고 언제 집으로 돌아오는지 도무지 알 수가 없었다. 꽤 깊은 밤 윤수 엄마가 한껏 취한 목소리로 철제 대문을 두드리며 윤심 언니와 윤수의 이름을 불러 동네 사람들까지 다 깨우는 일이 더러 있었다. 아침 밥상머리에서 할머니가 흘낏 옆집 방향을 보며 '사람이 밤낮이 저리 바뀌어서 어찌 옳게 사나' 하고 혼잣말인지 질문인지 모를 말을 하기도 했다. 윤심 언니와 아빠가 아침 일찍 출근하고 시옷과 윤수가 학교에 간다고 나설 때까지도 윤수 엄마는 그 좁고 어두운 방에서 뒤늦은 잠에 빠져 있었고 시옷과 윤수가 학교에서 돌아와보면 그새 일하러 나가고 없었다. 윤수가 매일 저녁 혼자 먹는 찬밥은 윤심 언니가 차려놓는 걸까, 아니면 윤수 엄마가 차려놓는 걸까. 윤수와 일부러 거리를 벌리고 집으로 돌아오는 길에 시옷은 윤수의 마른 등을 보며 그런 생각을 하곤 했다.

일요일이면 응달집도 모처럼 북적거렸다. 아빠와 윤심 언니가 쉬는 날이고 얼굴 보기 힘든 윤수 엄마도 집에 있는 날이었다. 윤수네는 일요일에 빨래를 몰아서 하는 눈치였다. 할머니는 그걸 알고 일요일에는 되도록 빨래를 하지 않고 좁은 옥상의 빨랫줄을 윤수네에게 양보했다. 모처럼 볕이 좋아 응달집도 제법 환해지면 윤수네는 수돗가에서 이불 빨래를 했다. 윤수 엄마는 고무통에 이불을 넣고 비눗물을 푼 다음 통 안에 들어가 발로 빨래를 퍽퍽 밟았다. 그러다가 갑자기 역정이 난 사람처럼 큰 소리로 윤심 언니를 불렀다. 윤수 엄마는 자식들 이름을 부를 때면 꼭 '이년아'라든지 '이 새끼야'를 추임새처럼 붙였다. 윤심 언니가 부끄러운 얼굴로 방에서 나오면 윤수 엄마는 눈짓 한번으로 윤심 언니에게 이불 빨래를 넘기고 자기는 수돗가 시멘트 턱에 걸터앉아 담배를 피웠다. 시옷이 활짝 열어놓은 거실 창 너머로 수돗가 풍경을 보고 있으면 잠시 후 엄마가 안방에서 나와 담배 냄새가 역하다며 신경질적으로 창문을 닫아버렸다.

2학기가 시작되고 얼마 후 교육감이 학교에 시찰을 나온다면서 담임이 반 아이들을 괴롭히기 시작했다. 시옷네 반은 일주일 내내 청소와 정리정돈, 교실 꾸미기에 동원되었다. 담임은 반장과 부반장을 비롯한 학급 임원 아이들에게 교실을 꾸밀 화분을 가져오라고 했다. 교육감이 오기 전주 속속 도착한 화분들 가운데 크기가 제법 큰 것은 교탁 양옆에, 작은 것은 창턱에 나란히 놓였다. 아버지가 중앙동 한복판에서 대형 가전제품 대리점을 한다는 아이는 공부를 못해서 학급 임원이 되지는 못했지만, 그애 어머니가 섬세한 레이스가 달린 하얀색 커튼을 새로 맞춰와 교실 창문에 달아주었다. 어머니가 이제 막 유행하기 시작한 아동복 매장을 열었다는 아이는 네모반듯한 어항을 가져왔다. 초록색 물풀과 산소발생기까지 갖춘 어항에는 주황색, 검정색, 흰색 얼룩이 알록달록한 금붕어가 여러마리 들어 있었다. 금붕어는 몸통보다 크고 화려한 꼬리를 하느작거리며 어항 속을 유유히 헤엄쳤다. 흡족한 담임은 아동복집 아이를 어항 관리자로 임명했는데, 그애는 이 일을 대단한 감투라고 여겼는지 쉬는 시간에 아이들이 금붕어를 구경하려고 어항 가까이 다가가면 담임의 지휘봉을 가져와 마구 휘둘렀다. 부모가 비싼 화분이나 커튼, 어항 같은 것을 가져올 형편이 안 되는 나머지 아이들은 각자 집에서 가져온 마른걸레와 양초 토막으로 교실 바닥에 윤을 냈다. 거친 나뭇결이 잔잔한 윤기를 뿜어낼 때까지 아이들은 바닥에 무릎을 꿇고 앉아 손목이 아프도록 마냥 양초를 문지르고 걸레질을 해야 했다. 대청소가 어느 정도 마무리된 토요일 종례시간, 담임은 다음 주 월요일은 마침내 교육감이 우리 학교를 방문하는 중대한 날이니만큼 다들 단단히 준비하고 등교하라고 마지막 잔소리를 늘어놓았다. 담임은 윤수를 똑바로 노려보면서 한마디 덧붙였다.

특히! 각자 머리도 말끔히 감고 손톱도 바짝 깎고 옷도 깨끗이 빨아 입고 청결한 상태로 등교하도록! 알았나?

누가 발톱은요? 하고 묻자 담임이 어이없다는 듯 웃으며 대답했다.

발톱은 양말 속에 숨어 있으니 내 알 바 아니고! 겉으로 드러나는 손톱과 손등, 얼굴과 목덜미, 머리카락 위주로 청결히 하도록! 알았나?

예!

아이들의 목소리는 행사 전의 긴장감보다는 토요일의 해방감으로 더 우렁찼다. 시옷은 윤수가 대답 대신 고개를 살짝 떨구는 것을 보았다. 교탁 위에 올라가 때 묻은 배를 드러낸 채 굵은 눈물을 흘리며 소리 죽여 울던 윤수의 모습이 떠올랐다. 공연히 시옷의 심장이 덜컥 내려앉았다. 윤수 엄마는 일요일마다 욕설과 담배 연기를 한꺼번에 내뱉으며 밀린 빨래를 했지만, 윤수를 수돗가에 데려와 씻기는 것 같진 않았다. 윤심 언니도 매일 밤 어두운 수돗가에 나타나 조용히 세수를 하고 돌아갔지만, 윤수를 씻기지는 않았다. 윤수는 어디서 세수와 목욕을 하는 걸까? 하기는 할까? 시옷은 집으로 돌아가는 길에도 여전히 윤수 걱정으로(정확히는 윤수의 청결 걱정으로) 가득한 자신의 마음이 성가셔서 일부러 높고 푸른 하늘을 올려다보거나 거리의 익숙한 간판을 읽었다. 그러나 예전 동네를 지나고 철둑을 넘어서부터는 같은 방향으로 걸어가는 아이들이 점점 줄어들었고 어쩔 수 없이 저만치 앞서가는 윤수가 눈에 들어왔다. 윤수는 평소보다 더 고개를 푹 숙인 채 걷고 있었다. 윤수도 시옷과 비슷한 생각을 하고 있을까? 그럴 것이다. 치욕의 순간을 목격한 것만으로도 여전히 그때의 불안과 공포가 선명하게 떠오르는데 직접 수모를 당한 사람의 마음은 어떻겠는가.

저녁을 먹고 식구들 사이에 끼어 앉아 텔레비전 연속극을 보는 동안에도 시옷은 내내 수돗가의 인기척에 신경을 썼다. 마침내 9시 뉴스가 시작되고 얼마 전 새로 대통령이 된 머리숱 없는 남자가 화면 가득 나타났을 때 수돗가에서 물소리가 들려왔다. 대통령과 그의 부인이 함께 경상도의 어느 도로 공사현장에 시찰을 나갔다는 소리를 한쪽 귀로 흘려들으며 시옷은 반쯤 열린 안방 창문을 향해 큰 소리로 말했다.

엄마! 월요일에! 교육감이! 학교에 온대! 담임선생님
이! 꼭! 손톱도 깎고! 머리도 감고! 목욕도 하고 오래! 안
그러면!

아휴, 시끄러워. 조용히 말해도 되잖아.

엄마가 반사적으로 배를 감싸며 말했지만, 시옷에겐 아
직 할 말이 남았다.

안 그러면! 혼난댔어! 사랑의 매로! 맞는댔어!

고작 그런 일로 애들을 때린단 말이냐? 관세음보살.

할머니가 중얼거렸다.

내일 오랜만에 다 같이 목욕탕에나 다녀올까요?

아빠가 할머니에게 말했다.

당신도 갈 수 있지?

아빠가 엄마의 잔뜩 부른 배를 보며 걱정스럽게 물었다.

가도 될까요?

엄마는 할머니를 보고 물었다.

그래, 에미도 산달 전에 씻으면 좋지. 애 나오면 한동안
씻고 싶어도 못 씻을 테니.

할머니의 대답과 함께 방 안은 다시 조용해지고 대통
령이 어딜 또 다녀왔다는 소리만 들렸다. 시옷은 열린 창
틈으로 수돗가를 내다보았다. 윤심 언니는 시옷의 말을
들었는지 어쨌는지 그저 조용히 얼굴에 하얀 거품을 문지

르고 있었다.

다음 날 늦은 아침을 먹고 할머니가 설거지를 하는 사이 엄마가 작은 대야에 수건과 비누와 갈아입을 속옷을 챙겼다. 남자 목욕탕에는 수건과 비누가 갖춰져 있으니 아빠는 빈손으로 가도 된다고 했다. 시옷은 똑같은 요금을 내는데 왜 대우가 다르냐고 한마디 하려다가 출발도 전에 엄마의 심기를 건드리고 싶지 않아 눌러 삼켰다. 그런 시옷의 마음도 모르고 아빠는 시옷이 보는 앞에서 엄마 배를 쓰다듬으며 말했다.

이놈이 빨리 커야 나랑 같이 남탕에 가서 내 등을 밀어줄 텐데 말이야.

엄마는 우물에서 숭늉 찾냐며 아빠를 살짝 흘겨봤지만, 기분 나쁜 표정은 아니었다.

네 식구가 줄줄이 집을 나서려는데 바로 옆에서 윤수 엄마가 튀어나와 길을 막았다. 윤수 엄마는 자다 일어났는지 파마머리가 부스스했고 얼굴에 어제의 화장기도 남아 있었다. 윤수 엄마가 꼬깃꼬깃한 지폐 한장을 아빠 손에 쥐여주면서 다급히 말했다.

우리 애도 데려가요. 목욕탕에 데려갈 애비가 없으니 애새끼가 영 거지 꼴이잖아요.

윤수 엄마는 부탁인지 명령인지 모를 말투로 말했다.

시옷의 식구들이 떨떠름한 얼굴로 가만히 서 있자 윤수 엄마가 갑자기 허리를 푹 숙이고 말했다.

부탁합니다, 선생님.

당황한 아빠가 손사래를 치자 허락의 뜻으로 해석했는지 윤수 엄마가 몸을 다시 세우고 단칸방 쪽을 향해 외쳤다.

새끼야! 빨리 기어 나오지 뭐 한다고 꾸물럭거리냐?

목욕탕까지 걸어가는 길은 조용했다. 초가을의 일요일 오전 공기는 평소보다 잔잔히 가라앉아 있었다. 분위기가 어색했는지 아빠가 윤수에게 괜히 말을 시켰지만(축구 좋아해? 학교 공부는 재미있니? 우리 시옷이 학교에선 어떠니?) 윤수는 도살장에 끌려가는 송아지처럼 크고 예쁜 눈을 끔벅거릴 뿐 어떤 대답도 하지 않았다.

개업한 지 얼마 안 된 무궁화목욕탕은 인근에서 규모가 가장 크고 최신 시설을 갖추어서 엄청나게 북적거렸다. 목욕탕 입구에서 파란색 화살표를 따라가면 남탕이, 빨간색 화살표를 따라가면 여탕이 나왔다. 아빠가 한꺼번에 요금을 치르자 목욕탕 주인이 작은 반원형 구멍으로 수건 두장을 내밀었다. 아빠와 윤수의 몫이었다.

우리 먼저 나오면 저기 벤치에 앉아 있을게요. 천천히

들 씻고 나오세요.

아빠는 새삼 혼자 가지 않아도 되어서 기뻤는지 싱글 벙글 웃으며 윤수의 어깨에 손까지 올리고 함께 남탕으로 갔다. 시옷은 윤수가 몸을 청결히 하고 다음 날 학교에 갈 수 있게 되었으니 기뻐야 마땅했지만, 아빠가 스스럼없이 윤수의 어깨를 감싸 안고 가는 모습을 보자 어쩐지 약이 올랐다. 아빠와 윤수의 뒷모습을 물끄러미 보는 엄마도 기분이 별로 좋아 보이지 않았다.

탈의실에서 옷을 벗고 목욕탕에 들어가자마자 순식간에 달라진 온도와 습도와 기압이 한데 어울려 시옷을 압도했다. 할머니와 엄마는 집에서 가져온 수건으로 벗은 몸 앞쪽을 가리고 자리를 찾아 두리번거렸다. 엄마 배가 너무 불룩해 수건 한장으로 다 가려지지 않았다. 오랜만에 보는 엄마의 벗은 몸은 무서울 만큼 낯설었다. 배는 터질 듯이 부풀어 있었고 가느다란 검은 선이 배꼽 한가운데를 세로로 가르며 뻗어갔다. 그걸 '임신선'이라고 부른다는 것을 그때의 시옷은 당연히 몰랐기에 저 검은 선을 따라 엄마의 배가 흥부의 박처럼 쩍 갈라지며 아기가 튀어나오나 상상하고 혼자 몸서리를 쳤다. 엄마의 엉덩이와 허벅지에도 살갗이 잔뜩 벌어져 있었다. 말 그대로 너덜 너덜해진 엄마의 살결을 보며 시옷은 나중에 크면 절대로 아기를 낳는 짓은 하지 말아야겠다고 마음먹었다. 잠시 엄마가 안쓰러웠다. 그러나 그 마음은 그리 오래가지 않았다. 엄마가 시옷의 등을 밀어주겠다고 나서서는 할머니보다 세배는 아프게 밀었다. 등가죽이 벗겨질 것처럼 아파서 시옷이 자꾸 움츠리자 엄마는 움직이지 말라고 등을 찰싹찰싹 때리기까지 했다. 시옷은 아프고 창피해 눈물이 찔끔 났지만, 사람들로 북적거리는 목욕탕 안에서 벌거벗은 채 이목을 끌고 싶지 않아 울음을 꾹 참았다. 엄마와 할머니는 번갈아 시옷의 때를 밀어주고 머리를 감겨주고 수건으로 물기까지 닦아준 다음 먼저 나가 있으라고 했다. 시옷이 열쇠를 맡기고 바나나우유를 사 먹어도 되냐고 묻자 할머니는 못 들은 척했고 엄마는 단호하게 안 된다고 했다. 시옷은 시무룩하게 탈의실로 나갔다. 옷을 꺼내 입고 선풍기 앞에서 머리를 말렸다. 커다란 목욕탕 거울에 비친 시옷은 여름을 지나면서 머리카락이 꽤 길었고 갈비뼈가 훤히 드러날 만큼 살이 빠져 있었다. 키가 컸나? 그러나 맨날 보는 자신의 모습만으로는 키가 얼마나 더 컸는지 알 수가 없었다. 애니랑 뒤통수를 맞대고 누가 얼마나 더 큰가를 견주어보던 때가 떠올랐다. 마지막으로 재보았을 때 시옷의 정수리는 애니의 턱 한가운데에 닿았다. 시옷은 애니가 너무 보고 싶어서 길게 자란 앞머리가 선풍기 바람에 정신없이 나부끼는 사이 남몰래 조금 울었다.

아무리 기다려도 엄마와 할머니가 나오지 않자 심심해진 시옷은 탈의실 열쇠를 목욕탕 직원 아주머니에게 맡기고 먼저 여탕 밖으로 나왔다. 남탕과 여탕이 갈라지기 직전의 작은 휴게실에 아빠와 윤수가 보였다. 두 사람은 긴 벤치에 나란히 앉아 바나나우유에 빨대를 꽂아 먹고 있었다. 두 사람은 무슨 재미난 이야기를 나누는 중인지 잠깐 서로 마주 보고 환하게 웃었다. 윤수가 발갛게 상기된 얼굴로 하하 소리 내어 웃기까지 했다. 말갛게 씻은 윤수의 얼굴도 저렇게 환하게 웃는 윤수의 얼굴도 처음 보았다. 시옷은 어쩐지 봐서는 안 될 것을 봐버린 사람처럼 묘한 수치심을 느끼며 답답한 여탕으로 돌아갔다.

집으로 돌아가는 길은 아까와 달리 분위기가 가벼웠다. 이번에는 아빠의 질문에 윤수가 꼬박꼬박 대답했다(축구 좋아해요. 가끔 집 근처 고등학교 운동장에서 동네 애들이랑 볼 차요. 학교 공부는 당연히 재미없죠. 산수시간엔 맨날 몰래 자요. 쟤는 학교에서 ── 시옷 쪽을 한번 흘낏거린 다음 ── 멀리 떨어져 앉아서 잘 몰라요).

수업시간에 자면 어떡해? 허벅지라도 꼬집어가며 버텨야지.

엄마가 대화에 끼어들었다.

졸릴 때 눈꺼풀처럼 무거운 게 없느니라. 어린애가 무슨 수로 버티겠나?

할머니까지 합세하자 시옷은 쓸쓸해졌다. 아빠는 윤수가 함께 남탕에 들어갈 수 있는 사내아이라서 좋아졌다 치고, 엄마와 할머니는 왜 갑자기 윤수에게 잘해주는가? 시옷은 괜히 짜증이 치밀어 자꾸 눈을 가리는 앞머리를 후! 후! 입김으로 날려보았지만 앞머리는 성실하게 제자리로 돌아와 눈을 찔렀다. 여름방학과 이사를 거치는 동안 시옷의 어느 부분이 얼마나 자랐는지, 혹은 얼마나 자라지 못했는지 식구들은 조금도 관심이 없는 것 같았다.

대문을 열고 들어가자 고소한 기름 냄새가 먼저 일행을 맞아주었다. 곧 윤수 엄마가 커다란 쟁반에 먹음직스럽게 부친 파전을 담아 들고 시옷네 집으로 왔다. 윤심 언니는 막걸리가 든 주전자를 들고 따라왔다.

내가 파전이라면 하도 부쳐대서 쳐다보기도 싫은데 오늘은 선생님 드리려고 한번 부쳐봤습니다. 막걸리도 먹을 만할 거예요.

윤심 언니가 막걸리 주전자를 시옷네 거실 바닥에 내려놓고 물러나다가 시옷과 눈이 마주쳤다. 언니가 특유의 무지개 웃음을 짓길래 시옷은 그 모습을 더 자세히 보려고 반사적으로 입김을 후! 불어 앞머리를 날렸다. 윤심 언니가 조금 망설이는 듯하더니 시옷의 엄마에게 말했다.

제가 퇴근 후에 미용학원에 다녀요. 자격증 따면 미장원 차리려고요. 아이 머리가 많이 길어서 불편해 보이는데 제가 좀 다듬어줘도 될까요?

놀랍게도 시옷의 불편을 가장 먼저 알아채준 사람은 윤심 언니였다. 엄마는 윤심 언니의 제안에 당황한 듯 시옷 쪽을 쳐다보았다. 시옷의 앞머리가 많이 자라 눈을 찔러댄다는 걸 이제야 알아챈 것 같았다. 아니, 엄마는 시옷이 거기 있다는 걸 새삼스럽게 깨달은 사람처럼 어리둥절한 표정으로 시옷과 윤심 언니를 번갈아 보았다. 엄마가 아무 대답이 없자 언니가 덧붙였다.

미용학원 졸업반이라 곧 자격증을 따요. 앞머리 정도는 예쁘게 자를 수 있으니 실력은 걱정하지 않으셔도 돼요.

아빠가 갑자기 끼어들었다.

혹시 파마도 됩니까?

*

기억은 공감각적으로 섞여 혼란하다. 눈부시게 나부끼는 하얀 빨래는 햇살의 냄새를 빨아들이고 어린 여자애의 머리카락은 날카로운 파마약 냄새를 빨아들인다. 퍼석한 가을 공기는 주변의 습기를 끌어안고 다시 야산의 나무들 사이로 돌아가길 반복한다. 이 기억은 선택된 것인가, 아니면 제 발로 나를 찾아온 것인가. 옥상에는 어린 여자애와 젊은 여자 말고는 아무도 없다. 온종일 남의 집 문을 두드리며 화장품을 팔고 남의 얼굴을 문지르느라 고단한 여자의 손이 딱 하루 쉬는 날 옆집 여자애의 머리를 매만진다. 여자는 먹고사느라 얼굴에 들러붙어버린 친절한 미소를 말끔히 벗어던지지 못하고 고름처럼 절로 흘러나오는 피로를 감추지도 못한 채 잘 알지도 못하는 여자애의 머리카락에 꼼꼼히 파마약을 바르고 플라스틱 로드를 말아 고무줄로 고정하는 단순 작업을 반복한다. 여자는 하품을 참고 있다. 미용학원에서 고객 응대법을 매섭게 배웠다. 언제라도 거울로 고객과 눈이 마주칠 수 있으므로 반드시 친절한 미소를 잃지 말 것. 거울아, 거울아, 이 세상에서 누가 제일 예쁘니? 고객님이요! 반사적으로 대답할 수 있게 준비할 것. 지금 옥상에 거울은 없고 여자애는 고객도 아니다. 그러나 여자는 최선을 다해 머리카락을 만다. 여자애는 얼핏 남자애로도 보일 만큼 딱히 어여쁜 구석이 없었지만, 이 순간 여자는 아이를 백설공주보다 아름답게 만들어줄 의무가 있다.

여자에게 집은 쉬는 공간이 아니다. 빛보다 그늘이 우세한 단칸방은 대폿집을 하느라 종일 파전을 부치고 매상을 올리겠다며 걸핏하면 손님상에 끼어 앉아 막걸리를 마시고 잔뜩 취해 돌아오는 여자의 엄마에겐 잠시 눈을 붙였다 술에서 깨어 나가는 곳이다. 낮 동안 화장품을 팔고 마사지를 하다가 퇴근 후에는 미용학원에서 기술을 배우고 빈속으로 돌아온 여자가 캄캄한 수돗가에서 화장을 지우는 곳이다. 띠동갑 남동생은 바쁜 두 여자 사이에서 제대로 보살핌을 받지 못한 채 월요일부터 토요일까지 매번 똑같이 지저분한 책가방을 들고 학교에 갔다 돌아오길 반복한다. 그 아이는 부실한 식사와 엄마의 거친 욕설, 세상의 매질에 적응한 것처럼 보인다. 여자는 월급을 차곡차곡 모아 미용실을 차리는 게 꿈이지만 그전에 이 집에서 도망쳐야 한다는 것을 안다. 매일 술로 스스로의 목을 천천히 조르는 늙은 엄마와 미래도 꿈도 없이 방치된 채 홀로 무섭게 성장 중인 남동생 곁에 머물렀다간 여자의 미래도 저 시궁창 같은 개울에 처박히고 말 것이다. 여자는 그 사실을 너무나 잘 알아서 아침에 집을 나설 때마다 이대로 돌아오지 않으리라 이를 악물고 다짐하지만, 날이 저물고 바람이 쌀쌀해지면 어깨가 옹송그려지고 걸음이 저절로 집을 향했다. 응달이 승한 단칸방에나마 어서 바람을 피해 눕고 싶어졌다. 저들을 버려야 내가 산다는 모진 마음을 배반하는 사람은 오직 여자 자신뿐이다. 종일 혼자서 찬밥만 먹고 지저분한 방 안에서 뒹굴었을 남동생이 퇴근하는 자신을 송아지 같은 눈망울로 가만히 올려다볼 때 여자는 무너진다. 자정이 훌쩍 지난 시각에 술에 취해 동네 사람들 다 듣게 철제 대문을 쾅쾅 두드리며 귀가한 엄마가 퉁퉁 부은 몸을 갈대처럼 휘청거릴 때 여자는 또 무너지고 만다. 엄마의 머리카락에 진득이 배어버린 막걸리 쉰내가 지긋지긋하지만 엄마의 흰머리를 염색하다가 새하얀 두피를 우연히 목격하고 여자는 무너진다. 혼자 손톱을 깎아보려고 했는지 불안을 이겨보려 했는지 죄 물어뜯어놓아 깔쭉깔쭉한 남동생의 손톱을 보고 무너진다. 그렇게 매일 밤 무너지고 부스러지는 마음을 추스를 수 있는 유일한 시간이 일요일이다. 일요일이면 여자는 엄마를 거들어 밀린 빨래를 하고 지저분한 방을 치운다. 어린 동생의 책가방을 살피고 머리카락이 자라 있으면 잘라주고 운동화가 작아 뒤축이 무너져 있으면 손을 잡고 시장에 나가 말표 운동화를 사준다. 계절에 맞는 옷을 사주려고 노력한다. 부엌에 고무대야를 끌어다놓고 목욕을 시킨다. 그러나 동생의 몸은 점점 자라고 여자가 손댈 수 있는 범위도 그만큼 줄어든다. 곧 사춘기를 눈앞에

둔 동생은 여자의 손을 거부한다. 그래서 여자는 오늘 남동생을 처음 목욕탕에 데려가준 옆집 사람들이 무척 고맙다. 여자와 아버지가 다른 동생은 태어날 때부터 아버지가 없었다. 엄마는 지금껏 동생의 아버지가 누구인지 말해주지 않는다. 말해주더라도 여자가 아는 사람일 가능성은 적었다. 아버지도 없고 형제도 없는 동생은 목욕탕에 가본 적이 없었다. 엄마는 피로에 절어 아들을 씻겨야 한다는 생각을 하지 못했다. 동생은 더러운 몸으로 학교에 다니고 동네를 쏘다녔다. 그런 애를 옆집 사람들이 목욕탕에 데려간 것이다. 도살장에 끌려가듯 잔뜩 기가 죽어 떠났던 동생은 모처럼 기분 좋은 얼굴로 돌아왔다. 아이의 살결이 뽀얗게 살아나 있었다. 옆집 남자가 동생의 몸을 깨끗이 씻기고 바나나우유까지 사주었다고 했다. 동생은 오랜만에 말이 많았다. 그 사실이 기꺼워 여자는 뭔가 보답을 하고 싶었다. 엄마도 같은 마음이었는지 집에서 웬만해선 부치지 않는 파전을 일찍부터 잔뜩 부쳐 옆집에 갖다주었다. 여자도 막걸리 주전자를 들고 따라갔다. 그때 옆집 여자애의 머리카락이 눈에 들어왔다. 여자애의 머리카락은 지독하게 검고 숱이 많았다. 풍성한 앞머리가 한껏 자라 자꾸 아이의 눈을 찌르고 있었지만, 그 집어른들도 아이에게 관심을 기울일 여력이 없는지 아이의

불편함을 전혀 모르는 눈치였다. 남동생만큼이나 그 아이
도 크느라 고단해 보였다. 여자는 옆집의 후의에 대한 보
답으로 옆집 아이의 앞머리를 자르고 예쁘게 파마까지 해
주기로 했다. 남동생이 '같은 반 여자애'라고 꼭 집어 말
해줘서 겨우 여자애인지 알았던 그 아이를 누가 봐도 여
자아이인 줄 알게 만들어주리라. 그애 아빠가 파마도 되
냐고 물었을 때 여자는 여자애의 얼굴에 반짝하고 스쳐
지나가는 것을 보았다. 그 아이도 남들 눈에 예쁘게 보이
고 싶은 욕망이 있으리라. 어른들이 몰라줄 뿐. 아니, 어른
들도 알면서 모르는 척하는지도 모른다. 아이의 욕망이란
어른에겐 그저 부담스러운 짐에 불과하니까. 여자는 오늘
옆집 여자애의 욕망을 목격했고 기꺼이 부담을 자처했다.

　기억이 한차례 뒤섞인다. 나는 두피에 닿는 파마약의
차가움과 머리카락을 로드에 말 때 손에 닿는 매끄러움
을 동시에 느낀다. 내가 기대에 차서 의자에 앉은 작은 여
자애인지 그애의 머리를 매만지는 젊은 여자인지 알 수가
없다. 나는 두 사람 모두의 감각을 느끼고 두 사람 모두의
생각을 안다. 나는 누구지? 퍼덕퍼덕. 흰 빨래는 새의 날
개처럼 마찰하고 간혹 야산의 검은 열매가 툭 소리를 내
며 옥상에 착지한다. 여자가 작은 보자기로 여자애의 머
리를 감싼다. 여자애는 의자에 앉은 채 해바라기를 하다

까무룩 잠든다. 잠은 따뜻하고 검은 물속에 들어가는 것
같다. 너무 평온해 물 밖으로 나가고 싶지 않다. 여자애를
끌어내는 것은 냄새다. 익숙한 냄새. 여자애가 눈을 뜬다.
저만치 떨어진 야산 쪽 옥상 난간에 한 여자가 걸터앉아
담배를 피운다. 아직 날이 환하고 집 안에 분명 다른 어른
들도 있는데 여자는 무람없이 담배를 피운다. 여자가 나
무 그림자가 드리운 옥상 바닥 쪽으로 담배 연기를 훅 내
뿜다가 여자애와 눈이 마주친다. 여자가 빙그레 웃는다.
웃음 사이로 하얀 연기가 푸슬푸슬 피어오른다. 그것은
제비의 가슴 털처럼 부드럽고 따뜻해 보인다. 순간 여자
는 커다란 제비로 변한다. 여자애가 제비를 향해 손을 뻗
는다. 여자이고 제비인 것이 미소를 띤 채 그대로 뒤로 휙
넘어간다. 여자애는 놀라 그쪽으로 달려간다. 제비라면
날개가 있을 텐데 옥상 난간 너머로 날아오르는 것은 없
다. 여자애는 난간 너머 저 아래 시멘트 바닥을 내려다본
다. 거기 제비이고 여자인 것이 바닥에 누운 채 여자애를
보고 환하게 웃는다. 여자이자 제비인 것의 뒤통수가 온
통 붉다. 그 붉은 웅덩이가 점점 크게 번진다. 여자는 눈을
감지 않는다. 여자애는 보자기를 둘러쓴 채 소리를 지른
다. 아무도 오지 않는다. 꿈 밖의 나는 이건 꿈이야! 이건
꿈이라고! 꿈이니까 도망칠 수 있어! 이렇게 세번 외치고

꿈속의 나를 겨우 밖으로 끄집어낸다. 그새 식은땀을 흘렸는지 머리카락과 뒷덜미가 흠뻑 젖어 있다. 이제 내 곁에는 비명을 지르며 악몽에서 깨어나도 '크느라 그런 게지' 하며 이마를 훔쳐주는 어른이 없다. 어른은 나뿐이다. 오직 내가 나를 보살펴야 한다. 그 사실이 서러워 잠 끝에 매달려 아직 멍한 상태에도 나는 그만 울고 싶어진다. 이게 다 일기 때문이다. 일기가 불러낸 기억 때문이다. 나는 마구 도리질을 치며 머리통이 깨진 채 웃고 있는 젊은 여자의 잔상을 몰아내려 애쓴다. 심장이 어린 제비처럼 파닥거린다. 머리맡의 핸드폰을 집어 시간을 확인한다. 5시 33분이다. 일어나기에도 다시 잠을 청하기에도 애매한 새벽이다. 자정 너머 취침 약을 먹었는데 지금 한번 더 먹어도 될까? 그러면 종일 잠에 빠져 허우적거리게 될까? 몇 달 동안 정신과를 다니며 아주 조금씩 정상으로 돌아오는 줄 알았던 수면 사이클이 다시 엉망이 되어버렸다. 이게 다 일기 때문이다. 기억 때문이다. 아무래도 이번 주 일기 쓰기 수업은 나가지 못할 것 같다.

*

　동생은 모진 비와 함께 왔다. 그해 가을비는 유난히 요란했다. 아침에 할머니가 살 하나가 부러진 우산을 등교하는 시옷의 몫으로 챙겨주었다. 비가 그치면 급격히 추워질 거라면서 할머니가 직접 뜬 두꺼운 스웨터도 꺼내 입혔다. 저만치 학교 건물이 보일 무렵 시옷의 운동화와 바짓단은 벌써 흠뻑 젖어 있었다. 파마머리는 습기를 한껏 빨아들여 정신없이 뽀글뽀글 부풀었고 물기를 머금은 스웨터도 무겁게 늘어졌다. 교실에 도착했을 때 이미 시옷은 녹초가 되어버렸다. 낮인데도 교실 안이 어두워 형광등을 켜고 수업을 했다. 빗줄기가 굵고 바람까지 몰아쳐 창문도 꼭 닫아야 했다. 수업 중에 어쩌다 고개를 돌리면 유리창에 일제히 한 방향을 보고 있는 아이들의 까만 머리통이 어른어른 비쳐 보였다. 날이 궂어 담임도 기분이 별로였는지(사실 담임의 기분이 좋은 날은 거의 없었다) 사소한 일로 꼬투리를 잡아 신경질을 부리고 아이들을 때렸다. 윤수는 두번이나 출석부로 머리통을 맞았다. 시옷도 칠판 앞으로 불려 나가 산수 문제를 풀 때 뺄셈을 덧셈으로 착각하는 바람에 답을 틀려서 '사랑의 매'로 손바닥을 세대나 맞았다. 담임은 꼭 홀수로만 때렸고 한대는 정이 없어서 안 된다는 이상한 이유를 들이댔기 때문에 누구라도 기본이 세대 이상이었다. 손바닥을 맞고 자리로 돌아가는 시옷의 뒤통수에 대고 담임이 말했다.

사내자식이 머리 볶고 멋 부릴 시간이 있으면 공부나
더 해라.

최악의 날이었다. 집으로 돌아가는 길에도 비는 그치지
않았다. 그새 운동장에 커다란 물웅덩이가 생겨났다. 걱
정 없는 아이들이 웅덩이 한가운데로 뛰어 들어가 비명
을 지르며 물을 튀겼다. 교문 밖 신작로에는 자동차들이
사방으로 물을 끼얹으며 지나갔다. 시옷은 자꾸만 날아가
려는 우산을 두 손으로 꼭 붙잡고 앞으로 걸었다. 갈 길이
멀었다. 철둑을 넘어가다가 바지에 진흙이 잔뜩 묻었지만
어차피 흙탕물투성이인 것, 더는 신경 쓰지 않기로 했다.
더러워진 것은 바지만이 아니었으니까. 동네에 들어서자
평소 졸졸거리며 소심하게 흘러가던 개울물이 크게 불어
콸콸 소리를 내며 흐르고 있었다. 누가 빠뜨렸는지 신발
한짝이 위태롭게 흙탕물을 타고 떠내려갔다. 시옷은 좁은
길이나마 개울 반대편 담벼락에 바짝 붙어 걸었다.

야!

뒤에서 누가 불렀다. 윤수였다. 시옷은 못 들은 척하고
계속 앞을 보고 걸었다.

야!

윤수가 달려와 시옷 옆에 바짝 붙었다. 좁은 길이 가득
찼다. 시옷은 윤수가 불어난 개울물에 빠져 떠내려갈까봐

담벼락에 더 바짝 붙었다.

너 귀먹었냐?

윤수는 담임한테 혼이 날 때도 아이들에게 놀림을 받을 때도 입이 붙어버린 사람처럼 한마디도 하지 않았는데 시옷에게 말할 때만큼은 거침이 없었다. 그게 좋은 일인지 나쁜 일인지는 알 수 없었지만 당장은 기분이 안 좋아 윤수를 상대해주고 싶지 않았다. 시옷은 조금 더 빨리 걸었다.

아까 많이 아팠냐?

그 말에 시옷은 걸음을 멈추고 윤수를 빤히 보았다. 걸핏하면 얻어맞는 주제에 지금 날 불쌍하게 여기는 건가? 너도 별수 없다고 놀리는 건가? 시옷은 하루의 온갖 불행이 모두 그애 탓인 것처럼 윤수를 매섭게 노려보았다. 윤수가 겁을 먹고 주춤주춤 뒤로 물러났다. 시옷이 씨근거리자 어깨가 저절로 오르내렸다. 윤수가 개울 쪽으로 더 물러났다. 한발만 더 물러나면 윤수는 저 기세 좋게 흘러가는 흙탕물에 빠지고 말 것이다. 시옷은 반사적으로 손을 뻗어 윤수의 팔을 붙잡고 제 쪽으로 와락 잡아당겼다. 윤수의 몸이 종이인형처럼 팔랑거리며 시옷의 품에 안겼다. 윤수의 몸이 닿자 시옷은 깜짝 놀라 윤수를 담벼락에 밀어버렸다. 그 바람에 윤수가 들고 있던 검은 우산을 놓

치고 말았다. 우산은 바람을 타고 휙 날아가더니 곧장 개
울물에 처박혔다. 흙탕물이 콸콸 소리를 내며 윤수의 허
술한 우산을 단숨에 집어삼키고 저 멀리 흘러갔다. 시옷
과 윤수는 방금의 실랑이는 까맣게 잊어버리고 그새 시야
에서 사라져가는 우산을 멍하니 바라보았다. 담임에게 손
바닥을 맞은 일보다, 윤수와 몸으로 실랑이를 벌인 일보
다 우산을 잃어버린 일이 훨씬 더 무겁고 무서웠다. 시옷
은 윤수를 보았다. 윤수의 눈에도 겁이 실려 있었다.

어떡하지?

시옷이 말했다. 담임한테 손바닥을 맞을 때도 울지 않
았는데, 이젠 울고 싶었다. 윤수가 벌써 비로 젖어가는 어
깨를 한번 으쓱하더니 돌연 호기롭게 말했다.

괜찮아. 엄마한테 몇대 맞으면 돼.

그러곤 먼저 집 방향으로 걸음을 옮겼다. 윤수의 어깨
가 빠른 속도로 젖어갔다. 시옷은 이를 악물고 윤수에게
달려갔다.

같이 써.

윤수는 시옷이 기울이는 우산을 마다하지 않았고 순순
히 시옷의 보폭에 맞춰 걸었다. 두 사람의 어깨가 공평하
게 한쪽씩 젖어갔다. 시옷도 윤수도 집에 도착할 때까지
아무 말도 하지 않았다. 누군가 두 사람을 보고 얼레리꼴

레리 하고 놀릴까 걱정하지도 않았다. 당장은 둘이 비를 조금이라도 덜 맞는 게 중요했다.

할머니는 저녁을 차리고 난 연탄아궁이 옆에 흠뻑 젖은 시옷의 운동화를 말렸다. 그리고 시옷에게 윤수의 운동화도 보나 마나 젖었을 테니 가져오라고 시켰다. 시옷은 순순히 할머니 말을 들었다. 연탄아궁이에서 고무 눋는 냄새가 풍겼다. 빗줄기는 갈수록 더욱 거세졌고 천둥 번개까지 쳤다. 시옷은 따뜻한 아랫목에 배를 깔고 누워 선생님의 신경질로 평소의 두배로 불어난 산수 숙제를 했다. 그러고 보니 윤수네 방 앞에 윤심 언니의 신발이 보이지 않았다. 언니는 아직 집에 돌아오지 않은 것 같았다. 시옷은 이렇게 천둥 번개가 치는 날 윤수 혼자 있으면 무섭지 않을까 걱정했다. 창밖으로 쏴아아아 빗줄기 소리와 쿠콰콰쾅 천둥 치는 소리가 들렸다. 조금 더 귀를 기울이면 집 옆에 바짝 붙어 흘러가는 개울물 소리도 들렸다. 윤수네 방은 개울 쪽에 더 가까우니 그 소리가 한결 크게 들릴 것이다. 지금쯤 윤수의 우산은 어디만큼 갔을까? 여름마다 사람이 빠져 죽는다는 온주천 하류까지 흘러갔을까? 바다에 닿았을까? 윤심 언니는 이렇게 비가 쏟아지는 날 어디를 헤매느라 여태 돌아오지 않는 걸까? 이런저런 생각에 숙제를 하는 속도가 더뎌졌다. 배가 부르고 바닥이 따뜻하니 졸음이 몰려왔다. 시옷은 따뜻한 잠의 물웅덩이에 까무룩 빠져들었다.

시옷을 깨운 건 엄마의 비명이었다. 높고도 날카로운 소리가 작은방까지 찌르고 들어와 잠든 시옷의 몸을 흔들었다. 시옷은 화들짝 놀라 일어났다. 거실에서 할머니와 아빠가 말 그대로 우왕좌왕하고 있었다. 할머니가 당황해 어쩔 줄 몰라하는 아빠의 등을 찰싹 때리며 당장 철둑 너머 할머니를 데려오라고 했다. 아빠가 안방 쪽을 쳐다보며 발을 떼지 못하자 할머니가 매섭게 말했다.

그럼, 이 빗속에 저 어린 것을 보내랴?

아빠는 아직 잠기운을 떨치지 못해 어리둥절한 시옷을 한번 내려다보더니 우산을 집어 들고 집 밖으로 나갔다. 할머니도 당황하기는 했는지 평소보다 관세음보살을 훨씬 더 많이 찾으며 허둥거렸다. 할머니는 연탄불에 물통을 올리고 미리 준비해둔 가위와 소독약, 천 등을 꺼내 안방으로 가져갔다. 문틈으로 엿본 엄마는 평소의 엄마가 아니었다. 엄마는 짐승이 되어 이상한 소리로 울부짖으며 방바닥을 기어다녔다. 시옷은 엄마가 미쳐버릴까봐 겁이 났다. 저렇게 울부짖다가 진짜 늑대로 변해버릴까 무서웠다. 할머니가 미리 빨아 햇볕에 바싹 말려둔 기저귀 뭉치를 꺼내 안방으로 가져가다가 문 앞에 있는 시옷을 보았다.

아가. 이건 네가 볼 일이 아니니 옆집에 가 있거라.

시옷은 울면서 윤수네 방문을 두드렸다(그 와중에도 숙제를 안 해가면 담임한테 또 맞을까봐 산수 숙제를 챙겨 갔다). 윤수가 놀란 얼굴로 문을 열어주었다. 윤수는 방 안에 정신없이 널린 물건들을 주섬주섬 치우고 시옷이 앉을 자리를 마련해주었다. 방 한가운데 밥풀이 말라붙은 밥상이 보였다. 밥그릇은 비었지만 뚜껑이 열린 반찬통들은 냄새를 풍겼다. 윤수가 서둘러 옆에 있던 보자기로 밥상을 덮었다. 시옷은 처음 들어가본 남의 집에 주저앉아 계속 울었다. 윤수는 아까 우산을 잃어버렸을 때보다 더 어쩔 줄을 몰라했다.

왜 울어?

마침내 윤수가 물었다. 시옷은 짐승처럼 울부짖으며 방바닥을 기던 엄마의 모습을 떠올렸다. 울음이 더 커졌다.

할머니한테 혼났어?

시옷은 도리질을 쳤다.

엄마한테 맞았어?

시옷은 엄마라는 말에 아예 목을 놓아 울었다.

우리 엄마가! 죽을지도 몰라!

윤수가 큰 눈을 더 크게 떴다.

왜? 어디 아파?

아니!

그럼, 왜 죽어?

아기 때문에!

윤수는 시옷이 무엇을 두려워하는지 알겠다는 표정으로 고개를 살짝 끄덕였다.

괜찮을 거야!

네가 어떻게 알아?

사내자식이!라는 말은 하지 않았다. 출산은 사내자식이 아닌 시옷도 모르는 영역이었으니까.

우리 엄마도 마흔살 넘어서 나를 낳았대. 내 머리가 너무 커서 죽을 만큼 아팠지만 안 죽고 낳았대. 봐!

윤수가 양손을 들어 자신의 머리통을 감싸고 눈을 한껏 치뜨며 웃긴 표정을 지었다.

우리 엄마, 날 때릴 때마다 목숨 걸고 낳았더니 죽어라 말 안 듣는 새끼라고 욕하잖아. 죽지 않고 살았으니까 욕도 하고 매도 때리지.

윤수가 어느 코미디언을 흉내 내 눈동자를 빙글빙글 돌렸다. 시옷은 울다가 그만 피식 웃어버렸다. 윤수가 한 손으로 제 뒤통수를 탁 치더니 동시에 혀를 쑥 내밀었다. 시옷은 하하 웃었다.

내가 더 웃긴 거 보여줄게.

윤수는 신이 나서 방 한구석의 작은 화장대에서 립스틱을 가져왔다. 붉은색 립스틱은 반토막 정도 남아 있었다. 색깔이 진한 걸 보면 윤심 언니 것이 아니라 윤수 엄마 것 같았다. 윤수가 검붉은 립스틱으로 양쪽 뺨에 둥근 회오리를 그렸다. 입술 한가운데에도 붉은 점을 찍었다. 윤수는 금세 익살맞은 광대가 되었다. 그 꼴을 하고 시옷 앞에 서서 개다리춤을 추었다. 시옷이 깔깔 웃었다. 한참 동안 개다리춤을 추다가 숨이 찼는지 윤수는 시옷 앞에 주저앉았다. 시옷은 윤수가 내려놓은 립스틱을 주워 들었다.

가만히 있어봐.

시옷이 윤수의 입술에 제대로 립스틱을 칠하는 동안 윤수는 정말로 가만히 있어주었다. 시옷은 옷소매로 윤수의 뺨에 그려진 회오리를 지웠다. 익살은 윤수에게 어울리지 않았다. 윤심 언니처럼 눈이 아름답고 애니처럼 이목구비가 또렷한 윤수에겐 예쁜 게 더 어울렸다. 지난봄 애니가 시옷의 입술에 립스틱을 칠해주었을 때보다 지금 윤수의 얼굴이 훨씬 더 예뻤다. 방송국 지휘자 선생님처럼 오해를 잘하는 사람의 눈에는 윤수가 여자애로 보일 것이었다. 윤수가 길고 풍성한 속눈썹을 파닥거리며 눈을 깜박였다. 시옷은 잠시 립스틱을 내려놓고 윤수의 얼굴을 가만히 들여다보았다. 방 안이 조용해지자 순식간에 집 밖의 개울물 소리와 빗소리가 들이닥쳤다. 짐승 같은 엄마의 비명 소리도 들렸다. 그 소리를 들은 윤수의 눈동자가 흔들렸다. 시옷은 양손으로 윤수의 두 뺨을 감싸고 말했다.

괜찮아.

윤수가 고개를 끄덕였다. 잠시 후 윤수가 나직이 물었다.

아기 태어나면, 안아봐도 돼?

시옷은 고개를 흔들었다.

안 돼.

윤수는 단박에 서운한 표정을 지었다. 시옷은 아직 태어나지도 않은 아기에게 사나운 질투를 느꼈다. 바깥에서 대문 열리는 소리가 들렸다. 아이고, 관세음보살 하는 철둑 너머 할머니의 목소리도 들렸다. 엄마 배 속에서 밖으로 나오는 시옷을 무사히 받아주었던 철둑 너머 할머니가 이제 아기 동생을 받아주러 왔다. 할머니의 손은 시옷에게 없는 것을 가지고 태어난 아기 동생을 진심으로 환대할 것이다. 엄마는 아기를 품에 안고 감격의 눈물을 흘릴 것이고 할머니와 아빠는 그런 엄마와 아기에게서 눈을 떼지 못할 것이다. 아기는 온 집안의 관심과 애정을 독차지할 것이다. 윤수마저 아직 태어나지도 않은 아기를 안아

292

보고 싶어 저리 눈을 빛내고 있지 않은가. 시옷은 다시 립스틱을 집어 들고 자신의 양쪽 뺨에 회오리를 그렸다. 입술 한가운데 점도 찍었다. 한 손으로 뒤통수를 탁 치면서 동시에 혀를 앞으로 쏙 내밀었다. 윤수가 하하 웃었다. 시옷은 눈알을 빙글빙글 돌렸다. 자리에서 일어나 어설프게 개다리춤을 추었다. 윤수가 깔깔 웃더니 시옷과 마주 서서 개다리춤을 추기 시작했다. 두 사람은 숨이 넘어가게 웃으며 계속 춤을 췄다. 난폭한 빗소리와 짐승 같은 엄마의 비명이 잠시 먼 곳으로 물러났다.

가을비가 매섭게 내리며 순식간에 겨울을 몰고 온 날 밤, 시옷과 윤수가 싸늘한 방바닥에 아무렇게나 쓰러져 잠든 사이에 엄마는 아기를 낳았다. 엄마는 죽지 않았고 미치지도 않았으며 늑대로 변하지도 않았다. 시옷은 다음 날 아침 작은방에서 눈을 떴다. 옆자리에 아빠가 누워 있었다. 간밤 아빠가 윤수네 방에서 잠든 시옷을 안아 들고 집으로 돌아온 기억이 어렴풋했다. 밤새 비가 그쳤고 집 안 공기도 달라져 있었다. 안방에서 비릿한 냄새가 풍겼다. 에에에에. 가느다란 울음소리도 들렸다. 철둑 너머 할머니가 안방에서 나오며 이제 막 일어난 시옷의 머리통을 쓰다듬었다.

고추한테 터를 팔고, 우리 누나 장하다.

철둑 너머 할머니도 시옷의 할머니도 밤새 잠을 못 자 고단해 보였지만 다들 행복의 묘약이라도 마신 것처럼 계속 웃었다. 시옷만 기쁘지 않았다. 왜 기뻐해야 하는지 알 수도 없었다. 윤수가 물은 것처럼 보드랍고 따뜻한 아기를 안아보고 싶다는 생각도 들지 않았다. 다행히 할머니가 당분간은 아기를 볼 수 없다고 했다. 얼마간 엄마와 할머니가 안방에서 함께 아기를 돌보고 아빠와 시옷이 작은방에서 지내야 한다고도 했다. 아기는 안방에서 나오는 기저귀와 빨랫감에 묻은 냄새로 제 존재를 알렸다. 아침 밥상에는 기름이 둥둥 뜬 미역국이 나왔다. 시옷은 미역국이 싫었지만, 할머니는 당분간 미역국을 먹어야 한다고 했다. 시옷은 미역국에 밥을 말아 억지로 입에 밀어 넣고 책가방을 들고 나섰다. 현관에 운동화가 보이지 않았다. 할머니가 부엌에서 운동화 두켤레를 가져왔다. 하얀 고무 밑창 곳곳이 누렇게 눌어붙어 있었다. 시옷은 바짝 말라 쪼그라든 운동화를 신고 윤수네 방으로 갔다. 두 사람은 비슷하게 쪼그라든 운동화를 신고 나란히 학교로 걸어갔다. 열린 문틈으로 얼핏 본 윤수네 방에는 윤수 엄마만 코까지 골며 자고 있었다. 응달집에 한 사람이 태어난 날 밤 한 사람은 돌아오지 않았다.

*

약을 먹은 지도 1년이 다 되어가는데 왜 제 상태는 늘 제자리걸음 같을까요?

조심스럽게 말했지만 내 말투는 내가 들어도 의사를 향한 항변 같았다. 1년째 한결같은 눈빛으로 나를 맞았던 의사가 모니터 너머로 내 쪽을 흘깃 쳐다보았다. 의사가 키보드에 올리고 있던 손을 내리더니 정색하고 말했다.

불안은 약을 먹는다고 어느 순간 극적으로 좋아지지는 않습니다.

그럼 왜 약물치료를 하고 상담을 받죠?

나는 숫제 의사에게 싸움을 걸고 있었다. 처음 정신과를 찾아왔을 때와 비교하면 과호흡의 빈도도 많이 줄었고 약효도 안정적인 궤도에 올랐지만, 불안은 여전히 내 통제 범위를 벗어난 곳에 음험하게 도사렸다. 나는 언제라도 불안과 공황에 잡아먹힐 수 있는 우리에 내동댕이쳐진 기분이었다. 이 괴물은 도저히 길들일 수가 없었다. 나는 위태로운 상황에서 완전히 벗어나 안도감을 느끼고 싶었다.

솔직하게 말씀드릴게요.

의사가 내 쪽으로 조금 더 고개를 내밀었다.

약을 먹고 상담을 받는 목적은 불안을 깨끗이 몰아내

려는 게 아닙니다. 그건 불가능해요. 우리는 불안과 함께 살아가는 법에 익숙해지려고 애쓸 뿐입니다. 처음 저를 찾아왔을 때 환자분은 밤에도 심장이 빨리 뛰고 호흡이 안 되어 잠을 전혀 자지 못했어요. 낮에도 불안이 뒷덜미를 자꾸 잡아채서 가만히 앉아 있을 수 없다고 했고요. 그때와 비교하면 지금은 어떤가요?

좋아졌다는 건 저도 알아요.

예. 그걸 아는 게 중요합니다. 불안은 완전히 사라지지 않아요. 매일 찾아오던 게 일주일에 한번 찾아오고, 한달에 한번 찾아오다가 계절에 한번 오는 식이에요. 물론 그것도 꾸준히 약물치료와 상담에 노력을 기울인다는 전제 아래 말씀드리는 겁니다. 계절에 한번 오던 게 1년에 한번 온다고 생각해보세요. 그러면 누가 정신과에 찾아와 약을 달라고 하겠습니까? 너 또 왔구나? 이러다 또 지나가겠구나, 하겠죠. 그 상태까지 가는 게 우리 목표입니다.

한달 치 약을 처방받아 병원을 나섰다. 바깥은 어느새 가을이었다. 가로수 잎이 가장자리부터 노랗게 물들어가고 있었다. 저 멀리 야트막한 산에도 울긋불긋한 기운이 올라왔다. 1년 전 불안에 쫓겨 난지천공원에서 하늘공원을 거쳐 평화의공원까지 도망치듯 걸었을 때가 떠올랐다. 지나가다 마주친 단풍의 색이 분명 아름다운데 조금도 아름답다고 느껴지지 않아 마음이 무너졌었다. 지금 나는 아름다운 것을 제대로 아름답게 느끼고 있는가, 자문해보았다. 대답이 곧바로 떠오르지는 않았다. 우선 무엇이 아름다운가 하는 반문이 돌아왔다. 근처에 해준 또래의 대학생들이 삼삼오오 무리를 지어 지나가는 게 보였다. 저들은 아름다운가? 그럴 것이다. 그러나 내 눈에는 그들의 분주함과 고단함이 먼저 들어왔다. 병원 입구에는 어느 노조에서 설치한 천막 농성장이 있었다. 그 위로 투쟁의 문장이 지나갔다. 싸우는 사람은 아름다운가? 그렇다. 그러나 저들의 치열함을 그저 아름답다고만 하고 넘어가기엔 내 무력감과 죄책감이 너무 무거웠다. 나는 집으로 돌아가는 버스정류장 쪽으로 걸음을 옮겼다. 어디선가 고약한 냄새가 풍겨왔다. 거리의 은행나무에서 누렇게 익은 은행 열매가 떨어져 있었다. 사람들은 은행을 밟지 않으려고 발을 깡총거리며 지나갔다. 누군가의 식량도 미래의 씨앗도 되지 못한 채 길바닥에 떨어져 골칫덩이 취급을 당하는 저 누런 열매는 어떠한가? 저것도 아름답다 말할 수 있을까? 나는 누군가의 발에 밟혀 단단한 중과피가 드러난 은행 하나를 주웠다. 냄새가 마스크를 뚫고 코를 찔렀다. 가방에서 휴지를 꺼내 냄새의 원인인 외과피를 닦아냈다. 단단하고 매끄러운 중과피에 둘러싸인 열매는 아름다운 쪽에 조금 더 가까웠다. 어떻게 하리라는 생각도 없이 열매를 주머니에 넣고 만지작거렸다. 오래전 어린 내 마음을 달래주었던 제비다방 남자의 기타 피크가 생각났다. 그 작은 플라스틱 조각은 어디로 가버렸을까? 은행의 뾰족한 모서리를 만졌다. 이 은행알을 땅에 심으면 싹을 틔워줄까? 골칫덩이 열매가 무사히 씨앗의 역할을 해낼까? 행여 싹이 튼다고 해도 내가 그때까지 기다릴 수 있을까? 그 어떤 미래도 기약하지 못하고 늘 과거로 도망치는 내가? 쉽지는 않겠지만 내가 기다려 기어이 은행의 새싹을 목격한다면 그건 분명 아름다운 일이라 말할 수 있을 것이다. 속는 셈 치고 양지바른 곳에 심어볼까? 그리고 힘내어 기다려볼까? 어쩐지 마음이 조금 설레는 것 같기도 했다. 양지바른 곳을 어디서 찾을까? 순간 내가 아는 가장 가까운 정원이 떠올랐다. 나는 방향을 바꿔 연희동 쪽으로 걸었다.

*

아기는 겨우내 무럭무럭 자랐다. 아빠가 새해 달력을 구해 오자마자 할머니가 2월의 어느 날짜에 커다란 동그라미를 치고 거실 벽에 걸었다. 아기가 태어난 지 백일째

되는 날이라고 했다. 할머니는 미리미리 잔치 준비를 해야 한다며 백일 떡에 쓸 쌀과 팥을 모았다. 시옷은 지긋지긋한 4학년을 마치고 겨울방학에 들어갔다. 시옷은 함께 방학 숙제를 한다는 핑계로 매일 윤수네 방에 가서 놀았다. 시옷네 안방에는 늘 하얀 기저귀가 잔뜩 널려 있었고 난방이 되지 않는 거실은 너무 추웠다. 아기를 돌보고 집안일을 하느라 바빠 엄마도 할머니도 시옷이 어디서 누구랑 노는지 별로 신경을 쓰지 않았다. 오히려 시옷이 거실에서 노느라 큰 소리라도 내면 겨우 재운 아기를 깨운다고 혼을 내기 일쑤였다. 윤심 언니가 사라지고 윤수 엄마도 가게에 나가고 없는 윤수네 방은 둘이 놀기에 좋았다. 둘은 날마다 방학 숙제를 조금 한 다음에 놀았다. 시옷은 방학 숙제를 안 했다고 담임에게 매를 맞고 싶지 않았다. 윤수가 맞는 모습을 보고 싶지도 않았다. 윤수는 4학년이나 되면서 그동안 뭘 했는지 받아쓰기도 맨날 틀렸다. 특히 받침은 죄다 소리 나는 대로만 대충 받아 적었다. 산수는 두 자릿수 덧셈과 뺄셈부터 완전히 포기한 상태였고 구구단도 6단부터는 잘 못 외웠다. 그런 윤수를 보면 한숨이 나왔지만, 시옷은 당장 하나밖에 없는 친구가 매 맞는 걸 보고 싶지 않아 윤수를 앉혀놓고 숙제를 시키고 공부를 가르쳤다. 윤수는 공부에 관해서라면 고집이 세서 시옷의 말을 잘 듣지 않았다. 닮았다. 곪았다. 넋이 빠졌다. 이런 단어를 열번씩 쓰게 하면 세번도 안 쓰고 제 팔에 얼굴을 묻고 엎드려 우는 시늉을 했다. 산수는 더 싫어해 두자릿수 덧셈 문제를 달랑 한 문제 풀고 나자빠졌다.

너랑 안 놀아.

시옷이 토라져서 집으로 돌아오면 윤수는 잠시 후 시옷네 현관문 앞에서 얼쩡거리다 할머니 눈에 띄어 시옷의 집으로 들어왔다. 할머니는 윤수가 허술한 옷차림으로 추운 마당을 서성이는 꼴을 못 봤다. 시옷이 윤수를 외면하면 할머니는 친구 괄시하는 거 아니라고 혼을 냈고, 시옷이 못 이기는 척 윤수와 놀기 시작하면 시끄럽다고 다시 윤수네로 쫓아냈다. 이걸 잘 아는 윤수는 더욱 시옷의 말을 듣지 않았다. 시옷은 꾀를 냈다.

아기 안아보고 싶지?

산수 공책을 밀쳐버리고 바닥에 엎드려 시위하던 윤수가 천천히 고개를 들었다. 윤수의 눈망울이 반짝 빛났다. 윤수가 고개를 끄덕였다.

오늘 치 숙제 다 하면 안아볼 수 있어.

정말?

정말.

윤수는 다시 공책을 끌어당겼다. 주먹셈을 해가며 덧셈

문제를 풀었다. 손가락이 모자라 헷갈리면 갑자기 제 뒤통수를 때렸다. 선생님한테도 엄마한테도 매일 얻어맞는 애가 제 손으로 자기를 퍽퍽 때리는 게 이해가 되지 않았다. 윤수의 주먹이 제 뒤통수를 칠 때마다 시옷의 심장도 툭툭 얻어맞는 기분이 들었다.

하지 마!

참다못한 시옷이 소리쳤다.

윤수가 눈을 동그랗게 뜨고 시옷을 보았다.

문제 풀지 마?

머리 때리지 말라고!

아.

윤수가 씩 웃었다.

우리 엄마가 고장 난 텔레비전은 탕탕 쳐야 말을 듣는데. 내 머리도 고장 났으니까 탕탕 쳐야 굴러가지.

시옷은 바보 같은 윤수가 가엾고 또 미웠다.

한번만 더 때리면.

때려줄 거야?

윤수는 제 농담이 마음에 들었는지 깔깔 웃었다.

다시는 너랑 안 놀 거야.

윤수가 단박에 울상을 지었다.

진짜?

진짜.

윤수가 다시 연필을 쥐고 덧셈 문제를 풀기 시작했다. 문제가 안 풀리는지 주먹 쥔 왼손이 움찔움찔했다. 시옷은 오른손에 쥔 연필을 왼손으로 옮겨 쥐고 오른손으로 윤수의 왼손을 가만히 잡았다. 윤수가 눈만 들어 시옷을 올려다보았다. 시옷은 윤수의 왼손을 잡은 채 자신의 왼손으로 곱셈 문제를 풀기 시작했다. 어쩐지 마음이 간질거렸지만 잠시 동안은 윤수의 손을 놓지 않을 생각이었다. 왼손으로 쓰는 숫자는 비뚤배뚤 엉망이어도 그렇게 마주 엎드려 산수 문제를 푸는 시간이 시옷은 좋았다. 윤수도 싫지는 않았는지 한동안 묵묵히 문제를 풀었다. 시옷의 손안에서 윤수의 손이 움찔거릴 때도 있었지만 윤수는 시옷의 손을 뿌리치지 않았다. 풀기로 한 문제를 다 푼 다음에도 어서 빨리 아기를 안아보게 해달라고 조르지 않았다.

방학이 끝나갈 무렵 아기의 백일이 되었다. 엄마와 할머니는 새벽부터 부엌에 나가 백설기를 찌고 수수팥떡을 만들었다. 철둑 너머 할머니가 흰색 털실로 아기 망토를 만들어 왔다. 철둑 너머 할아버지는 가느다란 금반지를 아기의 엄지손가락에 끼워주었다. 할아버지는 아기가 침을 많이 흘리니 건강한 장군이 되겠다고 했다가 아기 눈

망울이 또랑또랑한 걸 보니 똑똑한 판검사가 될 거라고
도 했다. 이랬다저랬다 하는 할아버지 말에 식구들이 모
두 웃었다. 고모 둘이 방울 달린 은팔찌를 선물했고 큰이
모는 은수저를 주었다. 윤수 엄마는 가게에서 가장 비싸
게 판다는 막걸리를 커다란 들통째 가져왔고 '왕자님'에
게 줄 선물이라며 하늘색 내복을 건넸다. 좁은 집 안에 사
람들이 꽉 들어찼다. 시옷과 윤수는 어른들 뒤쪽에 끼어
앉아 삶은 돼지고기와 떡을 집어 먹다가 심심하면 조용히
서로의 옆구리를 찌르며 키득거렸다. 아기가 팔을 흔들
때마다 손목에 채운 은팔찌가 짤랑짤랑 경쾌하게 울렸다.
엄마는 기분이 좋아 아기를 안은 채 손님들에게 자꾸 술
과 수육을 권했다. 아빠와 철둑 너머 할아버지와 윤수 엄
마가 술을 많이 마셨다. 고모들과 큰이모는 술을 못 마신
다고 술잔을 받지도 않았는데 웬일로 할머니가 빈 술잔을
내밀며 막걸리를 따라달라고 했다. 시옷은 할머니가 술을
마시는 모습을 그때 처음 보았다. 어른들도 마찬가지인지
다들 놀란 얼굴로 할머니를 보았다.

별일이네. 안 하던 술을 다 하시고.

큰고모가 조금 당황한 얼굴로 말했다.

종손 백일이라 요샛말로 기분이 끝내주는가보지.

작은고모가 변명하듯 말했다.

우리 누님, 천천히 많이 잡수십쇼.

할머니가 비운 술잔을 철둑 너머 할아버지가 금세 채워주었고, 할머니는 그 술잔도 단숨에 비웠다. 다들 입을 다물고 할머니를 보았다. 얼굴이 새빨개진 할머니가 끙하고 자리에서 일어났다. 모두의 시선이 할머니를 따라 위로 향했다.

오늘은 내 평생 가장 기쁜 날이니 내 노래 한곡 뽑음세.

할머니 말에 고모들이 정말 별일이라며 웃었다. 윤수 엄마가 큰 소리로 환호했다. 윤수와 시옷도 까르르 웃으며 손뼉을 쳤다. 할머니가 발그레한 얼굴로 눈을 내리깔았다가 이내 노래를 시작했다.

이 산 저 산 꽃이 피니 분명코 봄이로구나
봄은 찾아왔건마는 세상사 쓸쓸하더라
나도 어제 청춘일러니 오늘 백발 한심하구나
내 청춘도 날 버리고 속절없이 가버렸으니
왔다 갈 줄 아는 봄을 반겨한들 쓸데가 있더냐

할머니는 평생 가장 기쁜 날이라면서 세상 구슬픈 소리로 노래했다. 시옷은 처음 듣는 노래였다. 노래라기보다는 나지막한 한탄 같았던 소리가 갑자기 크고 높아졌다.

봄아! 왔다가 가려거든 가거라!

할머니는 뿌리치듯 외치고 잠시 멈추었다. 방 안이 조용해졌다. 할머니가 눈을 질끈 감더니 살짝 휘청거렸다. 아빠가 벌떡 일어나 할머니 팔을 붙잡았다. 할머니가 아빠 손을 가만히 뿌리치고 다시 노래를 시작했다.

네가 가도 여름이 되면 녹음 짙고 꽃 피니라
예부터 일러 있고 여름이 가고 가을이 돌아오면 서리
바람 요란해도
제 절개를 굽히지 않는 국화 단풍 어떠하고
가을이 가고 겨울이 돌아오면 찬 하늘 찬바람에
백설만 펄펄 휘날려 은세계가 되고 보면
흰 달 흰 눈 흰 천지니 모두가 백발의 벗이로구나
무정세월은 덧없이 흘러가고
이 내 청춘도 아차 한번 늙어지면 다시 청춘은 어려워라

할머니 노래가 다시 끊기자 철둑 너머 할아버지가 단숨에 잔을 비웠다. 엄마 품에 안긴 아기가 두 팔을 버둥거리며 칭얼거렸다. 조용한 방 안에 아기가 찡찡대는 소리

와 은방울 짤랑거리는 소리가 동시에 울려 퍼졌다. 잠시 눈을 감고 숨을 고르던 할머니가 아기를 향해 눈을 뜨고 슬며시 웃었다. 할머니의 눈이 물기로 번들거렸다.

어화 세상 벗님네들 이 내 한 말 들어보소
인간이 모두가 백년을 산다고 해도
병든 날과 잠든 날 걱정 근심 다 제하면
단 사십도 못 살 인생 아차 한번 죽어지면
북망산천의 흙이로구나
죽어서 받는 진수성찬 생전에 받는 한잔 술만 못하느니라
세월아! 세월아! 세월아! 가지 말아라
아까운 청춘들이 다 늙는다
세월아! 가지 마라
가는 세월 어쩔거나

노래는 돌연 끝났다. 할머니는 큰 숨을 한번 훅 내쉬고 자리에 앉았다. 윤수가 짝짝짝 손뼉을 쳤지만 아무도 따라 치지 않았다.

아이고, 우리 어머니. 별일이네, 별일이야.

작은고모가 눈꼬리를 닦으며 말했다.

가라앉은 분위기를 수습하고 싶었는지 철둑 너머 할머니가 시옷을 보고 말했다.

이참에 우리 가수 노래도 좀 들어보자. 방송국에서 배워 온 신나는 노래 하나 불러봐라.

어른들이 일제히 시옷을 보고 손뼉을 쳤다. 윤수도 시옷을 향해 활짝 웃으며 열심히 손뼉을 쳤다. 윤수 손바닥이 빨갰다. 시옷은 저도 모르게 엄마를 보았다. 엄마는 합창단 지휘자 선생님한테 직접 전화를 걸어 앞으로 방송국에 시옷을 보내지 않겠다고 했던 일을 까맣게 잊었는지 다른 어른들과 함께 박수를 치고 있었다. 할머니처럼 술을 마신 것도 아닌데 시옷은 얼굴이 빨갛게 달아오르는 게 느껴졌다. 목구멍 바로 밑에서 뭔가가 치밀어 올랐다. 어떤 노래도 부르고 싶지 않았다. 어떤 음도 목 밖으로 나와주지 않을 것이다. 시옷은 이미 작년 봄에 노래를 잃었다. 어른들이 한껏 기대하는 표정으로 시옷을 보고 있었다. 시옷은 옆자리 윤수의 손을 잡고 일어났다. 얼떨결에 함께 일어난 윤수가 뭔가를 묻는 얼굴로 시옷을 보았다. 시옷은 윤수에게 눈으로 말했다. 윤수는 충분히 알아들었다는 표정을 보냈다. 두 아이는 동시에 오른손을 들어 각자의 뒤통수를 픽 치면서 혀를 앞으로 쑥 내밀었다. 어른들이 민빅지 늦게 웃음을 터뜨렸다. 두 아이는 같이 눈알

을 빙글빙글 돌렸다. 방 안의 웃음소리가 커졌다. 할머니
도 눈물을 매단 채 입을 크게 벌리고 웃었다. 시옷과 윤수
는 한번 더 눈을 마주쳤다가 미리 짜기라도 한 것처럼 동
시에 개다리춤을 추기 시작했다. 어른들이 깔깔 웃으며
손뼉을 쳤다. 시옷은 노래를 부르지 않을 수만 있다면 이
런 어릿광대짓은 얼마든지 할 수 있다고 생각하며 열심히
다리를 흔들었다. 창문 너머로 어느새 눈이 펄펄 날렸다.

　정말로 은세계가 펼쳐진 날 아침, 할머니는 먼 길을 떠
났다. 아빠보다 나이가 훨씬 많은 고모들이 장례식장에
서 가장 섧게 울었다. 곧 누군가의 할머니가 될 늙은 여자
들이 아기보다 더 아기처럼 목 놓아 울었다. 할머니가 지
나온 계절은 어린 시옷이 감히 헤아릴 수도 없을 만큼 무
수했을 텐데, 그 계절은 모조리 짧고 눈 깜짝할 새 이별은
영영이라고 큰고모가 할머니 영정을 향해 따지듯이 울부
짖었다.

*

　별일 없냐?

　엄마는 늘 같은 질문으로 통화를 시작하지만, 사실 별
일은 내가 아니라 엄마에게 생겼다는 걸 이제 나는 안다.

10년 전 아빠가 뇌졸중으로 쓰러지고 손쓸 틈도 없이 서둘러 떠난 후에도 엄마는 삶에 그다지 큰 타격을 받지 않은 사람처럼 굴었다. 30년 전 내가 대학에 간다고 고향을 떠났을 때도 하나뿐인 딸이 곁에 없어서 얼마나 서운하냐는 사람들의 말에 조용히 코웃음을 친 엄마였다. 그때도 10년 전에도 엄마에겐 생의 가장 큰 의미이자 낙인 남동생이 있었다. 내가 도망치듯 서울로 떠나왔을 때 그 아이는 고작 열살이었고 엄마는 하루하루 무섭게 성장하는 그 아이의 변화에 골몰하느라 내게 나눠줄 여분의 감정 같은 건 없어 보였다. 그랬던 엄마가 팔순에 다가서면서부터는 시시때때로 내게 전화를 걸어 별일 없냐고 안부를 묻기 시작했다.

별일 없어요. 엄마는요?

언제부턴가 나는 엄마에게 존댓말을 하고 있었다. 대학에 간 후부터였을까? 결혼한 후부터였을까? 해준을 낳고 난 다음이었을지도 모르겠다. 언어가 관계를 규정한다기보다 관계가 언어를 발생시킨다고 믿었기에 엄마를 향한 존대는 어색하지 않았다. 듣는 엄마가 언어의 변화를 어떻게 받아들였을지는 생각해본 적 없다. 그러다 남동생이 서른 넘어 갑자기 내게 존대를 하기 시작하면서 언어에 따른 미묘한 관계의 변화를 처음으로 의식하게 되었다.

나이 차이가 열살이나 나서 언제나 아기처럼 누나! 안아
줘! 누나! 업어줘! 했던 애가 데면데면 굴기 시작하더니
어느새 깍듯하게 존대를 했다. 이제 대화라는 것을 나눌
만큼 자주 만나거나 통화를 하지도 않았다. 나는 그 아이
의 거리 두기에 조금 상처를 받았다. 그리고 생각했다. 나
의 갑작스러운 존대에 사실 엄마도 상처를 받지 않았을까
하고. 애교가 많아 주변의 귀여움을 끌어올 줄 알았던 동
생은 군대에 다녀오고 나서 급격히 과묵해졌고 아빠가 세
상을 떠난 후로는 과묵보다는 침울 쪽에 더 가까워졌다.
이런 변화가 남자로서 으레 겪는 통과의례인지 크게 의지
했던 아버지를 잃은 늦둥이 아들의 자연스러운 반응인지
엄마는 내게 전화를 걸어 상의하려들었지만 엄마도 나도
동생에게 왜 그렇게 우울하냐고 직접 물어보지는 않았다.
동생이 존대를 할 만큼 나와 노골적으로 거리를 두기 시
작했다면 가까이 사는 엄마와도 무언가 변하지 않았을까,
그래서 엄마가 어느 날부터 자꾸 내게 전화를 걸어 안부
를 묻는 척 무언가 확인하려드는 게 아닐까 하는 생각은
한참 후에야 떠올랐다. 그러니까 엄마의 잦아진 연락 역
시 내가 아니라 동생 때문이라고.

　별일 없냐?

　엄마는 늘 같은 말로 대화를 시작한다. 내가 별일 없다

고 대답하면 그것을 신호로 엄마가 하고 싶었던 이야기를 길게 늘어놓는다. 그러면 나는 핸드폰을 귀에 대고 커피를 내리거나 세탁기에서 빨래를 꺼내면서 엄마 말을 건성건성 듣고 한 귀로 흘릴 준비를 한다. 엄마는 동생 이야기나 자신의 이야기는 하지 않고 주로 동네에서 주워들은 남의 이야기를 전해준다. 그러니까 엄마는 언제나 엄마의 마음을 가장 무겁게 차지하고 있을 남동생의 변화에 관한 이야기는 절대 입에 올리지 않는다. 나 역시 내게 일어난 가장 큰 변화에 관해서는 엄마에게 말하지 않는다. 석구와 서류상 이혼만 하지 않았을 뿐 헤어졌다거나 학원과 아파트를 정리하고 작은 오피스텔에서 폐인처럼 지낸다거나 하는 이야기는 절대로 하지 않는다. 할 수 없는 이야기고 하고 싶지 않은 이야기다.

그이가 죽었단다.

엄마는 돌연 누군가의 부고를 전한다. 엄마와의 통화 주제는 절반이 부고다. 엄마는 옛이야기를 들려주는 사람처럼 죽음의 소식을 알린다. 나는 누가요? 하고 적당히 맞장구를 쳐가며 엄마의 말을 흘려듣는다.

우리 온양집 살 때 옆집 살던 여자 말이다. 딸내미 하나 믿고 살았던 여자. 왜 그 집 남자가 도청에 다니면서 언제 그렇게 돈을 모았는지 온주시에서 제일 높게 지은 맨션아파트에 척 하니 당첨되어 들어갔잖냐. 우리 수호 다섯살 때던가. 너랑 같이 집들이도 갔었는데, 기억 안 나? 너는 안 갔던가? 하긴 그때 넌 연합고사 준비한다고 맨날 밤늦게 들어왔지. 아무튼, 그 여자, 교회를 그리 열심히 다니면서 하나님 아버지! 하고 염불을 외더니 기도발이 좋았는지 아파트도 사고 건물도 올리고 내내 잘살았어. 그 집 딸, 너도 알지? 만화영화 주인공처럼 빼입고 다녔던 애. 그게 발랑 까져서 고등학생 때부터 그렇게 연애를 해대더니 결국 전문대 들어가자마자 임신해서 결혼했잖냐. 그래도 남자애 집안이 동문시장에 점포를 세개나 가진 알부자라 그 여자 이 악물고 귀한 딸을 그리로 시집보냈지. 의사아니면 판검사 사위 볼 거라고 동네방네 큰소리 떵떵 치더니. 그애 결혼식 때, 넌 서울에 있어서 못 왔지만, 그 여자가 어찌나 서럽게 울던지 신랑 쪽 사람들 눈치가 다 보이더라니까. 그래도 그애 아들을 둘이나 낳고 시내에 큰가게도 두개나 물려받아 지역 유지 되어 잘산다.

그래서 누가 죽었다고요?

아, 그래. 그 여자가 죽었어. 건물도 아파트도 귀한 딸내미도 손자들도 다 남겨두고 허망하게 가버렸어. 심장 안 좋은 게 그 집안 내력이라네. 사모님 소리 들으면서 밍크코트 떨쳐입고 다니던 게 엊그제 같은데 사우나에 다녀오는 길에 쓰러졌단다. 장례식장에서 그 딸내미가 그리 섧게 울더라. 자식이라곤 딸랑 그애 하나인데, 오죽 서운하겠어? 그 집 남자는 정정하더라. 공무원 퇴직한 지가 언젠데 아직도 도청 과장님처럼 꼿꼿하게 문상객을 맞더라고. 별로 울지도 않대? 사람들이 죄 수군거리더라. 저 남자가 얼마나 기다렸다가 새 여자를 맞을지 내기를 하는 사람도 있더라고. 여자들이 가만히 놔두겠어? 돈도 많고 아직 팔다리 짱짱하고 자식도 출가외인 딸 하나뿐인데. 아, 걱정하지 마라. 내가 네 이름으로 부조 넣었다.

얼마나 하셨어요? 보내드릴게요.

됐다! 넌 늘 깍쟁이처럼 구는 게 틀려먹었어. 그게 내 돈이냐? 우리 수호 돈이지. 정 미안하면 수호 앞으로 보내든지. 그나저나 수호하곤 가끔 통화나 하냐? 하나밖에 없는 동생인데 너무 무심한 거 아니냐?

대화가 이렇게 흐르면 인제 그만 통화를 끝내야 한다는 뜻이다. 나는 국이 끓어 넘친다고, 택배기사가 초인종을 누른다고 둘러대고 서둘러 전화를 끊는다. 그리고 은행 앱을 열고 곧장 남동생 계좌로 십만원을 보낸다. 무슨 이유로 보내는 돈인지는 덧붙이지 않는다. 무슨 돈이냐고 묻는 연락도 오지 않는다. 우리는 그런 사이다.

별일 없냐?

오늘 엄마의 목소리는 그 어느 때보다 가라앉아 있다. 꽤 시달린 사람의 음성이다. 나는 또 누가 죽었을까 생각한다. 취침 약을 먹기 시작하면서 자다 깨는 일은 줄었지만 대신 오전 내내 머리가 멍했다. 어지러운 꿈을 꾼 것같은데 어떤 꿈이었는지는 전혀 기억이 나지 않았다. 모든 꿈은 흐릿한 그림자극의 잔상으로만 남아 나를 답답하게 한다. 이렇게 기분 나쁜 상태로 적정 수면시간을 유지하는 게 무슨 의미가 있는지 다음 상담 때 의사에게 물어봐야겠다고 생각하며 나는 핸드폰을 반대편 손으로 옮겨쥔다.

저야 맨날 똑같죠. 엄마는요?

그이가 죽었단다.

엄마는 또 부고를 물어 온 모양이다. 그런데 살아남은 자의 은근한 안도감을 숨기지 못하던 평소와는 달리 오늘 엄마는 꽤 상처를 받은 목소리다.

우리 군경묘지 근처에 살 때 단칸방 살던 여자 있잖냐. 대폿집 하던.

웅달집 특유의 습한 냄새가 시공을 가로질러 내 코끝에 어른거린다. 이번 부고의 주인공은 윤수 엄마인가? 나는 동요한 마음을 들키지 않으려고 애쓴다.

그 여자 간이 망가져서 퍽 고생했다는 건 알지?

모른다.

아무리 먹고사느라 그랬다지만 맨날 그리 무섭게 술을 퍼부어대는데 몸이 남아나냐? 그래도 마흔 넘어 얻은 아들이 공고에서 착실하게 기술 배워 울산의 큰 조선소에 들어가면서 그 여자 팔자도 폈단다. 그때 용접공이 모자라 서로 모셔 가는 분위기였거든. 대기업은 대기업이라 연봉이 웬만한 대학 나온 사람들보다 좋았다. 너도 그애 기억하지? 어렸을 적엔 공부도 안 하고 맨날 꾀죄죄하게 다니고 그랬잖아. 네 아빠가 몇번 목욕탕에도 데려갔었지. 저게 언제 커서 사람 구실을 할까 싶었는데 걔가 효자 팔자였는지 조선소에서 월급 따박따박 받아서 죄 제 엄마한테 줬다더라. 결혼도 안 했어. 돈이 얼마간 모이고는 제 엄마 대폿집도 그만두게 하고 시내에 서른두평 아파트도 장만해주었지. 그 아파트 집들이 때도 내가 수호 데리고 다녀왔었지. 너 결혼한 다음 일이야. 우리 수호가 그애를 친형처럼 따랐잖냐. 형 따라서 저도 용접공 된다고 해서 내가 얼마나 말렸게? 지금 생각하면 말리지 말 걸 그랬어. 법대 가서 판검사는 못 되어도 공무원은 될 줄 알았더니 1차까지 합격해놓고 집 나가서 카페를 한다고 돌아다니니, 내가 속이 터진다. 차라리 용접공 되라고 할걸.

엄마의 말은 자주 길을 잃는다. 나는 엄마에게 애초의 화제를 상기시킨다.

그래서 그 아주머니가 돌아가셨어요?

아, 그래. 그래서 그 여자가 가게도 접고 대궐 같은 아파트에서 우아하게 식물이나 키우고 살았단다. 누가 그 여자가 한때 쉰 냄새 풀풀 날리는 대폿집 주인이었다고 생각하겠어? 아들은 공장 기숙사에서 생활하니 따로 생활비도 안 들어가지, 월급도 보너스도 봉투째 엄마한테 갖다주지, 아파트값은 척척 오르지. 그 여자 말년 복이 좋았던 거라. 아들이 마흔 줄에 들어가니 늦장가 보내는 게 유일한 소원이라고 하더라.

그렇고 그런 이야기다. 결혼을 시키고 손주를 얻어야 자식이 성장의 마침표를 찍는다고 믿는 어른들의 이야기. 그런 기대에서 벗어난 자식은 부끄러워 한사코 감추려들고 그런 기대에 못 미친 남의 자식은 열심히 욕하고 비꼬아야 직성이 풀리는, 그렇고 그런 이야기. 듣고 있으면 화가 나는 이야기. 그게 내 이야기가 되면 한없이 슬퍼지는 이야기. 엄마는 남동생이 마흔이 넘도록 결혼할 생각도 하지 않고 번듯한 직장도 없어서 자식 농사에 실패했다고 생각할 것이다. 그래서 남의 불행을 물어 와 열심히 전달하고 분석하는 것이다. 자신의 실패를 조금이라도 옅게 희석하고 싶어서. 그런 엄마에게 요즘의 내 사정을 말하면 엄마는 나에 대한 걱정보다 자신의 수치심으로 견디지 못할 것이다. 나는 엄마의 이야기에서 다른 줄거리를 건져 올린다. 윤수는 용접공이 되었구나. 윤수는 효자가 되었구나. 윤수는 잘 살고 있구나.

그 여자가 나보다 열살쯤 많았으니까 벌써 구순이겠네. 아들이 너랑 동갑이었지? 그애도 벌써 쉰 줄이라는 말이네. 아휴, 징그러워. 언제 그렇게들 나이를 먹었어? 아무튼 그 아들이 노조를 했거든. 노조가 한창 잘 나갈 때 위원장인가도 맡고 파업도 하고 해서 월급도 많이 올렸단다. 그랬는데 마흔 넘어서 조기퇴직을 하고 경상도 어디에서 무슨 가게를 하면서 혼자 살았대. 먹여 살릴 처자식도 없고 퇴직금도 넉넉했을 텐데 제 엄마 곁에서 살면 좀 좋아? 거기에 정이 들었는지 회사 옆에 그대로 눌러앉았대. 가게도 잘된다고 했는데. 무슨 가게냐고? 그건 기억이 안 나네? 그랬는데 어느 날 아들이 온다는 말도 없이 불쑥 찾아왔더래. 그 여자가 화분에 물을 주다가 깜짝 놀라서 냉장고에 얼려놓은 고기를 꺼내 굽고 김치찌개나 겨우 끓여 상을 봐줬는데 아들이 엄마 밥이 세상에서 제일 맛있다며 두 그릇이나 먹더란다. 그러곤 엄마 옆에서 연속극을 보다가 열한시가 되니까 졸리다고 작은방으로 자러 갔대.

아들이 오면 자고 가는 방이라 침대까지 있었단다. 그 여자가 다음 날 아들이 좋아하는 콩나물국이나 끓여줘야겠다 싶어 그 밤에 무랑 명태 대가리랑 파 뿌리랑 말린 밴댕이랑 넣어서 육수를 팔팔 끓여놨대. 아침 일찍 슈퍼에 가서 콩나물만 사다 넣으면 되게. 그 여자가 술을 하도 많이 마셔서 해장국 하나는 기가 막히게 끓였거든. 늙은이들은 워낙 일찍 일어나니까 새벽부터 밥도 안쳐놓고 거실 바닥에 걸레질 좀 하다가 지금쯤 슈퍼가 열었겠다 싶어, 나가서 콩나물만 좀 사 와라, 말하려고 아들 방문을 열었대. 그런데 침대에 아들이 없더래. 이불도 말끔하게 개어져 있더래. 아니, 얘가 이렇게 일찍 간단 말도 없이 어딜 갔어그래. 전화라도 걸어보려고 핸드폰을 찾으러 나가려는데 이상하게 한기가 몰려오더래. 오싹하고 춥더래. 그래서 다시 보니 침대 옆 창문이 방충망까지 활짝 열려 있더래.

엄마!

나는 다급하게 소리친다.

왜 그러냐?

그만! 그만요!

왜?

국이…… 국이 끓어 넘쳐요. 그러니 제발 그만……

나는 손을 덜덜 떨며 통화 종료 버튼을 누른다. 내 집엔

문 열린 데가 없는데 오싹하고 춥다. 좀처럼 떨림이 멈추질 않는다. 나는 눈앞에서 혼자 달달 흔들리는 내 손을 보며 주문처럼 생각한다. 윤수는 용접공이 되었구나. 윤수는 효자가 되었구나. 윤수는…… 잘 살고…… 있구나.

*

해준이 독일에서 보내온 사진은 한옥 처마 밑의 제비 둥지였다. 웬 사진이냐고 묻자 한참 후에 해준이 답장을 보내왔다.

제비 귀엽지? 아빠가 보내준 사진인데 엄마도 좋아할 것 같아서.

공연히 가슴이 뛰었다. 해준이 별 용건 없이 내게 연락을 한 건 처음이었다. 게다가 사진이라니. 독일에 간 해준이 가끔 캠퍼스 풍경이며 기숙사 사진을 찍어 석구에게 보내는 눈치였지만 내게 보내준 적은 없었다. 석구가 해준과 나 사이를 알기에 안부가 될 만한 사진을 추려서 내게 보내주곤 했다. 해준과의 관계는 이제 기대를 접은 지 오래였으므로 석구가 해준의 사진을 대신 보내줘도 크게 서운하지는 않았다. 그런데 실은 나도 모르게 섭섭했던 걸까. 비록 석구가 찍어 해준에게 보낸 사진이었지만, 해준이 나에게 직접 사진을 보내주었다는 사실이 놀랍고 기뻤다. '엄마도 좋아할 것 같아서.' 문자메시지 창에 뜬 이 한마디를 한참을 바라보았다.

아빠가 알려줬는데 제비는 9월 9일에 떠났다가 이듬해 3월 3일에 돌아온다며? 가을에 떠났다가 봄이면 꼭 돌아온대. 가을이 가고 겨울이 가고 또 봄이 오면 제비도 어김없이 돌아온다고, 그래서 제비는 신묘한 새라고. 아빠도 시골에 내려간 첫해에 그 사실을 알았대.

엄마, 이곳의 가을은 생각보다 쓸쓸해. 카페에서 커피 한잔 주문하려고 독일어로 버벅거릴 때, 지나가는 사람이 칭챙총 어쩌고 할 때, 공중의 찬 기운이 자꾸 허리춤을 파고들 때, 다 그만두고 한국에 돌아가고 싶어져. 좋아하는 사람들 다 거기 놔두고 내가 여기서 뭘 하고 있나 한심해지기도 해. 하지만 힘들게 듣는 수업이 재미있을 때는 여기 오기 잘했다는 생각도 들어. 기숙사에서 만난 스위스 여자애랑 말이 통했을 때는 오랜만에 기분이 좋아서 맥주도 두 캔이나 마셨어.

엄마, 말해봐. 내 나이에는 이렇게 갈팡질팡하는 게 맞지? 이렇게 어설프고 이랬다저랬다 변덕을 부리고 실수도 많이 하고 못난 말도 많이 하고 모진 말도 가끔 하고, 이러는 거지? 그렇지? 내 나이 때 엄마는 어땠을까, 어제 처음으로 궁금해졌어. 엄마는 어떤 이십대를 통과해 아빠를 만나고 나를 낳고 지금의 엄마가 되었을까? 어디서 넘어져보고 어디서 어떻게 일어났을까? 일어나긴 했을까? 엄마에게도 지금 나와 같은 시간이 있었을 텐데, 너무나 당연하고 당연한 일인데 나는 왜 그 시간이 한번도 궁금하지 않았을까? 그래서 아빠한테 엄마를 처음 어떻게 만났느냐고 물어봤어. (엄마한테 직접 물어보지 않아서 미안.) 그런데 아빠가 대답은 안 해주고 뜬금없이 제비둥지 사진만 보내준 거 있지? 아빠 왜 그랬을까? 이렇게 우왕좌왕 살다가 언젠가는 제비처럼 좋아하는 자리로 돌아가라고? 쓸쓸한 가을에 떠났어도 따뜻한 봄이 오면 사랑하는 사람들 곁으로 어김없이 돌아가면 된다고? 그게 아빠가 하고 싶었던 말일까? 하지만, 엄마. 만약, 만약에 말이야. 그 자리로 돌아가지 못해도 괜찮은 거지? 그럴 수도 있는 거지? 누구나 출발한 자리로 돌아가는 건 아니지? 제발 그렇다고 말해줘, 엄마.

*

　수호의 가게는 온양집 바로 맞은편에 있었다. 옛 동네는 이제 전국적으로 유명한 관광지가 뙤이 어릴 시절 이

윗집은 거의 한옥 민박이나 한옥 카페로 바뀌어 있었다. 온양집에는 아빠가 빚 정리를 위해 시세보다 싼값에 내놓은 그 집을 샀던 사람이 아직도 살고 있다고 들었다. 애니네 집은 아담한 게스트하우스가 되어 있었다. 수호가 문자로 보내준 주소를 지도 앱으로 찾아볼 때까지만 해도 카페가 온양집 바로 앞인 줄은 몰랐다. 수호는 그 사실을 알고 일부러 이 자리에 카페를 개업한 걸까? 어린 수호는 온양집에 가본 적도 없으면서 나중에 크면 꼭 성공해서 늘 온양집을 아쉬워하는 엄마에게 그 집을 되찾아주겠노라 장담했었다. 그런 수호를 볼 때마다 나는 저 어린 것이 성공이 뭔지나 알까, 어쩌다가 저런 부담감을 스스로 짊어지게 되었을까 생각하며 그애의 무구한 얼굴을 물끄러미 바라보곤 했다.

카페는 아침 일찍인데도 벌써 손님이 반 넘게 차 있었다. 수호의 동업자이자 동거인이라는 남자가 나를 맞아주었다.

말씀 많이 들었습니다. 수호가 누님 자랑을 많이 했어요.

나는 그럴 리가 없지 않은가 생각하면서 고개를 살짝 끄덕이고 웃는 것으로 대답을 대신했다. 남자는 수호보다 나이가 조금 더 많아 보였다. 남자가 커피를 한잔 마시겠느냐고 물었다. 부탁한다고 하니 이번에는 산미가 있는 커피와 고소한 커피 중 무엇을 좋아하는지 물었다. 남자는 세심하고 다정해 보였다. 엄마도 이 카페에 와보았을까? 그랬다면 수호의 바리스타학원 선배라는 저 남자의 다정함을 보고 마음을 조금 놓을 수 있을 텐데. 수호가 1차까지 합격한 공무원시험을 포기하고 카페를 한다고 했을 때 엄마는 며칠 동안 내게 전화를 걸어 눈물바람을 했었다. 남자가 내가 앉은 자리에 커피를 가져다주었다. 나는 커피를 마시며 유리창 너머의 온양집을 바라보았다. 새로 지은 한옥이 즐비한 동네에 오래된 온양집은 어쩐지 튀어 보였다. 페인트를 새로 칠한 것 같은 담장 너머로 나무우듬지가 보였다. 우리 가족이 살았을 때는 없었던 나무였다. 저 자리에 할머니는 텃밭을 가꾸었다. 아침이면 할머니는 눈도 제대로 못 뜨는 내 손을 잡고 토란을 캐러 나갔다. 안개가 자욱한 이른 아침 마당은 전혀 다른 공간이었다. 할머니의 호미질에 검은 흙이 파헤쳐지고 그 사이에서 하얀 새알 같은 토란이 나타났을 때 얼마나 신기했던가. 흙냄새와 생채기가 난 토란의 비릿한 냄새가 커피 냄새를 뚫고 내 곁을 어른거리는 것 같았다. 할머니는 저 텃밭을 두고 응달집으로 이사했을 때 얼마나 서운했을까? 그러나 할머니는 끝내 의연했다. 집안 대대로 살아왔던 집을 팔아야 할 정도로 빚을 진 아빠의 실패를 한번도 나무라지 않았다. 그저 관세음보살을 찾으며 자신 앞에 떨어진 불행을 묵묵히 헤쳐나갔다. 그때는 할머니가 큰 사람이라 그런 거라고 생각했다. 어른이니까 그럴 수 있다고. 할머니는 처음부터 큰 어른이었던 것처럼. 하지만 내가 그때의 엄마보다 더 나이가 들어보니 알겠다. 처음부터 완성된 사람은 없다고. 할머니도 엄마도 아빠도 갈 팡질팡 우왕좌왕하다가 그 순간 자신이 할 수 있는 선택을 했을 뿐이라고. 겉보기와 달리 속은 무척 시끄러웠을 거라고. 여러번 무너지고 또 무너졌을 거라고. 그래도 매 순간 끊임없이 선택하면서 그렇게 한발 한발 앞으로 걸어갔을 거라고. 사는 게 원래 그렇다고. 이제야 겨우 알겠다. 해준이 보내주었던 제비둥지 사진이 떠올랐다. 처음의 자리로 돌아가지 못해도 괜찮은 거 아니냐고 자꾸만 묻던 해준의 문자메시지도 생각났다. 코끝이 매워 눈을 질끈 감았다. 내가 태어난 집이 바로 눈앞에 있는데, 나는 그쪽으로 한뼘도 더 가까워지지 못했다. 다시 눈을 떴을 때 수호가 유리창 바깥에 바짝 붙어 나를 향해 손을 흔들고 있었다. 내 동생이, 열살이나 어려 언제나 어린애 같은 내 동생이 마흔을 넘겼으면서도 여전히 맑은 뺨을 하고 나를 보고 웃고 있었다.

웅달집에 가보자는 내 말을 수호는 간단히 거절했다.

응달집은 완전히 철거되고 지금 그 자리는 그저 산밑 공
터라고 했다. 공터라는 말이 무색하게 온갖 쓰레기가 잔
뜩 쌓여 흉물이 되었다고도 했다. 내가 보면 공연히 마음
만 다칠 테니 굳이 가볼 필요가 없다고 했다. 내 마음이
다칠지 아닐지 네가 어떻게 알아? 한마디 하려다가 수호
말을 듣기로 했다. 기억 속에도 폐허로 남은 집이 정말로
폐허가 된 걸 보면 나는 돌이킬 수 없을 만큼 상처받을 것
이다. 수호 말대로 곧장 윤수의 납골당에 가기로 했다. 수
호가 선배라는 남자에게 자리를 비워 미안하다고 하자 남
자가 별소리를 다 한다며 가게 밖까지 나와 우리를 배웅
했다. 우리는 남자가 한참 서서 우리 뒷모습을 보고 있다
는 걸 의식하며 천천히 버스정류장까지 걸어갔다. 그 길
은 정확히 내가 온양집에 살 때 국민학교까지 걸어가던
길이었지만, 주변의 모든 건물이 바뀌었고 학교조차 다른
곳으로 이전하고 없었다. 수호가 정류장 근처 꽃집에 꽃
바구니를 예약해두었다고 했다. 흰 국화일 줄 알았는데
의외로 보라색 장미였다. 꽃이 좀 화려하다고 했더니 수
호가 말했다.

윤수 형이 보라색과 장미를 좋아했어요.

그랬던가. 그랬을 것이다. 나보다는 수호가 윤수와 훨
씬 더 많은 시간을 보냈다. 윤수는 말 그대로, 수호를 업

어 키웠다. 윤수는 수호가 태어나 눈을 뜬 순간부터 수호를 사랑했다. 수호는 윤수에게서 팽이치기와 딱지치기와 공놀이를 배웠다. 수호가 누구한테 맞고 들어오면 윤수가 나가서 혼내줬다. 나는 중학생이 되면서부터 윤수와 내외했다. 둘이 함께 엎드려 숙제를 하거나 립스틱을 바르며 깔깔 웃거나 개다리춤을 출 나이는 지났다고 생각했다. 윤수도 비슷하게 생각했는지 길에서 만나도 알은척을 하지 않았고 집에서도 굳이 말을 걸지 않았다. 내가 새침한 여중생으로 변모하는 동안 윤수는 넉살 좋은 동네 형이 되어 수호를 보살폈다.

버스가 시골길을 한참 달리다 들판에 뜬금없이 우뚝 서 있는 신축 건물 앞에 우리를 내려주었다. 미색 대리석으로 마감한 납골당 건물은 마치 유럽 어디쯤의 신전 같았다. 수호가 성큼성큼 앞장서 복도 맨 끝 방으로 들어가더니 제 키보다 조금 낮은 곳을 가리켰다. 낯선 중년 남자의 사진이 하얀 도자기 테두리 액자에 담겨 있었다. 길에서 윤수를 마주쳤다면 몰라봤을 것이다. 나는 까치발을 하고 윤수의 사진을 물끄러미 보았다. 눈은 여전히 크고 속눈썹이 짙었다. 얼굴엔 어린 시절보다 살이 많이 붙어 있었다. 수호가 꽃바구니를 윤수의 사진 바로 앞에 들어 보이며 말했다.

형이 좋아하는 장미 가져왔어. 향기 좋지?

내겐 깍듯하게 예의를 차렸던 수호가 윤수를 향해서는 한없이 다정하고 편안하게 말했다. 수호가 한참 바구니를 들고 있다가 이윽고 바닥에 내려놓았다. 수호가 눈을 감고 안치단 유리문에 이마를 댔다. 윤수야. 나는 속으로 윤수의 이름을 한번 불렀다. 윤수야. 한번 더 불렀다. 잘 가라거나 편히 쉬라는 말은 할 수 없었다. 내가 할 수 있는 말이 아니었다. 수호의 목울대가 크게 한번 출렁였다. 나는 호주머니에서 아주 작은 천 주머니를 꺼냈다. 주머니 안에는 콩알보다 조금 크고 차돌처럼 단단한 것이 들어 있었다. 수호에게 이걸 윤수 유골함 옆에 놔주어도 좋을까 물었다. 수호가 그게 뭐냐고 물었다.

윤수 어금니.

내 말에 수호가 살짝 기겁했다. 나는 주머니를 열어 내용물을 손바닥 위에 쏟았다. 그것은 배럴도 뚜껑도 다 잃고 홀로 남은 만년필의 펜촉이었다. 만년필의 심장이라지만, 홀로는 아무것도 할 수 없는 무기력한 잔재였다. 수리센터에 다시 연락해 만년필의 펜촉만 돌려달라고 부탁했다. 쓸모는 없겠지만, 누군가의 소중한 심장을 타인의 손으로 폐기하게 할 수는 없었다. 며칠 만에 펜촉은 터무니없이 큰 비닐 완충재에 감싸인 채 도착했다. 커터칼로 비닐을 찢자 마침내 손바닥에 툭 떨어진 펜촉은 그 무게와 질감이 수십년 전 내 손에 떨어졌던 윤수의 어금니를 똑 닮아 있었다.

윤수의 치열은 엉망이었다. 흔들리는 이를 제때 뽑아주는 사람이 윤수 곁엔 없었다. 윤수는 덧니가 날 때까지 흔들리는 이를 방치하다가 저절로 빠지게 놔두었다. 단단한 복숭아를 통째로 깨물었다가 이가 빠져 함께 삼킨 적도 있다고 했다. 언젠가 윤수네 방에 엎드려 함께 숙제를 하는데 윤수가 아래턱을 감싸 쥐고 앓는 소리를 했다. 나는 산수 숙제가 싫어 또 수작을 부린다고만 생각하고 듣고 있던 자로 윤수의 손등을 찰싹찰싹 두번 때렸다. 진짜로 아프단 말이야! 윤수가 엉엉 소리 내어 울었다. 나는 속으로 적잖이 당황했지만 어쩐지 윤수 앞에서는 어른스러운 척하고 싶어서 최대한 침착한 목소리로 윤수에게 입을 벌려보라고 했다. 윤수의 아래턱 어금니 하나가 심한 충치였고 너덜너덜한 게 빠지기 직전이었다. 잇몸도 노랗게 곪아 부어 있었다. 당장 눈을 질끈 감아 못 본 척하고 싶었지만, 그러기엔 윤수의 입속이 정말로 고통스러워 보였다. 나는 윤수에게 잠시만 기다리라고 말한 뒤 우리 집에 가서 할머니 것이었다가 엄마 것이 된 반짇고리에서 무명 실타래를 훔쳐 나왔다(훔쳤다는 표현 말고 다른 말을 쓸 수 없을 정도로 나는 엄마 몰래 실을 가져가려고 모진 애를 썼다. 할머니가 돌아가신 후로 엄마는 나와 윤수에게 아기 동생을 곧잘 맡기면서도 윤수와 내가 단둘이 있는 건 이상하리만큼 싫어했다). 이가 흔들릴 때마다 할머니와 아빠가 내게 해주었던 대로 윤수에게 해주고 싶었다. 내가 윤수의 흔들리는 어금니 주위로 무명실을 서툴게 묶는 동안 윤수는 그 큰 눈망울에 굵은 눈물을 주렁주렁 달고 입을 벌리고 있었다. 내 이가 뽑힐 때만큼 무섭고 떨렸지만, 오직 윤수의 고통을 생각하며 버텼다. 윤수의 입 밖으로 길게 이어진 실을 타래째 들고 이제 어떻게 해야 하나 막막한 마음으로 방 안을 둘러보았다. 아빠가 했던 대로 문고리에 실을 묶어야 하나. 할머니가 했던 대로 방심한 사이에 이마를 툭 쳐야 하나. 어떤 방식도 옳게 해내지 못할 것 같았다. 순간 마음이 무너지며 울음이 터졌다. 내가 주저앉아 울어버리자 윤수도 같이 소리 내어 울기 시작했다. 둘이서 한참을 함께 울었다. 고작 흔들리는 어금니 하나 때문에 두 아이의 세상이 무너지고 있었다. 먼저 울음을 수습한 건 윤수였다. 윤수가 누구한테 하는 말인지 모르게 괜찮아, 괜찮아, 중얼거리더니 내 손에서 실타래를 뺏어 갔다. 그러고는 제 입 밖으로 비어져 나온 실 어디쯤을 단단히 붙잡고 눈을 길긴 감더니 속으로 하나, 둘, 셋까지 세고(이건 순전히 내 추측이다) 세게 잡아당겼다. 윤수의 입 밖으로 튀어나온 어금니가 순식간에 허공을 가르며 날아가 맞은편 벽에 부딪쳤다. 벽에서 튕겨 나온 조그만 어금니는 윤수 엄마의 작은 화장대에 부딪치더니 쨍 소리를 내고 바닥에 떨어졌다. 그 작은 요란함에 윤수와 내가 놀라 휘둥그레진 눈을 마주쳤다. 둘 다 눈물이 주렁주렁 달린 눈으로 웃음을 터뜨렸다. 한번 터진 웃음은 쉬이 가라앉지 않았다. 둘은 연기를 하듯 배를 끌어안고, 바닥을 구르며 웃고 또 웃었다.

빠진 이를 지붕에 던져야 한다고 주장한 사람은 나였다. 처음 젖니가 빠졌을 때 앞니가 하나 없는 입을 벌리고 엉엉 우는 나를 아빠가 번쩍 안아들고 마당으로 나갔었다. 그러곤 내가 보는 앞에서 검은 기와지붕 위로 젖니를 훌쩍 던지며 소리쳤다. 까치야 까치야. 헌 이빨 줄게 새 이빨 다오. 까치야 까치야. 헌 이빨 가져가고 새 이빨 물어 다오. 까치가 제대로 물어 갔다 물어 왔는지 젖니가 빠진 자리마다 어김없이 새 이가 나주었다. 그러니 윤수의 어금니도 다시 깨끗이 나려면 지붕 위로 던져주어야 했다. 우리는 함께 마당으로 나왔다. 그러나 우리가 사는 집엔 지붕이 있어야 할 자리에 평평한 옥상밖엔 없었다. 옥상에라도 던져두면 까치가 물어 가지 않을까? 내가 먼저 윤수의 어금니를 들고 옥상을 향해 힘껏 던졌다. 어금니는 옥상 가까이 가지도 못하고 바닥에 떨어졌다. 다음에는 윤수가 도전했다. 윤수도 어금니를 옥상에 올리지 못했다. 다시 내 차례였다. 나는 어금니를 손에 꼭 쥐고 기도했다. 까치야 까치야. 헌 이빨 줄게 새 이빨 다오. 온 힘을 다해 어금니를 위로 던졌다. 어금니가 급격한 경사의 포물선을 그리며 올라갔다가 내려오더니 바닥을 또르르 굴러가 수챗구멍으로 빠져버렸다. 윤수와 나는 망연자실한 얼굴로 방금까지 있었다가 감쪽같이 사라져버린 어금니의 부재를 더듬었다. 수챗구멍 앞에 쪼그려 앉아 서로의 이마가 닿을 듯 고개를 숙이고 구멍 저쪽의 어둠을 응시했다. 다리가 저려오도록 앉아 있었지만, 저 깊은 어둠 속에선 어떤 기적도 들려오지 않았다. 그 순간에도 먼저 울음을 터뜨린 사람은 나였고 의외로 담담하게 괜찮아,라고 말해준 사람은 윤수였다.

납골당 앞 버스정류장엔 버스가 하루에 다섯번 온다고 했다. 정류장 전광판이 다음 버스가 올 때까지 43분이 남았다고 알려주었다. 수호와 나는 정류장 벤치에 나란히 앉아 버스를 기다렸다. 이런 기분으로 이런 장소에서 수호와 단둘이 있으려니 43분 후기 영영 오지 않을 것만 같왔다.

그날 내가 윤수의 어금니를 시궁창에 빠뜨리지 않았다면, 윤수의 삶이 조금 더 편안하지 않았을까?

내 질문에 수호가 고개를 돌려 나를 물끄러미 바라보았다. 한참 후 수호가 입을 열었다. 수호의 목소리는 낮게 잠겨 있었다.

누나, 그거 알아요? 처음으로 앞니가 빠졌던 날, 윤수 형이 해준 이야기가 있어요. 누나는 매일 야자 한다고 밤늦게 돌아와서 얼굴 보기 힘들었던 때예요. 내가 앞니 빠진 자리를 보여주면서 이제 곧 까치가 새 이를 물어다줄 거라고 자랑했더니 윤수 형이 그러더라고요. 자기 이는 까치가 아니라 물고기가 물어다주었다고요. 남들은 빠진 이를 하늘 가까이 던지지만 자기 이는 물속에 던져서 집 앞 개울을 타고 멀리멀리 강까지, 바다까지 흘러갔다고요. 바다에 닿은 어금니가 용궁에 도착하니까 용왕이 여기까지 애써 흘러왔다고 기특해하면서 물고기 신하를 시켜 새 이를 가져다주게 했대요. 물고기 신하는 새 어금니를 입에 물고 바다에서 강으로, 강에서 개울로 물길을 거슬러 영차 영차 헤엄쳐 우리 집 앞까지 왔고요. 그렇게 물고기가 물어다준 이가 입안에 들어와 튼튼한 새 어금니로 자라주었다며 윤수 형이 입을 쩍 벌리고 보여주기까지 했어요. 어린 마음에도 퍽 재미있고 인상적이었던 이야기라 오래 기억하고 있었는데, 윤수 형이 왜 그런 이야기를 지어냈나 오늘 누나 얘기 듣고 알았어요. 윤수 형 이야기도 재밌고, 윤수 형 이를 빼준 누나 이야기도 재밌고, 정말 재밌네요.

수호는 금방 울 것 같은 얼굴로 재미있다는 말을 반복했다.

윤수 이를 뺀 사람은 내가 아니라 윤수였어.

그렇네. 하지만 누나는 오늘 윤수 형에게 새 어금니를 선물했잖아요.

아무짝에도 쓸모없는 이를.

아무짝에도 쓸모없는 건 없어요.

나는 처음으로 고개를 돌려 수호의 옆얼굴을 바라보았다. 옆에서 본 수호의 뺨은 푹 꺼져 있었다.

있잖아. 왜. 그랬을까?

주어 없이 뱉은 말이었지만 수호는 주어를 알아들은 듯 허둥거리며 주머니에서 담배를 꺼내 입에 물었다. 그러곤 담뱃갑을 내 쪽으로 슬쩍 밀어주며 눈짓했다. 나는 수호의 담뱃갑에서 담배 한개비를 꺼내 입에 물었다. 수호가 불붙인 라이터를 내 쪽으로 내밀고 내가 담뱃불을 붙일 때까지 기다렸다가 제 담배에 불을 붙였다. 오랜만에 피우는 담배에 발작처럼 기침이 나왔다. 수호가 담배를 피우다 말고 내 등을 가만히 두드려주었다.

괜찮아요?

아니, 안 괜찮아.

내 대답 중 어디가 웃겼는지 몰라도 수호가 담배 연기를 푸슬푸슬 피워 올리며 흐흐 웃었다. 내가 기침을 멈추자 수호도 웃음을 멈추고 조용해졌다. 버스가 올 때까지는 25분이 남아 있었다.

어금니가 시궁창에 빠졌을 때 윤수는 괜찮다고 했지만, 사실은 하나도 안 괜찮았을 것이다. 전혀 괜찮지가 않아서 꽤 오랫동안 공들여 거짓말을 지어냈을 것이다. 시궁창에 빠져버린 그 불길한 어금니에 어딘가 괜찮아 보이는 운명을 점지해주고 싶어서 물고기와 용왕이 등장하는 이야기를 꾸며냈을 것이다. 그것이 바로 윤수의 안간힘이었을 것이다. 담배가 필터 끝까지 타들어가며 매운 연기가 눈을 찔러댔지만, 어금니를 악물고 눈물을 참았다. 지금 울면 연기가 아니라 윤수 때문에 우는 것으로 오해받을 것이다. 나는 눈을 빠르게 깜박여 매운 기운을 몰아냈다.

수호가 동전 지갑처럼 생긴 휴대용 재떨이를 꺼내 담배꽁초를 넣고 내 손에 들린 꽁초까지 가져다가 버렸다.

……누나.

응?

윤수 형이 왜 그랬는지 나는 몰라요. 어쩌면 윤수 형도 몰랐을지 몰라. 분명한 건 어쨌든 윤수 형의 선택이었다는 거. 어금니의 운명을 윤수 형이 지어냈던 것처럼 이 죽음도 그전의 삶들처럼 전부 윤수 형이 선택했다는 거. 그렇지 않을까요? 난 그렇게 생각하기로 했어.

그래?

아니면 또 어때? 그렇게 생각하기로 한 건 또 내 선택이잖아요. 죽음이 옳고 그르고의 문제는 아닐 거야. 그렇지, 누나?

수호가 나를 빤히 보면서 말했다.

내가 그렇게 생각하기로 한 건요. 그저 내 맘 편해지자는 비겁함 때문만은 아니에요. 그건 말이죠.

수호가 두번째 담배에 불을 붙였다.

윤수 형의 죽음으로 형의 삶까지 모조리 지워져버릴까봐 겁이 나서 그래요. 형이 나를 두고 먼저 죽어버린 건 진짜 씨발 좆같고 좆같지만요. 그 형이 살아온 걸 내가 봤잖아. 나는 알잖아! 그러니까 내가 온통 형의 죽음만 생각하면, 그거야말로 인간 정윤수의 삶을 좆같이 만들어버리는 거거든. 안 그래요?

대들 듯 나를 보는 수호의 눈자위가 빨갰다. 나는 어금니를 더 꽉 사려 물고 천천히 고개를 끄덕였다.

그러니까 나는 오늘 누나랑 오직 윤수 형의 삶에 대해서만 말할래요. 중학생 정윤수가 얼마나 까불이였는지, 고등학생 윤수 형이 얼마나 멋졌는지, 용접공 정윤수는 또 얼마나 기깔나는 노동자였는지, 윤수 형이 나한테…… 어떤 사람이었는지 그런 거. 내가 보고 아는 것들만 얘기할 거야. 그러니까 누나도 내가 기억하지 못하는 윤수 형에 대해 말해줘요. 우는 친구를 달래려고 제 손으로 제 이를 뽑았던 용감한 소년 정윤수의 이야기 같은 거 말이야.

수호가 담뱃불을 끄고 휴대용 재떨이에 꽁초를 넣었다. 그러다가 무슨 생각이 났는지 픽 웃었다.

누나, 나 고등학생 때 처음으로 담배 가르쳐준 사람도 윤수 형이고 담배꽁초 함부로 버렸다고 존나 혼내고 휴대용 재떨이 사준 것도 윤수 형이다? 하! 진짜 어이없게 입체적인 새끼.

수호와 나는 순간 눈을 마주치고 큰 소리로 웃음을 터뜨렸다. 어금니에 힘을 푸니 웃음 끝에 눈물이 실컷 흘러나왔다.

*

할머니가 떠났는데도 봄은 왔다. 열한살의 봄은 시시하

게 왔다. 5학년이 되었고 갓난아기의 누나가 되었다. 할머니가 없어지고 작은방은 시옷 혼자 썼다. 윤심 언니는 끝내 돌아오지 않았다. 야산의 산벚나무가 연분홍 꽃을 피웠을 때 응달집도 잠시 환해졌다. 윤수 엄마는 점점 더 술에 취해 돌아오는 밤이 많았다. 윤수는 시옷이 내주는 받아쓰기 시험에서 70점 이상은 맞게 되었다. 구구단도 7단 빼고는 곧잘 외웠다. 이상하게 7단은 헷갈린다고 했다. 나눗셈은 여전히 어려워했지만, 뺄셈 실수는 줄었다. 윤수와는 다른 반이 되었지만 시옷은 여전히 윤수와 같이 숙제를 했다. 윤수는 매번 새로운 유행어를 흉내 냈다. 지구를 떠나거라. 윤수의 억양이 코미디언과 똑같아 시옷은 배가 아프게 웃었다. 지구르을 떠나거라아. 야산에 꽃비가 날릴 때 응달집에도 제비가 날아왔다. 제비는 옥상 바로 아래 틈새에 용케 집을 지었다. 윤수 엄마가 시끄럽다며 작대기를 들고 나와 제비둥지를 부수겠다고 난리였고, 윤수가 제 엄마의 허리통을 붙잡고 말렸다. 시옷도 제비집을 함부로 망가뜨리면 놀부처럼 벌을 받을 거라고 맞섰다. 윤수 엄마가 깔깔 웃으며 말했다. 그럼, 저 제비새끼가 박씨라도 물어다준다냐? 윤수 엄마는 결국 제비둥지를 부수지 않았다. 이제 응달집에는 제비가 자라게 되었다. 제비는 봄이 가고 여름이 시나도록 빡빡 울며 무럭무럭

자랄 것이다. 시옷은 응달집이 처음으로 마음에 들었다. 윤수 엄마가 대신 이불 빨래나 밟으라고 했다. 시옷과 윤수는 고무통에 들어가 이불을 꾹꾹 밟으며 텔레비전에서 배운 노래를 부르기 시작했다. 봄봄봄봄 봄이 왔어요. 우리들 마음속에도. 봄봄봄봄 봄이 왔어요. 봄이 왔어요. 좋을 때다. 옆에서 담배를 피우던 윤수 엄마가 말했다. 그래, 너희는 봄이다, 봄. 안방 창문 너머로 아기 동생이 빠빠 옹알이하는 소리가 들렸다. 지구를 떠나거라. 윤수가 말하고 시옷이 깔깔 웃었다. 응달집의 봄은 짧지만 환했다.

에필로그

봄은 복수다

연희방글스튜디오의 정원에 하얗게 눈이 쌓였다. 히터를 틀어놓아 실내 공기는 따뜻하고 건조했다. 다들 외투를 벗었지만 두꺼운 상의 밑으로 땀을 흘리고 있는지 얼굴이 발그스름했다. 아니, 얼굴이 붉게 달아오른 건 아마도 저녁부터 마신 와인 때문일 것이다. 림자가 수업을 마치고 교실에서 종강 파티 겸 송년회를 하자고 했고 마웨가 비싼 와인을 다섯병이나 가져왔다(각 일병은 해야 하지 않소? 마웨는 호쾌한 목소리로 말했고 도치는 이병씩도 가능해요! 하고 대꾸했다). 나는 김밥과 치즈, 과일을 도시락통에 넉넉히 담아 왔고 고슴과 도치는 요즘 유행한다는 치킨을 두마리나 사 왔다. 림자는 뜻밖에 그동안 수강생들이 제출한 과제를 편집해 한권의 책으로 만들어 왔다. 책은 생각보다 두꺼웠고 모양새도 제법 근사했다. 다들 책을 만져보며 만듦새를 칭찬하자 림자가 웬일로 얼굴을 붉히며 등단 전에 출판사 편집자로 일했었다고 고백했다.

마웨: 그런데 왜 책 제목이 '복수의 자서전'입니까?

도치: 자서전은 자신의 과거에 복수하기 위해서 쓰는 거니까?

고슴: 어? 나는 과거에 복수할 생각이 1도 없는데?

도치: 웃기지 마. 너 처음 여기 등록했을 때 엄청 비장한 표정으로 말했었어. '내 가엾은 어린 날을 위해 비로소 복수에 나서주지!' 하고.

고슴: 그거 네 드립 아니었어? 너야말로 맨날 과거에 복수하는 마음으로 살아간다며?

도치: 아니거든!

시옷: 저기요. 혹시 여기서 복수가 단수와 복수할 때 복수라고 생각하신 분, 없나요?

마웨: 오호라. 우리가 여럿이 모여 함께 자서전을 썼으니까 단수 아니고 복수의 자서전이다?

시옷: 그렇기도 하고요. 또 각자 쓴 일기를 보면 쓴 사람 혼자만의 이야기가 아니었잖아요. 내 이야기를 쓴다고 썼지만 어느새 누군가의 이야기가 슬며시 끼어들게 되더라고요.

고슴: 맞아요! 내가 진짜 관종인데 이상하게 일기를 쓰다보면 꼭 다른 사람이 주인공처럼 등장했어요.

도치: 솔직히 주인공은 아니었지. 너의 관종력이 다른 사람한테 허락하는 최대한의 역할은 서브남주 정도 아니야?

마웨: 서브남주가 뭡니까?

고슴: 남자주인공보다 잘생기고 돈도 많고 성격도 좋은데 이상하게 여자주인공이랑 이어지지 않는 애 있어요.

도치: 근데 진짜 제목의 '복수'가 무슨 뜻으로 쓰인 거예요, 림자님?

림자: (급히 술잔을 비우고) 그거 알아요? 언제부턴가 여러분이 정답을 다 말해놓고 마지막에 사족처럼 제게 답을 묻고 있다는 거? 이제 정말 일기쓰기교실이 문을 닫을 때가 왔나봐요.

마웨: 아이참, 우리 선생님. 꼭 선문답하듯 말씀하신다.

림자: 자서전이 과거를 향한 복수인지 여럿의 목소리가 겹겹이 이어진 현재진행형의 행위인지는 누구보다 여러분이 잘 알 거예요. 아니, 여러분이 선택하는 거라고 말해야 할지도 모르겠네요. 뭐가 되었든 여러분은 이제 막 계절의 한마디를 마무리 지었습니다. 제가 만들어 온 책은 모두 두권씩 드릴 거예요. 한권은 기억처럼 영영 간직하

시고 또 한권은 '복수' 하면 가장 먼저 떠오르는 사람에게 선물해보세요.

마웨: 철천지원수 말이요?

림자: 철천지원수일 수도 있고, 마웨님과 한 몸인 타인일 수도 있겠죠. 그건 직접 선택하세요. 자, 이제 저는 오늘로 일자리를 잃었으니 다 함께 위로주를 마셔주시겠어요?

림자가 술잔을 높이 쳐들었다. 수강생들도 따라 술잔을 들었다. 복수를 위하여! 림자가 호기롭게 외치자 마웨가 위하여! 하고 연호했다. 고슴과 도치는 까르르 웃었다. 나는 조용히 술잔을 입으로 가져갔다가 입술만 축이고 내려놓았다. 정신과 약을 먹는 동안 술은 절대 금지였다. 아직은 참아야 했다. 하지만 참을 수 있었다. 고슴이 조용히 뭔가를 내밀었다. 마개를 딴 사이다 캔이었다. 나는 고슴을 향해 눈으로 웃어 보였다. 고슴이 한쪽 눈을 찡긋했다. 그런 고슴의 말간 얼굴 위로 『복수의 자서전』을 선물할 어떤 사람의 맑은 뺨이 겹쳐 떠올랐다. 나는 아득한 마음으로 눈을 한번 길게 감았다가 뜨고 고슴이 준 사이다를 달게 들이켰다.

작가의 말

밤의 지하철을 타고 당산철교를 건넜다. 저 아래 한강은 낮과는 다른 얼굴이었고 검은 물은 거울이 되어 환한 열차 안을 비추었다. 투명하게 피로한 사람들이 일정한 진동을 견디며 어디론가 가고 있었다. 이어폰에서 니나 시몬의 「Four Women」이 흘러나왔다. 네명의 흑인 여성이 사람들에게 각자 어떤 이름으로 불리는지 진술했다. 세라 아줌마, 노란 피부색을 닮은 샤프란 꽃, 돈만 있으면 누구나 살 수 있는 달콤한 것, 그리고 다분히 성적 함의가 담긴 복숭아. 이것들을 과연 이름이라고 부를 수 있을까, 생각하는 사이 열차는 한강을 다 건너고 지하터널로 들어갔다.

세번째 교정지를 받았을 때 원고 봉투 안에는 버지니아 울프의 사진이 인쇄된 작은 싱냥갑이 들어 있었다. 딸

려온 짧은 편지에서 편집자는 이번 소설을 읽으며 '한 여자가 자신의 기억을 쓰기 시작할 때, 그는 어디까지, 얼마나 나아갈 수 있을까'라는 질문을 떠올렸다고 했다. '종종 어두워질 때 하나씩 불을 켜보며 나아가고 또 쓰라'고도 덧붙였다. 성냥갑을 열어보았고 유황이 코팅된 미세한 요철 부분을 더듬어보았으며 성냥개비 하나를 꺼내 냄새도 맡아보았으나 나는 끝내 성냥을 당기지 못했다. 어쩐지 성냥불을 붙여 작게나마 화르르 기억을 지펴 올릴 사람은 내가 아닌 다른 여자들이어야 할 것 같았다.

민애니는 올봄 둘째 아들의 결혼식에서 바지 정장을 입고 쇼트커트를 멋지게 뒤로 빗어 넘긴 모습으로 아들 손을 잡고 입장해 미리 기다리고 있던 신부의 손에 신랑을 넘겨주었다. 불과 2년 전 첫째 아들의 결혼식에서 한껏 부풀려 올린 머리로 푸른색 계열의 한복을 입었던 걸 생각하면 나름 파격적인 행보였다. 아들과 며느리의 친구들은 이날 결혼식 사진을 인스타그램에 올리면서 '진보'니 '혁명'이니 했다. 그러나 민애니는 진보나 혁명은 단 한번의 이벤트가 아니라 구질구질하게 느껴질 정도로 지루한 파편의 시간을 거쳐야 겨우 형태가 잡히기 시작한다는 걸 아는 사람이다. 그러니까 혁명은 민애니가 남편 송정식과

함께 20년째 운영 중인 해장국집의 육수를 끓일 때 파 뿌
리와 고추씨와 건어물의 비율을 바꿔가며 실험해온 지난
한 과정에서 기대할 수 있는 일에 가까울 거라고. 이 조용
한 혁명에서 민애니가 가장 좋아하는 순간은 육수 들통을
올린 영업용 가스레인지에 불을 붙일 때다. 눈에 보이지
않는 가스가 작은 불꽃을 만나 화르르 큰 불꽃으로 몸집
을 불리는 찰나 민애니는 엄마 몰래 불장난을 하는 아이
처럼 스멀스멀 기분이 좋아진다. 불꽃은 시시때때로 변신
을 거듭하는 마력이 있는데, 어느 날엔 갑작스레 세상을
떠난 엄마를 닮았다가 또 언젠가는 함께 불장난했던 어린
시절 친구를 떠올리게도 한다.

며칠 전에는 손님이 거의 없는 시간대에 육십대 중반
쯤 되어 보이는 여자가 혼자 가게에 들어와 해장국 특과
소주 한병을 시켰다. 여자가 술을 석잔째 따르려고 할 때
민애니가 다가가 소주병을 뺏어 들고 잔을 채워주었다.
여자는 삼십대 초반에 후쿠오카로 건너가 미장원을 차렸
고 일본 남자를 만나 아들 하나 딸 하나를 낳고 잘 살다가
환갑이 넘으면서 규슈에만 세개나 되는 미장원을 자식들
에게 물려주고 지금은 남편과 여기저기 여행이나 다니며
편안하게 늙고 있다고 묻지도 않은 사연을 들려주었다.
남편은 어디에 두고 혼자 이리고 있냐고 민애니는 묻지

않았다. 여자는 민애니의 과묵함이 마음에 들었는지 해장국이 참 맛있다고 몇번이나 칭찬했다. 그리고 오래전 이 근처에서 대폿집을 했던 어머니의 해장국과 맛이 참 닮았다고 말하며 손수건으로 이마의 땀을 닦는 척하며 눈꼬리의 눈물도 살짝 찍었다. 여자는 현금으로 해장국값을 치렀고 거스름돈은 한사코 사양했다. 민애니는 마침 카운터 안쪽에 놓아둔 귤 바구니에서 귤 몇개를 집어 여자의 열린 핸드백에 급히 쑤셔 넣었다. 고작 천원짜리 몇장과 귤 몇개를 두고 두 여자가 한참 실랑이를 벌였다. 민애니는 그다음 주 시장에 나갔다가 색이 참 고운 단감을 한 바구니 사서 카운터 안쪽에 두었다. 여자가 또 오면 담아주려고 비닐봉지까지 준비해두었다. 그러나 여자는 이주일이 지나도록 오지 않았다. 여자는 후쿠오카로 잘 돌아갔을까? 민애니는 늦은 시간 가게 문이 열릴 때마다 생각했다.

기온이 뚝 떨어지며 가을에서 겨울로 밀쳐지는 것만 같았던 날 밤, 또 2호선 열차를 탔다. 술을 마셨는지 얼굴이 달아오른 젊은 연인이 출입문 앞에 서 있었다. 남자가 눈이 무지개가 되도록 웃으며 양팔을 크게 벌리자 여자가 그 품에 쏙 들어가 안겼다. 두 사람은 열차의 진동을 함께 견디며 굳게 포옹하고 서 있었다. 어쩐지 콧날이 시큰해져서 얼른 고개를 돌려 창밖을 보았다. 그러나 밤은 제 속을 보여주지 않고 한없이 낯설고도 낯익은 어떤 얼굴을 보여주었다. 그 얼굴은 이주혜였다가 민애니였다가 정윤심이었다가 최수호였다가 정윤수였다. 그리고 언제나 시옷이었다. 작년 계간지에 이 소설을 연재할 때부터 나의 잔인함과 가혹함을 묵묵히 견뎌준 시옷이었다. 열차 출입문이 열리고 젊은 연인이 내렸다. 시옷도 내 시야에서 사라졌다. 문이 닫히고 열차가 출발하자 출입문 유리창에 시옷이 다시 나타났다. 문득 시옷에게 이름조차 주지 않았다는 사실을 깨달았다. 열차가 다음 역에 정차하면 또 시옷이 잠시 사라질 것이다. 나는 갑자기 다급해졌다. 시옷에게 사과하고 싶었다. 그전에 말을 걸고 싶었다. 아니, 그전에 이름을 불러주고 싶었다. 다정하게 안부를 묻고 싶었다. 주머니에 손을 넣어 버지니아 울프 성냥갑을 만져보았다. 열차가 곧 다음 역에 도착한다는 안내 방송이 나왔다. 나는 좀 전보다 또렷해진 유리창의 낯선 얼굴을 똑바로 바라보며 물었다.

수윤씨, 내내 안녕하신가요?

2023년 가을 이주혜

계절은 짧고 기억은 영영

초판 1쇄 발행 • 2023년 11월 10일
초판 2쇄 발행 • 2023년 12월 26일

지은이 / 이주혜
펴낸이 / 염종선
책임편집 / 최수민
조판 / 박지현
펴낸곳 / (주)창비
등록 / 1986년 8월 5일 제85호
주소 / 10881 경기도 파주시 회동길 184
전화 / 031-955-3333
팩시밀리 / 영업 031-955-3399 · 편집 031-955-3400
홈페이지 / www.changbi.com
전자우편 / lit@changbi.com

* 이 책은 2023년 대산문화재단 대산창작기금을 받아 발간되었습니다.